필경사 바틀비·선원 빌리 버드

Bartleby, The Scrivener : A Story of Wall-Street · Billy Budd, Sailor

세계문학전집 450

필경사 바틀비·선원 빌리 버드

Bartleby, The Scrivener : A Story of Wall-Street · Billy Budd, Sailor

허먼 멜빌

이삼출 옮김

민음사

일러두기

1 「필경사 바틀비」는 1856년 뉴욕시 소재 밀러와 홀맨 출판사에서 발행한 단편집 『베란다 이야기(The Piazza Tales)』에 수록된 판본을 정본으로 삼았다. 「선원 빌리 버드」는 1962년 시카고 대학교 출판부에서 발행한 『선원 빌리 버드(Billy Budd, Sailor)』를 정본으로 삼았다.

2 등장인물의 이름과 지명 표기는 국립국어원의 외래어 표기법을 따랐다.

3 용어나 인물, 지명 등에 관한 설명은 생략했다. 문맥상 보충 설명이 필요한 경우 번역 본문에 그 정보를 덧붙였다.

4 원문에서 이탤릭체 등으로 강조한 부분은 고딕체로 구분했다.

차례

필경사 바틀비
(월 스트리트 이야기)

전 꽤 연배가 지긋한 사람입니다. 저는 지난 삼십 년간 한 업계에 몸담아 왔고, 이 업계의 특성상, 저는 아주 흥미롭고, 어떤 면에서는 아주 특이한 부류의 사람들을 아주 가깝게 접해 왔습니다. 법률 관련 서류를 필사하는 사람들, 그러니까 필경사들 말입니다. 이 사람들에 관한 이야기는 제가 알기론 아직까지 하나도 없지요. 저는 이 사람들을 아주 많이, 그리고 직업적으로나 개인적으로, 아주 잘, 알고 있습니다. 해서 저는 이 사람들에 관해서는 선량한 신사 숙녀분들이 들으시면 울고 웃을 만한 이런저런 이야기들을 얼마든지 해 드릴 수가 있습니다. 하지만 저는 그 모든 다른 필경사들의 긴 인생사는 다 제쳐 두고 바틀비라는 필경사의 인생에서 극히 짧은 부분에 관해 말씀드릴까 합니다. 제가 직접 겪어 보거나 전해 들은 필경사 중에서 가장 기이한 인물이 바틀비 군이었기 때문입니다. 아마 여느 필경사의 경우라면, 제가 그 사람의 인생 전체를 낱낱이 말씀드릴 수 있을 것입니다. 하지만 바틀비 군에 관해서는 절대 그럴 수 없습니다. 그 출생에서부터 인생 역정을 짐작할 만한 자료가 전무하다시피 하니까요. 기록 보관의 관점에서 보자면 치명적인 손실이라 할 것입니다. 바틀비 군은 어떤 자료로도 분명히 확인할 수 있는 사실이 하나도 없는 그런 부류의 사람입니다. 직접 접촉해서 경험해 본 것으로만 짐작할 수 있겠지요. 하지만 그런 직접적인 접촉 자체도 아주 제한적일 뿐입니다. 그러니 제가 알고 있는 바대로의 바틀비라는 인물 역시 제가 저 자신의 눈으로 직접 목격한 놀라운 모습에만 그 바탕을 두고 있습니다. 아, 좀 아리송한 소문이 하나 있기는 합니다. 말미에 붙여 두겠습니다.

이 필경사가 처음 제 앞에 나타나게 된 경위를 말씀드리기 전에, 저 자신과 제 직원들, 저의 업무, 그리고 저의 사무실과 그 주변에 관해 몇 말씀 해 두는 편이 적절할 것 같습니다. 이런 부분에 대한 설명이 어느 정도는 있어야 지금 제가 말씀드리고자 하는 인물을 제대로 이해할 수 있으니까요.

우선 저는 유년기 이래 지금까지 가장 편안한 삶이 최고의 삶이라는 확고한 신념을 갖고 살아온 사람입니다. 따라서 역동적이며 긴장감 넘치는, 어느 때는 난리가 났나 싶을 정도로 혼란스럽기로 정평이 난 업계에 종사하고 있음에도 불구하고, 저는 그런 일 때문에 제 마음의 평정이 흔들리는 것을 절대로 허용하지 않지요. 저는 배심원단 앞에서 변론을 하거나, 어떤 식으로건 대중의 박수를 받아 내는 그런 야심 찬 부류의 변호사가 아닙니다. 저는 안락하고 한적한 곳에 자리를 잡고 차분하고 고요한 환경에서 부자들의 채권이나 담보 대출, 또는 부동산 소유권 이전 같은 아주 안전한 업무만 취급합니다. 저를 아는 분들이라면 입을 모아, 비할 바 없이 안전한 양반이라고 저를 평할 것입니다. 지금은 고인이 되신 존 제이콥 애스터 회장님은 미사여구 따위 전혀 신경 쓰지 않는 분으로 유명하셨지요. 대부호이신 이분께서 저의 특장점으로 주저 없이 꼽으신 점은 첫째가 신중함이요, 둘째가 수완이었습니다. 제 자랑을 하려고 없는 말을 하는 게 아닙니다. 사실 그대로를 말씀드리는 겁니다. 전 한 번도 업무상으로 해촉된 적이 없습니다, 존 제이콥 애스터 회장님으로부터요. 회장님의 성함을 자꾸 들먹이고 있다는 점, 저도 인정합니다. 성함 자체가 듣기 좋거든요. 뭐랄까, 금괴에 부딪혀 울려 오는 듯 모난 데 없이 둥글둥글한 느낌을 준다고 할까요. 물론 제가 저에 대한 존 제이콥 애스터 회장님의 이런 후한 평가를 늘 기억하면서 감사드린다는 점도 기꺼이 덧붙여 놓겠습니다.

지금 말씀드리고자 하는 것은 비교적 짧은 기간에 일어났던 일입니다만, 이 일이 있기 얼마 전 제가 담당하고 있던 일이 상당량 증가했습니다. 지금은 폐지되고 없지만, 뉴욕주 형평법원장이라는 영예로운 직책이 제게 주어졌기 때문입니다. 희귀한 사건만 전담하기에 그렇게 힘들지는 않지만, 꽤 수입이 좋은 자리였습니다. 전 쉽게 흥분하는 사람이 아닙니다. 잘못된 일이나 터무니없는 일 등에 대해 장광설을 늘어놓는 경우는 거의 없지요. 하지만 이 건과 관련해서는 조금은 흥분해서 제 입장을 분명히 밝혀 두고 싶습니다. 수정 헌법에 따라 형평 법원장의 직을 그렇게 갑자기, 또 일거에 폐지해 버린 조치 말입니다. 저는, 뭐랄까, 시기상조였다고 봅니다. 저로서는 종신직이니만치 그에 걸맞은 수익을 기대하고 있었는데 불과 몇 년밖에 그 혜택을 누리지 못했으니까요. 이야기가 다른 길로 좀 샜군요.

제 사무실은 월 스트리트 모모 번지 소재 건물의 2층에 있습니다. 사무실 한쪽 끝은 채광을 위해 설계된 커다란 수직 공간의 내부를 이루는 흰색 벽을 마주하고 있습니다. 이쪽에서 내다보는 전망은 다소 심심하다고 해야 할 것입니다. 풍경화 화가들의 말로 '생기'라는 것이 결여됐다고 할까요. 이쪽의 전망이 그렇다면, 반대쪽은, 굳이 적절한 표현을 찾자면, 대조적이라 할 수 있는 전망을 보여 줍니다. 이쪽으로 난 창들은 오랜 세월 햇볕이라고는 받아 보지 않아 시커멓게 되어 버린 높은 벽을 마주하고 있습니다. 이 벽면에 숨어 있는 아름다운 문양들은 확대경 없이도 감상할 수 있을 정도이지만, 벽 자체는 혹여 근시안인 사람이 있을까 해서 제 사무실 창 쪽으로 겨우 3미터 남짓 거리를 두고 바짝 붙어 있답니다. 주변 건물들이 아주 높고, 제 사무실이 2층에 있기 때문에 이 검은 벽과 제 사무실 창 사이의 공간은 사각형의 거대한 저수조와 흡사한 느낌을 줍니다.

바틀비 군이 나타나기 전까지 저는 필경사로 두 명의 직원을, 사환으로 똑똑한 꼬마 하나를 고용하고 있었습니다. 첫 번째는 터키 씨이고, 두 번째는 니퍼 군, 세 번째는 진저 넛이죠. 얼핏 들으면 모두 이름 같지요. 전화번호부에서 흔히 볼 수 있는 이름은 아니지만요. 하지만 실제로는 사무실에서 서로를 부를 때 사용하는 별명입니다. 그리고 각자의 성격을 잘 표현하는 것으로 다들 인정하고 있습니다. 터키 씨는 작은 키에, 뚱뚱해서 언제나 헉헉거리는 영국 사람인데, 저와 연배가 비슷합니다. 그러니까 예순에 가까운 나이인 거죠. 오전에 이 양반의 얼굴은 발그레하니 혈색이 좋다고 할 수 있습니다. 하지만 정오가 지나 점심때가 되면 벌겋게 달아오르기 시작합니다. 크리스마스에 아이들이 벌로 받은 커다란 석탄 덩이를 가득 태우고 있는 벽난로 안처럼 온 얼굴이 이글거립니다. 그 후 시간이 지나면서, 여전히 불타오르기는 하지만, 그 빛은 점차 약해집니다. 오후 6시나 그 어림까지는 이 상태가 계속됩니다. 그 이후에는 이 얼굴의 주인을 더 이상 볼 수 없고요. 터키 씨의 얼굴은 태양과 함께 정점에 이르렀다가 태양과 함께 저무는 것 같습니다. 다음 날도 같은 주기와 같은 정도로 달아오르다가 정점에 이르고 다시 사위어 가는 것이 한결같으니까요. 저는 여태 살아오면서 기이한 우연의 일치를 정말 많이 겪어 봤습니다. 그렇지만 단연 최고라 할 수 있는 우연의 일치는 불그스레하고 윤기 있는 터키 씨의 얼굴이 가장 달아오른 그때, 바로 그 결정적인 순간에, 터키 씨의 업무 능력이 심각하게 저하되어 퇴근 시간까지 이어진다는 사실일 것입니다. 완전히 게으름을 피우는 것은 아닙니다. 업무를 기피하는 것은 더더욱 아니지요. 난감한 점은 터키 씨가 지나치게 흥분한다는 것입니다. 행동 하나하나가 급하거나 과격해지고, 경박해지 며, 산만해지는 것이지요. 잉크병에 펜을 담글 때 마구잡이로 하는 경향이 생깁니다. 제 서류 위에 생긴 잉크 얼룩들은 모두 정오, 그러니까 12시 이후에 생긴 것들입니다. 어떤 날 오후에 는 산만해져서 얼룩을 남기는 실수에 그치지 않고 갖가지 소 음을 만들어 내기도 합니다. 그럴 때도 역시나 그의 얼굴은 타 고 있는 무연탄에다 기름 많은 촉탄을 얹어 놓은 것처럼 휘황 찬란하게 타오릅니다. 자신이 앉아 있는 의자를 삐걱대거나, 잉크 말리는 가루가 든 통을 쏟거나, 펜을 수선한답시고 수선 을 떨다 모조리 동강 내 버리고는, 갑자기 흥분해서 그것들을 사무실 바닥에 내동댕이치기도 합니다. 자신이 사용할 백지 들을 옆면으로 책상에 내리쳐 가지런히 정리한답시고 의자에 서 일어나 책상 위로 몸을 기울이고는 아주 꼴사나운 모습을 보이기도 합니다. 이 모든 모습을 그 연배의 사내에게서 목격 하는 건 정말이지 슬픈 일이지요. 그럼에도 이 양반은 12시, 정오 전까지는 그 누구도 따라가지 못할 정도로 꾸준하게, 또 신속하게 많은 업무를 처리해 내기에 여러 가지 면에서 제게 는 가장 중요한 직원입니다. 그래서 저는 터키 씨의 비정상적 인 면들을 기꺼이 눈감아 주고 있습니다. 아, 가끔 나무라기도 했지요. 하지만 아주 점잖게 그랬습니다. 왜냐하면 오전에는 누구보다 점잖은, 아니, 상냥하고 공손하기까지 한 사람이지 만, 오후에는 잔소리를 들으면 다소 입바른 소리로 대꾸하는, 아니, 사실은 무례하게 굴기까지 하는 사람이기 때문입니다. 오전 중 업무에 상당히 만족하고 있고, 또 그런 직원을 잃기 싫었기 때문에, 한편으로는 12시 이후의 산만한 일처리가 불만이었기 때문에, 더욱이 매사 원만하고 조용하게 처리하기를 선호하는 저로서는 괜히 뭐라고 충고했다가 예상치 못한 말대꾸로 되려 제가 머쓱해질까 꺼려졌기 때문에, 어느 토요일 정오에(터키 씨는 토요일이면 언제나 더 상태가 좋지 않습니다.) 저는 마음을 단단히 먹고, 아주 상냥하게, 이제 연배도 있으시니 일하시는 걸 좀 줄이는 게 어떻겠냐고, 간단히 말해, 12시 이후에는 저의 사무실로 올 필요 없이 점심 식사 후 곧바로 숙소로 들어가서 저녁때까지 쉬는 게 좋지 않겠냐고 넌지시 말해 주었지요. 하지만 웬걸요, 터키 씨는 오후에도 근무를 하겠다고 우기는 겁니다. 얼굴을 저래도 괜찮을까 싶을 정도로 붉히고는 사무실 한쪽 구석에서 기다란 자를 흔들며 목청을 높이는 겁니다. 오전에 자신의 근무가 유용하다면, 오후에는 얼마나 더 요긴하겠냐는 거지요.

"외람스러우나, 변호사님." 터키 씨가 덧붙였습니다. "전 제가 변호사님의 오른팔이라고 생각합니다. 오전에 전 제 병사들을 지휘해서 적소에 배치해 둡니다. 오후에는 선두에 나서 적을 향해 용감하게 진격하지요. 이렇게!" 터키 씨는 자로 앞을 힘차게 찌르는 시늉까지 했습니다.

"그렇지만 얼룩들은요, 터키 씨." 제가 넌지시 본심을 밝혔지요.

"사실입니다. 어, 하지만 외람스러우나, 변호사님, 이 머리카락을 좀 보십시오! 전 늙었습니다. 분명히, 변호사님, 나른한 오후에 흰머리 노인네가 얼룩 한두 개쯤 남겼다고 그리 심하게 나무랄 일은 아니잖습니까. 노년은, 서류에 얼룩을 남기게 할지라도, 영예로운 것이랍니다. 외람스러우나, 변호사님, 저희 둘 다 늙어 가고 있지 않습니까.”

이렇게 동류 의식에 호소하는 데는 배겨 낼 길이 없었죠. 어쨌건 이 양반이 절대로 그만두지 않으리란 건 확실했습니다. 해서 저는 그냥 계속 근무하도록 내버려 둘 수밖에 없다고 결론지었습니다. 그렇지만 오후에는 중요도가 떨어지는 서류만 맡기기로 했지요.

제 명단의 두 번째 인물은 니퍼 군입니다. 누르스름한 얼굴에 턱수염을 수북하게 기른 것이, 전체적으로 보면 꼭 해적 같은 인상을 풍기는 스물네다섯의 젊은이지요. 전 늘 이 친구가 두 가지 아주 사악한 세력의 희생자라고 생각했습니다. 주제넘음과 소화 불량이죠. 이 친구가 주제를 모른다는 점은 필경사의 단순한 업무가 성에 차지 않는다고 판단하고는, 시키지도 않았는데 아주 전문적인 업무, 예컨대 법률 관련 서류의 원본을 작성하겠다고 나서는 데서 잘 드러납니다. 소화 불량에 늘 시달리고 있다는 점은 가끔 발작적으로 신경질을 낸다든가 이를 다 드러내 놓고 거슬리는 소리를 낸다든가 하는 걸 보면 알 수 있지요. 필사를 하다 실수를 하면 이를 득득 갈기도 하고, 한창 열중하고 있을 때는 엄한 욕지거리를 내뱉기도 합니다. 또렷이 들리는 건 아니고 한숨 쉬듯 씩씩거리며 새어 나오는 겁니다. 특히 자기 책상의 높이를 두고 끊임없이 늘어놓는 불평이 좋은 예가 되겠네요. 니퍼 군으로서는 별의별 희한한 수단을 다 강구해 보지만 책상 높이를 자신에게 편하게

16

맞출 수가 없는 겁니다. 다리 밑에 조그만 나뭇조각을 넣어 보기도 하고, 크기를 달리해서 제법 큰 토막들을 넣어 보기도 하고, 또 석고판 조각 같은 것으로 받쳐 보기도 했지요. 끝내는 얇디얇은 잉크 얼룩 흡수지 조각들로 정밀하게 조정해 보기까지 했지만 어떤 조치도 효과가 없었습니다. 등을 편하게 해 보겠다고 책상 덮개의 맞은편을 거의 턱에 닿을 듯한 높이로 올려 아주 가파른 각도로 조정하고는, 마치 네덜란드식 주택의 지붕을 책상으로 삼은 듯 필사를 할라치면 이내 팔에 피가 통하지 않는다고 투덜거렸습니다. 그러고는 책상을 허리춤까지 낮추고 상체를 숙여 엎드리듯 필사하면 금방 다시 등에 통증이 온다고 불평하는 것입니다. 요약하자면 문제의 본질은 니퍼 군이 자기가 뭘 원하는지 전혀 모르고 있다는 것입니다. 혹은 원하는 게 뭔지 알고 있다면, 그건 필경사용 책상을 아예 없애 버리는 것이겠지요. 이 친구가 제 주제를 넘어서는 데가 있다는 또 다른 고약한 증거는 남루한 옷차림으로 방문하는 소위 자기 고객이라는 수상쩍은 인물들을 맞이하는 걸 너무나도 좋아한다는 점입니다. 물론 전 이 친구가, 가끔이긴 하지만, 구 단위 정도에서는 괜찮은 정치인도 될 수 있겠다 싶은 느낌을 주기도 할 뿐 아니라, 때때로 치안 재판소에서 일거리를 맡기도 하고, '무덤'이란 별명의 교도소 툼스의 출입구 계단에서 벌어지는 흥정에도 자주 얼굴을 내비친다는 사실도 익히 알고 있죠. 그렇지만 언젠가 니퍼 군을 찾아 누군가 제 사무실을 방문했을 때, 니퍼 군은 자기 고객이라며 으스댔지만 사실은 빚쟁이에 불과하며, 부동산 매매 증서라고 주장한 것도 실은 빚 독촉장이었던 것으로 믿을 만한 근거가 제겐 충분히 있습니다. 하지만 그 모든 결점과 민폐에도 불구하고, 니퍼 군은 그의 동료 터키 씨처럼 제게는 아주 쓸모 있는 직원이었습니다. 글씨가 깔끔하고 날렵했으니까요. 그리고 마음만 먹으면 몸가짐이 아주 점잖은 신사 같아질 수가 있었습니다. 게다가 옷을 늘 신사같이 말쑥하게 차려입었기 때문에, 의도한 바는 아니겠지만, 제 사무실의 위상을 높이는 데 기여하기도 했습니다. 반면에 터키 씨의 경우, 제 위신을 떨어뜨리지 않도록 하느라 제가 괜한 헛수고를 많이 해야 했습니다. 터키 씨의 옷은 대개 기름이 묻은 듯 반들반들하고 싸구려 식당 냄새가 났습니다. 여름이면 이 양반은 아주 크고 헐렁한 바지를 입었습니다. 외투는 아예 언급할 수도 없을 정도이고, 모자는 손도 대기 싫을 정도였지요. 하지만 모자는 아무 문제가 되지 않았습니다. 결혼으로 취득한 것이긴 하지만 영국 국적을 가진 사람에게는 당연한 예의에 따라 실내에 들어서면 즉시 모자를 벗었기 때문이지요. 하지만 외투는 전혀 다른 문제였지요. 외투와 관련해서는 제가 알아듣도록 이야기를 해 봤지만 아무 소용이 없었습니다. 제 짐작으로는 몇 푼 안 되는 수입으로는 번드르르한 얼굴과 번드르르한 외투를 동시에 유지할 여유가 없었던 것이지요. 니퍼 군이 언젠가 언급한 대로, 터키 씨의 돈은 대부분 붉은 잉크를 사는 데 사용되었습니다. 어느 겨울날 저는 터키 씨에게 제가 입었던 외투를 하나 선물했습니다. 솜을 넣고 누벼서 아주 포근할 뿐만 아니라, 무릎 위에서부터 목까지 단추가 줄줄이 달린 아주 근사한 회색 외투였습니다.

전 터키 씨가 이런 저의 호의를 감사하게 받아들여서 오후만
되면 시작되는 경솔함과 부산스러움이 조금은 잦아들 것이라
고 생각했습니다. 하지만 전혀 그렇지 않았습니다. 솜털처럼
부드럽고 담요처럼 따뜻한 그 외투가 터키 씨에게는 치명적인
악영향을 미친 사실이 너무나도 분명해졌기 때문입니다. 말에
게 귀리를 너무 많이 주면 오히려 안 좋다는 말 그대로였습니
다. 성질 급하고 고집 센 말이 귀리를 많이 먹으면 힘을 주체
하지 못하고 날뛰는 것과 같이 터키 씨도 그 외투를 걸치면서
더 의기양양해졌죠. 오만불손해진 겁니다. 부가 독이 되는 사
람인 것이죠.

터키 씨의 고주망태 술버릇에 관해서는 저 나름으로 짐작
이 가는 바가 있습니다만, 니퍼 군의 경우에는, 다른 부분에서
는 결함이 없지 않겠지만, 적어도 술과 관련해서는 절제를 잘
하는 젊은이인 게 분명했습니다. 그렇지만 니퍼 군은 살면서
한 잔의 술도 필요 없게 태어난 것이 분명했습니다. 자연 자
체가 양조업자가 돼서 니퍼 군을 브랜디같이 성마른 성격으
로 최대한 가득 채워 세상에 내보낸 것이죠. 조용한 제 사무
실 안에서 니퍼 군이 갑자기 의자에서 벌떡 일어나 자기 책상
을 내려다보며 두 팔을 활짝 벌려 책상의 너비를 가늠한다든
지, 마치 책상이 자신을 괴롭히고 화나게 만들겠다는 고약한
의지를 보유한 생명체이기라도 한 듯, 단호하고도 힘겨운 동작
으로 책상을 이리저리 옮기거나 젖히거나 하는 모습들을 떠
올려 보면 니퍼 군은 브랜디든 물이든 그 어느 것도 필요하지
않은 사람인 게 확실합니다.

니퍼 군의 부산스러움과 그에 따른 신경질적인 반응들이 소화 불량이라는 특이한 원인으로 발생했기 때문에 그런 증상이 주로 오전에만 발생하고, 오후에는 비교적 잠잠해진다는 점은 제게는 아주 다행한 일이었습니다. 터키 씨의 발작은 12시가 되어야 시작됐으므로 제가 두 사람의 기이한 행동을 한꺼번에 겪어야 하는 경우는 없었기 때문이죠. 두 사람의 발작은 보초처럼 교대로 발생했다고 할까요. 니퍼 군의 발작이 진행될 때는 터키 씨의 발작이 잠잠하고, 터키 씨의 발작이 시작되면 니퍼 군의 발작이 잠잠해지는 셈이었으니까요. 당시 상황으로서는 나름 괜찮은 조합이었습니다.

세 번째 직원은 진저 넛으로 열두 살가량의 소년이었습니다. 아버지는 배달부였는데, 죽기 전에 아들이 손수레 대신 변호사석에 앉아 있는 모습을 보고 싶어 했지요. 그래서 아들을 제 사무실로 보냈고, 진저 넛은 주급 1달러에 법률도 배우면서, 심부름도 하고, 청소도 하게 됐습니다. 진저 넛은 자기 책상이 따로 있었는데 정작 별로 사용하지는 않았습니다. 제가 한번 들여다봤을 때, 서랍 안에는 갖가지 견과류 껍질만 잔뜩 들어 있었죠. 이 영민한 아이에게는 법률이라는 고상한 학문도 견과류 껍질 속에 들어 있을 정도로 지극히 단순했던 것이지요. 진저 넛에게 부과된 업무 중 제일 중요하기도 하고, 또 본인이 가장 잽싸게 처리하는 일과는 터키 씨와 니퍼 군에게 과자와 사과를 날라 주는 일이었습니다. 법률 서류를 필사하는 작업은 입안을 건조하고 칼칼하게 만드는 것으로 유명하기에, 저의 두 필경사는 세관과 우체국 근처 노점에서 파는 뉴욕주 원산의 스피첸버그 사과로 자주 입안을 축여 왔습니다. 마찬가지로 두 사람은 진저 넛에게 아주 특이한 과자를 사 오라고 자주 심부름을 시켰습니다. 조그마하고, 납작하게 동그란 모양의 과자였는데, 생강이 들어 있어 맛이 아주 강했습니다. 그래서 진저 넛이란 별명이 그 소년에게 붙게 됐지요. 할 일이 그렇게 많지 않은 추운 날 오전이면 터키 씨는 이 과자를 무슨 웨하스라도 되는 양 수십 개나 먹어 치웠지요. 사실 1페니에 예닐곱 개를 팔았으니 싸긴 싼 과자였죠. 터키 씨의 입속에서 바작거리며 들려오는 과자 씹는 소리가 잉크 펜을 긁으며 나는 소리와 한데 섞이곤 했습니다. 터키 씨가 오후에 저지르는 그 모든 실수와 덤벙거림 중에는 입술로 물고 있다가 촉촉해진 생강 과자를 담보 증서가 든 봉투에 철썩 붙여 봉인해 버린 일도 들어갑니다. 그때 저는 그 자리에서 터키 씨를 해고할 뻔했습니다. 하지만 터키 씨는 동양식으로 허리를 깊이 숙여 절을 하고는 다음과 같이 말하며 제 화를 누그러뜨렸지요. "외람스러우나, 변호사님, 제 돈으로 변호사님께 문구를 하나 보태 드렸으니 제가 아주 인심이 후합니다."

자, 제가 형평법원장직을 맡게 되면서 부동산 양도 증서 작성과 부동산 권리 증서 추적, 온갖 종류의 난해한 서류 작성 등 변호사로서의 저의 본업이 상당히 증가하게 되었습니다. 필경사의 업무량이 확 늘어난 것입니다. 있는 직원들을 다그쳐야 할 뿐만 아니라 새로운 직원도 고용해야 했습니다. 제가 낸 광고를 보고 젊은이 하나가 어느 날 아침 제 사무실 출입문 안으로 들어와 우두커니 서 있었습니다. 여름이었으니 문이

열려 있었던 거지요. 지금도 그 모습이 눈에 선합니다. 창백하게 단정하고, 애처롭게 정중하며, 도리 없이 쓸쓸한 모습! 바틀비 군이었습니다.

업무 능력에 관해 한두 마디 물어본 다음 저는 바틀비 군을 고용했습니다. 그토록 각별하게 고요한 면이 있는 사람을 지금의 제 필경사들과 함께 일하게 하는 것이 마음에 들었습니다. 터키 씨의 덤벙거리는 성격과 니퍼 군의 신경질적인 기질에 어느 정도 좋은 영향을 끼칠 수 있겠다 생각한 것이었죠.

미처 말씀드리지 못했지만, 제 사무실은 불투명 유리를 단 접문을 사이에 두고 둘로 나뉘어 있었습니다. 한쪽은 필경사 직원들의 작업 구역이고, 다른 한쪽은 제가 사용하고 있었지요. 제 기분에 따라 그 접문을 열었다가 닫았다가 했습니다. 전 바틀비 군의 자리를 접문 옆에 배정하기로 했습니다. 하지만 제가 있는 구역 안이었죠. 간단히 처리할 문제가 발생할 경우 손쉽게 부를 수 있는 거리에 이 조용한 젊은이를 두고 싶었기 때문입니다. 저는 바틀비 군의 책상을 조그만 들창에 바짝 붙여 배치했습니다. 이 창으로는 원래 어느 건물의 지저분한 뒤뜰과 뒷벽의 측면이 내다보였지만, 그 후 계속 건물들이 들어서면서 이제는 아무것도 보이지 않고 약간의 빛만 들어오는 정도였습니다. 유리창과 불과 1미터 이내에 벽이 있었고, 빛은 마치 돔형 천정에 뚫린 작은 구멍을 통해 비치듯 고층 건물 두 채 사이 까마득히 높은 곳에서부터 내려오고 있었지요. 공간을 좀 더 흡족하게 배치하기 위해 저는 녹색으로 된 높다란 접이식 칸막이를 마련했습니다. 제 시야에서 가리기는 하되 제 목소리는 들리는 거리 내에 바틀비 군을 두려 한 것입니다. 이렇게 해서 저는 다른 사람과 같은 공간에 있으면서도 나 혼자만의 공간을 확보할 수 있었습니다.

처음에 바틀비 군은 엄청난 양의 필사를 해냈습니다. 필사에 오랫동안 굶주렸던 듯 서류들을 마구마구 집어삼키는 것이었습니다. 소화를 위한 휴식 같은 것은 없었죠. 바틀비 군은 주야간 연속으로 근무했으므로, 햇빛 아래에서도 필사하고 촛불 아래에서도 필사를 계속했습니다. 바틀비 군이 열심히 필사하면서도 쾌활했다면 전 바틀비 군을 고용하기를 아주 잘했다고 여겼을 겁니다. 하지만 바틀비 군은 필사 작업을 하는 내내 말이 없었고, 창백했으며, 기계적이었습니다.

자신이 필사한 복사본의 정확도를 토씨 하나까지 철저히 확인하는 것은 필경사에게 필수적인 의무죠. 사무실에 필경사가 둘이나 그 이상이 근무한다면 서로가 서로의 필사본을 검토하는 걸 도와줍니다. 한 명이 필사본을 읽으면, 다른 한 명이 원본을 들고 확인하는 식입니다. 아주 단조롭고 피곤하며, 지루한 과정이죠. 성격이 괄괄한 사람에게는 도저히 견딜 수 없는 작업일 거라고 생각합니다. 예컨대 다혈질이었던 바이런 같은 시인이 주름진 손으로 빽빽하게 필사한 법률 관련 서류, 가령 500쪽이나 되는 서류를 바틀비 군과 함께 앉아 아무 불평 없이 검토했다고 하면 아무도 믿지 않을 것입니다.

가끔 업무가 많아 아주 바쁜 경우, 간단한 서류 같은 것을 비교 검토할 때는 습관처럼 제가 직접 도와주기도 했습니다.

터키 씨이건 니퍼 군이건 제 방으로 불러들이는 거지요. 바틀
비 군을 칸막이 너머 가까이에 있게 한 목적의 하나도 그런
사소한 일을 할 때 손쉽게 도움을 받는 것이었습니다. 제 기억
으로는 저와 함께한 지 사흘째 되는 날이었을 겁니다. 바틀비
군의 필사본을 검토할 필요가 발생하기 전이었지요. 제가 담
당하고 있던 작은 서류를 급하게 마감해야 해서 갑자기 바틀
비 군을 불렀습니다. 제가 급하기도 했고 또 당연히 즉각적인
반응을 예상하고 있었기에, 저는 머리를 숙여 책상 위 원본에
서 눈을 떼지 않은 채 필사본을 든 오른손을 옆쪽으로 홱 내
뻗었지요. 바틀비 군이 자기가 있던 구석에서 나오면 바로 건
네받아 즉시 대조를 시작할 생각이었던 겁니다.

바로 이 자세로 바틀비 군을 불러내면서 저는 이유를 재빨
리 설명했습니다. 저와 함께 짧은 서류 하나를 검토하자고 했
던 겁니다. 제가 얼마나 놀랐을지, 아니 얼마나 경악했을지 상
상해 보십시오. 바틀비 군이 자기 자리에서 움직이지도 않은
채 유난히 차분하고 확고한 목소리로 대답했던 것입니다.

"전 그러지 않는 편이 좋겠습니다."

전 잠시 아무 말도 할 수 없었습니다. 충격받은 정신을 추
슬러야 했으니까요. 당장에는 제가 잘못 들었거나, 아니면 바
틀비 군이 제 말을 완전히 잘못 알아들었다고 생각했습니다.
저는 제가 낼 수 있는 최대한 명확한 목소리로 다시 말해 주
었습니다. 그렇지만 제 말만큼이나 명확한 어조로 이전의 대
답이 되돌아왔습니다. "전 안 그러는 게 좋겠습니다."

"안 그러는 게 좋다." 매우 흥분한 제가 벌떡 일어나 큰 걸음

으로 방을 가로지르며 되뇌었습니다. "무슨 말이지? 자네 돌았나? 여기 이 서류 나와 검토해 주게, 받게." 서류를 바틀비 군 쪽으로 불쑥 내밀었습니다.

"전 그러지 않는 편이 좋겠습니다."

저는 바틀비 군을 찬찬히 들여다보았습니다. 바싹 야윈 얼굴에 회색 눈이 고요하고 차분했습니다. 동요의 조짐이라곤 전혀 없었습니다. 불안이나 분노, 초조함, 무례함 같은 것이 조금이라도 엿보였더라면, 다시 말해 인간적인 무언가가 조금이라도 느껴졌다면 분명히 저는 호통을 쳐서 바틀비 군을 내쫓았을 것입니다. 하지만 그랬더라면 그것은 제가 방 안에 두고 있던 창백한 키케로 석고 흉상을 밖으로 내쫓으려고 하는 것과 마찬가지였을 것입니다. 저는 그 자리에 서서 한동안 바틀비 군을 쳐다보았습니다. 바틀비 군은 필사를 계속 이어갔고, 저는 제 책상으로 돌아와 앉았습니다. 참으로 이상한 일일세. 전 생각했습니다. 이럴 땐 어떻게 해야 하지? 그렇지만 하던 일을 마저 끝마쳐야 했습니다. 당분간 그 일은 잊어버리고 나중에 시간이 나면 다시 생각해 봐야겠다고 결론지었죠. 그래서 다른 방에 있던 니퍼 군을 불러서 서류를 급하게 마감했습니다.

이 일이 있고 며칠이 지났을 때, 바틀비 군이 네 건의 아주 긴 서류를 필사하는 작업을 끝마쳤습니다. 저의 형평법원에서 제 면전에서 행해진 증언의 일주일 치 기록을 네 부의 필사본으로 마련한 것입니다. 검토가 필요했죠. 아주 중요한 문건이었으므로 최대한 정확해야 했습니다. 모든 준비를 마친 저는 터키 씨와 니퍼 군, 그리고 진저 넛을 제 방으로 불렀습니다. 네 명의 직원에게 각각 한 부씩 맡길 생각이었지요. 원본은 제가 읽을 예정이었습니다. 당연히 터키 씨와 니퍼 군과 진저 넛은 필사본을 손에 들고 나란히 자리에 앉았습니다. 저는 이 유별난 사람들과 자리를 같이하도록 바틀비 군을 불렀습니다.

"바틀비 군! 빨리! 내가 기다리고 있어요."

양탄자가 깔리지 않은 맨바닥 위로 천천히 의자 다리가 긁히는 소리가 들려왔습니다. 그러고는 곧 바틀비 군이 모습을 드러내 자신의 은신처 입구에 섰습니다.

"필요한 게 무엇인지요?" 차분하게 물었습니다.

"필사본들, 필사본." 제가 급하게 일러 주었습니다. "지금 검토할 거야. 자 여깄네." 저는 네 번째 필사본을 앞으로 내밀었습니다.

"전 그러지 않는 편이 좋겠습니다." 바틀비 군은 칸막이 너머로 조용히 모습을 감추었습니다.

잠시 저는 줄지어 앉은 직원들 앞에서 소금 기둥처럼 굳은 채 서 있었습니다. 정신을 차린 저는 칸막이 앞으로 다가갔습니다. 왜 그런 이상한 행동을 하는지 그 이유를 물었습니다.

"거부하는 이유가 뭔가?"

"전 그러지 않는 편이 좋습니다."

다른 사람이었더라면 전 당장 어마어마하게 흥분했을 것입니다. 욕이란 욕은 다 해 대고 창피를 줘서 제 앞에서 꺼져 버리게 했을 겁니다. 하지만 바틀비 군에게는 이상하게 저를 유순하게 만들고, 나아가 이해할 수 없는 방식으로 저의 마음을 움직이고, 또 저를 당혹하게 만드는 무언가가 있었습니다. 저는 차근차근 따지기 시작했습니다.

"지금 검토하려는 건 자네가 필사한 서류라네. 이건 자네 수고를 덜어 주려는 것이잖나. 한 번에 네 부를 모두 검토할 수 있으니까. 이건 상례야. 필경사라면 자신의 필사본을 검토할 때 도와주는 것이 의무란 말일세. 그렇지 않나? 뭐라고 말도 안 할 건가? 대답을 해 보게!"

"전 그러지 않는 편이 좋습니다." 피리에서 새어 나오는 듯 가는 목소리의 대답이었습니다. 제 생각으로는, 제가 하는 말을 들으면서 바틀비 군은 제 말 한마디 한마디를 다 따져 보고서, 그 의미를 완전히 이해한 다음, 제 말이 전달하는 결론이 거부할 수 없을 만큼 명확한 사실이라는 것을 부인할 수 없다고 판단했을 것입니다. 그렇지만 뭔가 그런 판단을 능가하는 더 높은 차원의 기준이 따로 있었던 것이겠지요. 그러니까 그렇게 대답할 수밖에 없었던 것입니다.

"그러니까, 자네는 확고하구면. 내 요청을 따르지 않겠다는 거지? 상례와 상식에 맞는 내 요청을?"

바틀비 군은 그 점에 관해서는 제 판단이 옳다는 요지의 말을 짤막하게 했습니다. 그렇습니다. 바틀비 군의 결정은 되돌릴 수 없는 것이었습니다.

사상 유례가 없고 또 엄청나게 비합리적인 방식으로 철저하게 패배하게 되면 사람은 자신의 평소 신념을 의심하기 시작하는 법입니다. 다시 말해 뭔가 이해할 수 없는 결과이기는 해도, 모든 정당성과 합리성이 상대에게 있다고 생각하기 시작하는 것입니다. 그래서 주변에 제삼자가 있다면, 자신의 흔들리는 마음을 다잡기 위해 그 사람에게 도움을 청하기 마련입니다.

"터키 씨." 제가 불렀죠. "어떻게 생각하세요? 제가 틀린 건가요?"

"외람스러우나, 변호사님." 터키 씨가 무심하게 대답했습니다. "변호사님이 옳다고 봅니다."

"니퍼 군, 자넨 어떻게 보나?"

"제 발로 걷어차서 사무실에서 쫓아내고 싶습니다."

(기억력이 좋은 독자분들께서는 이 사건이 벌어진 현재가 오전이었고, 그래서 터키 씨의 대답은 점잖고 평온한 어조였으며, 니퍼 군의 대답은 사나운 어조였다는 점을 눈치채실 것입니다. 혹은 이전에 드렸던 말씀을 다시 반복하자면, 니퍼 군의 사나운 기질이 보초 근무 중이었고, 터키 씨의 험한 기질은 휴식 중이었던 거지요.)

"진저 넛." 제 편에 서 주기를 바라며 제일 어린 유권자에게도 물었습니다. "넌 어떻게 생각하니?"

"제 생각에는요, 변호사님. 살짝 맛이 간 것 같아요." 싱긋 웃으며 진저 넛이 대답했습니다.

"다 들었겠지." 칸막이 쪽으로 돌아서며 제가 말했습니다. "이리 나와서 할 일을 하게."

하지만 아무 대답도 들려주지 않았습니다. 전 당혹감에 휩싸여 잠시 고민했습니다. 그러나 이번에도 일을 끝마치는 것이 급했습니다. 다시 한번, 저는 나중에 시간이 나면 이 골칫거리를 곰곰이 생각해 보기로 결정했습니다. 약간 더 수고스러웠지만, 우리는 바틀비 군 없이 서류를 검토했습니다. 한두 쪽 넘어갈 때마다 터키 씨는 공손한 어조로 이런 식으로 일을 처리하는 것은 비정상적이라는 언급을 빠뜨리지 않았죠. 니퍼 군은 소화 불량발 신경질을 부리며 한시도 가만히 앉아 있지 못했습니다. 간간이 꽉 다문 이 사이로 칸막이 너머의 고집불통 얼간이 자식에 대한 욕을 씩씩거리며 내뱉기도 했습니다. 그리고 자기로서는 돈도 받지 않고 다른 사람의 일을 해 주는 건 이번이 처음이자 마지막이라고 못 박기도 했지요.

그 와중에도 바틀비 군은 자신의 은신처에 틀어 앉아 이 모든 상황에도 아랑곳하지 않고 오로지 자신만의 일에 집중했습니다.

역시 분량이 많은 필사 작업이 바틀비 군에게 맡겨지고 며칠이 지났습니다. 의외의 행동으로 저를 놀라게 했던 터라 저는 바틀비 군의 일거수일투족을 지켜보았습니다. 식사를 하러 나가는 일은 없었습니다. 사실 그 어디에도 나가지 않았지요. 여태껏 사무실 바깥으로 나가는 걸 본 적이 한 번도 없었으니까요. 바틀비 군은 그 구석에 배치된 근무 교대 없는 보초였습니다. 그렇지만 오전 11시가 되면 진저 넛이 바틀비의 칸막이 입구로 다가가는 것이 눈에 띄었습니다. 제가 앉아 있는 곳에서는 보이지 않지만, 몸짓으로만 전해지는 무음의 부름에 응하는 듯했습니다. 그러고는 곧 동전을 짤랑이며 사무실을 나가 한 줌의 생강 과자를 들고 다시 나타나서는 그 은신처로 배달하는 것이었습니다. 수고비는 생강 과자 두 개였지요.

그러니까 생강 과자를 먹고 사는 거로구나. 전 그렇게 생각했습니다. 있는 그대로 말하자면 밥은 안 먹는 것이군. 그러니까 채식주의자인 게로구먼. 하지만 아니었습니다. 바틀비 군은 채소도 먹지 않았습니다. 오로지 생강 과자만 먹었습니다. 그러자 저의 마음은 오로지 생강 과자만 먹고 사는 것이 인간의 몸에 어떤 영향을 미칠지에 대한 실없는 생각으로 가득 찼습니다. 생강 과자라는 특유의 맛을 결정하는 재료로 생강이 들어갔기에 그렇게 부르는 것 아닌가. 생강이란 게 뭔가? 맵고 자극적인 것이다. 바틀비라는 사람이 맵고 자극적인가? 전혀 그렇지 않다. 생강은, 그렇다면, 바틀비에게는 아무런 영향을 미치지 않는다. 차라리 생강이 전혀 들어 있지 않은 편을 더 좋아할 것이다.

차분한 사람을 자극하는 것으로 소극적인 저항 이상 가는 것이 없을 것입니다. 그런 식으로 저항을 당하는 사람이 비인간적인 성격을 지닌 사람이 아니라면, 그리고 저항을 하는 사람이 아무런 악의를 갖고 있지 않다면, 그렇다면 저항을 당하는 사람은, 특별히 기분이 나쁘지 않을 때라면, 선량하게도 이미 불가능하다고 입증된 문제도 자신의 지혜로 해결할 수 있으리라 상상하게 될 것입니다. 그렇다 하더라도, 저는 바틀비 군과 그의 행동을 어느 정도 주시하고 있었습니다. 불쌍한 친구! 전 생각했습니다. 말썽을 피우려는 게 아니야. 일부러 무례하게 구는 건 아닌 게 명백해. 내가 그간 관찰해 온 바에 의하면, 자기 의지로 저렇게 이상하게 처신하는 건 분명히 아니야. 일도 잘하지 않나. 내가 잘 구슬려서 데리고 있을 수 있을 거야. 지금 내쫓으면 결국 몰인정한 사람에게 고용될 것이고, 그러면 아주 심한 대접을 받아, 어쩌면 비참하게 굶어 죽게 될지도 몰라. 맞아. 내가 좋은 사람이란 걸 거저나 마찬가지로 입증할 수 있는 좋은 기회야. 바틀비와 잘 지내는 것, 저 이상한 똥고집을 그냥 참아 주는 건 나로선 거의 손해 볼 게 없어. 대신 언젠가는 내 양심을 위한 달콤한 양식이 될 것을 조금이나마 내 영혼 속에 비축해 두는 것이지. 하지만 이런 생각이 한결같지는 않았습니다. 바틀비 군의 수동적인 태도에 가끔 화가 치밀기도 했습니다. 제가 느끼는 화에 버금가는 화를 벌컥 내어 주기를 기대하며 다시 한번 맞부딪혀 볼까 하는 이상한 충동을 느꼈던 거지요. 그렇지만 주먹으로 윈저 비누 조각을 때려 불을 지피려고 시도하는 편이 더 나았을 겁니다. 그런데 어느 날 오후 저는 사악한 충동을 이기지 못했고, 다음과 같은 소동이 벌어지게 됐습니다.

"바틀비 군." 제가 말을 걸었습니다. "지금 작업하고 있는 서류들 다 완성되면 내가 자네와 검토할 걸세."

"전 그러지 않는 편이 좋겠습니다."

"어째서? 자넨 그 말도 안 되는 똥고집을 계속 부리겠다는 건가?"

대답이 없었습니다.

전 가까운 접문을 열어젖히고 터키 씨와 니퍼 군 쪽을 쳐다보며 짐짓 과장된 목소리로 외쳤습니다.

"자기 필사본을 검토하지 않겠답니다, 두 번째예요. 어떻게 생각하시나요, 터키 씨?"

오후였다는 점 기억하세요. 터키 씨는 황동 보일러처럼 달아오른 채 앉아 있었습니다. 대머리에서는 김이 나고 있고, 손은 잉크 얼룩 범벅의 서류 틈에서 갈팡질팡하고 있었습니다.

"어떻게 생각하냐고요?" 터키 씨가 고함을 질렀습니다. "제가 칸막이 뒤로 들어가서 눈탱이를 밤탱이로 만들어 주겠습니다!"

터키 씨는 이 말을 하면서 자리에서 벌떡 일어나 팔로 권투 자세를 취했습니다. 그러고는 자신의 말을 실행에 옮기려고 서둘렀습니다. 저는 점심 이후 터키 씨의 호전성을 경솔하게 자극했던 결과에 깜짝 놀라 그 양반을 제지했습니다.

"앉으세요, 터키 씨. 니퍼 군의 생각도 들어 보자고요. 니퍼 군, 자네는 어떻게 생각하나? 바틀비 군을 즉각 해고하는 게 맞다고 보지 않나?"

"죄송하지만 그건 변호사님께서 결정하실 문제입니다. 저런 행동은 정상적이진 않습니다. 그리고 저나 터키 선배님에겐 공정하지도 않지요. 하지만 저런 게 다 그냥 지나가는 일시적인 변덕일 수도 있습니다."

"아." 전 탄식했죠. "이상하게 자네는 그새 마음이 바뀌었나 보군. 이제는 아주 점잖게 받아들이고 있지 않나."

"맥주 때문입니다." 터키 씨가 외쳤습니다. "맥주를 마셔서 점잖은 겁니다. 점심을 저와 같이 먹었거든요. 변호사님, 지금 제가 아주 점잖죠, 눈에 멍이 들도록 한 방 먹여 줄까요?"

"바틀비 군을 두고 하는 말이겠죠? 참으세요. 오늘은 아닙니다, 터키 씨. 제발이지, 주먹을 내리세요."

저는 접문을 닫고 다시 바틀비 군 쪽으로 다가갔습니다. 좀 더 의기양양해지고 싶은 위험한 유혹이 강렬하게 느껴졌습니다. 다시 한번 도전을 받아 보고 싶어진 것이지요. 전 바틀비 군이 사무실을 떠난 적이 없다는 사실을 떠올렸습니다.

　"바틀비 군." 제가 불렀습니다. "진저 넛이 어디 가고 없네. 우체국에 잠시 다녀와 주겠나?(걸어서 삼 분 거리입니다.) 내 앞으로 뭐가 와 있나 좀 봐주게."

　"전 그러지 않는 편이 좋겠습니다."

　"그러지 않겠다고?"

　"그러지 않는 편이 좋겠습니다."

　전 비틀거리며 제 책상으로 돌아왔습니다. 앉아서 곰곰이 생각에 잠겼습니다. 다시 오기가 생겼습니다. 이 깡마르고 무일푼인 인간에게, 내게서 월급을 받아먹는 직원에게 굴욕스럽게 거부당할 게 뻔한 또 다른 일은 없을까? 완벽하게 합리적인 일, 하지만 하지 않겠다고 거부할 것이 뻔한 새로운 일거리로 뭐가 더 있을까?

　"바틀비 군!"

　대답이 없었습니다.

　"바틀비 군!" 좀 더 큰 소리로 불렀습니다.

　"바틀비!" 고함을 질렀습니다.

　정말 유령처럼, 마법사의 주문에 응해 모습을 드러내듯 세 번째로 불렀을 때에야 바틀비 군이 은신처 입구에 나타났습니다.

　"옆방에 가서 니퍼 군 좀 불러 오게."

"전 그러지 않는 편이 좋겠습니다." 바틀비 군이 공손하게 천천히 말했습니다. 그러고는 슬그머니 모습을 감추었습니다.

"알았네, 바틀비 군." 저는 당장이라도 무시무시한 보복을 가하겠다는 확고한 의지를 담은 듯 엄정하고 단호하며 침착한 목소리로 말했습니다. 당시에는 실제로 그 비슷한 조치를 취할 의도도 반쯤은 있었습니다. 하지만 전체적으로 고려해 볼 때, 그리고 또 저의 저녁 시간도 다 되어 가고 있었기 때문에, 저는 당혹감과 불편한 심기를 안은 채 이만 모자를 쓰고 퇴근하는 것이 최선의 길이라고 생각했습니다.

그냥 제가 인정할까요? 이 사단이 어떤 결과로 이어졌는지 다 말씀드리지요. 이후 제 사무실의 기정사실이 되어 버렸으니까요. 창백한 얼굴의 젊은 필경사 하나가, 바틀비라는 이름의 필경사이지요, 제 사무실에 책상 하나를 차지하고 있었습니다. 한쪽(단어 수가 100입니다.)당 4센트의 통상적인 보수를 받고 제 밑에서 필사 작업을 했죠. 그렇지만 이 친구는 자신이 작성한 필사본을 비교 검토하는 작업에서는 영원히 면제되었습니다. 그 의무는 훨씬 더 빈틈없이 정확하다는 칭찬의 말과 함께 터키 씨와 니퍼 군에게로 넘겨졌습니다. 게다가 이 바틀비라는 직원은 아무리 사소한 심부름도 절대로 하지 않게 되었죠. 그리고 설사 그런 일을 해 달라고 부탁한다손 치더라도 이 친구는 그러지 않는 편을 좋아하리라는 것을, 다시 말해 단칼에 거절해 버릴 것이라는 사실을 모두가 받아들이게 되었습니다.

날이 감에 따라, 저는 바틀비 군에 대해 상당히 많은 것을 받아들이게 되었습니다. 꾸준함과 최고의 작업 효율성, 간단없는 근면성(칸막이 뒤에서 우두커니 서서 공상에 잠기는 때는 제외합니다.), 더할 나위 없는 정숙성, 어떤 경우에도 한결같은 처신 등을 고려해 볼 때, 바틀비 군은 저로서는 꽤 유용한 직원이었죠. 가장 소중한 자질은 바로, 언제나 사무실에 있다는 점이었습니다. 아침이면 제일 먼저 와 있고, 낮이 다 가도록 있다가, 밤에는 제일 마지막까지 남아 있었습니다. 전 바틀비 군이 정직하다는 사실에 각별한 믿음이 갔습니다. 저의 가장 소중한 서류들도 바틀비 군의 손에 있으면 무사할 것이라고 생각했습니다. 물론 솔직히 말씀드리자면, 가끔 발작적으로 화를 내는 경우가 없지 않아 있었지요. 왜냐하면 제 사무실에서 바틀비 군이 누리고 있던 암묵적인 조건들, 즉 기이한 일탈적 행동과 특권, 그리고 유례없던 면제 사항 등을 언제나 마음에 새겨 두고 지내는 것이 지극히 어려운 일이었으니까요. 어쩌다가 급한 일을 직원들에게 배당하는 데 너무 열중해서 무심코 바틀비 군을 짧고 다급한 어조로 부르곤 했죠. 가령 서류 뭉치를 눌러 붉은 끈으로 묶다가 첫 번째 매듭을 지은 다음, 그 위에 손가락을 올려서 매듭을 눌러 달라고 부탁할 때 같은 경우 말이지요. 당연히 칸막이 뒤에서는 "전 그러지 않는 편이 좋겠습니다."라는 예의 그 대답이 들려왔습니다. 그러면 약점이 있을 수밖에 없는 종류의 본성을 지닌 사람이라는 존재로서 어떻게 제가 그런 일탈적인 행동에, 그처럼 터무니없는 반응에 대고 지독한 욕을 퍼붓지 않을 수 있었겠습니까. 그렇지만 이런 식의 거절이 매번 누적됨에 따라 무심코 그런 실수를 되풀이하는 확률은 점점 줄어들게 됐습니다.

이쯤에서 미리 알려 드리겠습니다. 많은 사람이 오가는 법률 사무소 건물에 자리를 마련한 여느 법률가에게나 마찬가지로, 제 사무실 출입문 열쇠는 여러 개였습니다. 하나는 제일 꼭대기 층에 거주하던 아주머니가 갖고 있었습니다. 매일 제 사무실 먼지를 털고 바닥을 쓸어 주고, 일주일에 한 번은 물걸레질을 해 주는 분이었죠. 다른 하나는 편의상 터키 씨에게 맡겨져 있었습니다. 세 번째 것은 제가 가끔 호주머니에 넣어 다녔죠. 마지막 열쇠는 누가 가지고 있는지 몰랐습니다.

자, 어느 일요일 아침, 전 어떤 유명한 목사의 설교를 들으러 트리니티 교회에 가게 되었습니다. 너무 일찍 도착했다는 걸 깨닫고는 잠시 사무실까지 산책하기로 했습니다. 다행히 열쇠가 제게 있었습니다. 그런데 열쇠를 꽂아 보니 안쪽에서 집어넣은 뭔가로 열쇠 구멍이 막혀 있었습니다. 깜짝 놀란 저는 안에 누가 있느냐고 소리를 질렀습니다. 제가 소란을 피우자 안쪽에서 열쇠가 돌아갔습니다. 바싹 야윈 얼굴이 불쑥 튀어나왔습니다. 비죽이 열린 문을 잡고 서 있는 것은 바틀비 군의 유령 같은 모습이었습니다. 겉옷을 걸치지 않은 셔츠 차림, 아니 이상한 누더기 같은 것들을 걸친 흐트러진 차림새였습니다. 그러면서 죄송하다고, 한창 뭔가를 하던 중이라고, 그리고 지금은 안으로 모시지 않는 편이 좋겠다고 나직한 목소리로 말했습니다. 한두 마디 덧붙였는데, 주위를 두세 번만 더 돌다 오면 안 되겠냐고, 그러면 하던 일을 다 끝마칠 거라는 것이었습니다.

일요일 아침 저의 사무실에서 기거하고 있던 바틀비 군이 시체에게나 어울릴 듯 점잖게 태연한 모습으로, 그러면서도 확고하고 자신감 있는 모습으로 출현한 것은 아예 예상조차 할 수 없었던 일이었기에, 저는 이상한 기분에 휩싸여 칠칠치 못하게도 저 자신의 사무실 문에서 슬금슬금 물러나 시키는 대로 했습니다. 그렇지만 이 불가해한 필경사의 점잖은 뻔뻔함에 대한 무기력한 반항심으로 가슴이 아리지 않은 것은 아니었습니다. 실제로 바틀비 군의 기이하게 부드러운 태도는 저를 무장 해제시켰을 뿐만 아니라 저를, 말하자면 사내답지 못한 놈으로 만들어 버렸습니다. 자신이 고용한 직원으로부터 지시를 받고, 자기 소유의 공간에서 물러나라는 명령을 받는데도 아무 말 없이 그대로 따른다는 것은, 적어도 그러는 동안에는 사내다움을 상실하게 된다는 것 아니겠습니까. 게다가 저는 일요일 아침에 외투도 걸치지 않은 셔츠 바람으로, 아니면 흐트러진 모습으로 제 사무실에서 바틀비 군이 도대체 무엇을 하고 있었는지 꺼림칙하기 그지없었습니다. 무슨 부적절한 일이 일어나고 있었던가? 아니야. 말도 안 돼. 바틀비 군이 부도덕한 인물이라고는 한순간도 생각할 수 없었습니다. 그렇다면 거기서 뭘 하고 있었던 걸까? 서류 필사? 그것도 아니었습니다. 아무리 이상한 행동을 많이 한다고 해도 바틀비 군은 경우가 바른 사람이었습니다. 거의 벌거벗은 차림으로 책상 앞에 앉는 것은 상상조차 할 수 없는 일이었습니다. 게다가 일요일이었습니다. 바틀비 군에게는 세속적인 일로 안식일의 원칙을 어기는 사람이라고는 생각할 수 없게 하는 분위기 같은 것이 있었습니다.

그럼에도 저의 마음은 여전히 불편했고, 마침내 저는 온갖 호기심을 잔뜩 품은 채 사무실로 돌아왔습니다. 이번에는 아무런 방해 없이 열쇠를 꽂아 문을 열 수 있었습니다. 바틀비 군은 보이지 않았습니다. 초조한 마음으로 사무실 안을 둘러보았습니다. 칸막이 뒤쪽도 들여다보았지요. 그렇지만 떠나고 없는 게 분명했습니다. 좀 더 차근차근 살펴보니 바틀비 군이 한동안 제 사무실에서 먹고, 자고, 옷 갈아입어 왔다는 것을, 그것도 접시도, 침대도, 거울도 없이 그래 왔다는 것을 짐작할 수 있었습니다. 한쪽 구석에 있는 찌걱대는 낡은 소파 위에는 야윈 몸을 뉘었던 자국이 희미하게 나 있었습니다. 책상 아래에는 돌돌 만 담요가 놓여 있었고, 텅 빈 난로 받침대 아래에는 구두약 통과 구둣솔이, 의자 위에는 양철 대야가 비누와 낡아 해진 수건 한 장과 함께 놓여 있었습니다. 신문지 위에는 생강 과자 부스러기와 치즈 조각이 있었지요. 맞아, 저는 생각했습니다. 바틀비는 여기서 살아왔던 게 분명해. 혼자서 이렇게 홀아비 살림살이 같은 생활을 해 온 거야. 그러자 갑자기 생각이 생각에 꼬리를 물고 마구 밀려왔습니다. 고립도 이런 고립이 있을 수 있나! 얼마나 외롭고 비참했을까! 가난도 가난이지만, 그 고독감이라니. 얼마나 지독했을까! 생각해 봐. 일요일이면 월 스트리트는 버려진 고대 유적 페트라 도시처럼 텅 비어. 그리고 매일 밤이 오면 역시 빈 공간으로 변하지, 이 건물도 마찬가지야. 낮이면 일이야 사람이야 넘쳐 나지만, 밤이 찾아오면 텅 빈 공허함만이 메아리칠 뿐이야. 일요일에는 물론 아무도 찾지 않는 곳이고. 그런데 바틀비는 이곳을 집으로 삼아 살고 있는 거야. 사람들로 넘쳐 나던 곳이 사람 하나 없는 곳으로 변하는 걸 혼자 지켜봐 온 거지. 배신당해 도망자 신세로 전락한 로마 장군 마리우스가 카르타고의 폐허에 앉아 깊은 상념에 빠진 모습이랄까!

저는 태어나서 처음으로 뼛속까지 사무치는 우울한 감정에 휩싸였습니다. 그 이전까지 제가 경험해 온 슬픔은 불쾌하지만은 않은 그런 종류의 슬픔이었습니다. 지금 저는 같은 인간이라는 유대감으로 인해 어쩔 수 없는 우울함에 빠져들고 있었습니다. 형제애의 우수였다고나 할까요. 저나 바틀비 군이나 모두 아담의 아들이었으니까요. 전 그날 보았던 화사한 비단옷들과 반짝이는 얼굴들을 떠올렸습니다. 나들이옷으로 차려입고 미시시피강 같은 브로드웨이 거리를 백조처럼 유유히 흘러가던 사람들. 창백한 필경사 바틀비 군과 이들의 모습을 나란히 떠올리고는 생각했죠. 아, 행복은 빛을 따라다니는구나. 그래서 우리는 이 세상이 즐겁다고 생각하는 거야. 불행은 저 먼 곳에 숨어 있어. 그래서 불행이란 존재하지 않는다고 믿는 것이고. 이런 슬픈 망상들, 어리석고 비정상인 저의 뇌가 만들어 낸 것이 분명한 이들 헛된 생각들은 바틀비 군의 기이한 행동들과 관련된 조금 색다른 생각으로 이어졌습니다. 뭔가 낯선 발견을 하게 될 것 같은 예감이 제 주위를 맴돌았습니다. 필경사 바틀비의 창백한 모습이 눈앞에 떠올랐습니다. 무심한 낯선 이들 가운데 수의에 싸여 바들바들 떨며 누워 있는 모습이었습니다.

갑자기 바틀비 군의 책상이 눈에 띄었습니다. 열쇠는 자물쇠에 꽂힌 채 그대로 있었습니다.

내가 무슨 잘못을 저지르려는 건 아니야. 인정머리 없이 내 호기심만 만족시키려는 게 아니지. 전 합리화했습니다. 게다가 이 책상의 주인은 나잖아. 그 안에 든 것도. 그러니 좀 들여다보면 어때. 모든 것이 깔끔하게 정리되어 있었습니다. 필사용 갱지까지 가지런히 놓여 있었죠. 서류 분류대 칸들의 공간은 깊었습니다. 꽂혀 있던 서류들을 꺼내고 뒤쪽으로 손을 집어넣어 더듬어 봤습니다. 곧 무언가가 느껴졌고, 저는 그걸 끄집어냈습니다. 낡은 밴다나 손수건이었습니다. 묵직했고, 뭔가를 매듭지어 싸고 있었습니다. 매듭을 풀어 보았습니다. 동전들이었습니다.

그동안 제가 이 사람에게서 눈여겨 봐 두었던 그 모든 은밀한 수수께끼 같은 의문점들이 생각났습니다. 절대로 먼저 말하지 않고 대답만 합니다. 가끔 있는 일이지만, 꽤 긴 시간을 아무 일 없이 있게 된다 하더라도 절대로 뭔가를 읽는 경우가 없습니다. 심지어 신문조차 읽지 않습니다. 오랫동안 칸막이 너머 흐릿한 창문 앞에 우두커니 서서 막다른 벽돌 벽을 하염없이 내다보곤 합니다. 그리고 식당 같은 곳을 가는 법이 없습니다. 창백한 얼굴로 미루어 보아 터키 씨처럼 맥주를 마신다거나, 심지어 여느 사람들처럼 홍차나 커피 같은 것도 마시지 않는 것으로 보입니다. 어느 곳이건 제가 알 만한 어떤 곳으로 찾아가는 일도 없습니다. 산책을 나가지도 않습니다. 지금의 경우는 예외가 될 수 있겠군요. 자신이 누군지, 어디 출신인지, 일가친척이라도 있는지에 대해서도 대답을 거부해 왔습니다. 그렇지만 그렇게 깡마르고 창백하면서도 어디가 아프다고 하소연한 적도 없습니다. 무엇보다, 뭔지 모르게 무의식적인 분위기, 뭔가 창백하면서도, 뭐라 해야 할까요, 굳이 표현하자면, 창백한 도도함? 아니, 근엄한 절제 같은 것이 있다는 인상을 줍니다. 제가 바틀비 군의 기이한 행동들을 그저 묵인할 수밖에 없었던 것도 바로 이런 기묘한 분위기 때문이었습니다. 아주 오랜 시간 아무것도 하지 않고 가만히 있을 때, 짐작건대 칸막이 뒤에서 벽돌 벽이나 바라보며 상념에 잠겨 있을 것이 분명해 보이는 그런 때에도 사소한 심부름조차 시키지 못했던 것은 같은 이유에서였지요.

이 모든 사실을 곱씹어 보면서, 그리고 그런 점들을 바틀비 군이 저의 사무실을 상시 거주 구역으로 삼아 왔다는 최근에 발견한 사실과 연결시키면서, 거기다 그 친구의 병적으로 우울한 분위기까지 잊지 않고 포함해, 모든 점을 이모저모 따져 보는 과정에서 저는 아주 신중하고 사려 깊은 결론에 도달했습니다. 맨 처음 저의 감정은 순수한 우울함과 진지한 연민이었습니다. 그렇지만 바틀비 군의 외로운 처지에 대해 더 많이 생각하게 되면서 그 우울함은 서서히 공포로 바뀌었고, 연민은 혐오로 변해 갔습니다. 비참한 정황을 직접 목격하거나 그에 대해 생각하게 될 때 그 정도가 일정 선을 넘지 않는 한에서만 애정을 느끼게 되지만, 그 선을 넘어서면 더 이상 애정이 우러나지 않게 된다는 말은 정말 맞는 말이기도 하고, 또 실망스러운 말이기도 합니다. 사람의 본성에 내재한 이기심 때문에 그런 것이라고 단언하는 사람들이 있다면 그 사람들은 잘못 생각하고 있는 겁니다. 그런 현상은 오히려 과도한 기질적 질환을 치유하는 것은 불가능하다는 절망감에서 기인한다고 해야 할 것입니다. 감수성이 풍부한 사람에게는 연민이 곧 고통인 경우가 흔합니다. 그리고 그런 연민이 실질적인 구원으로 이어질 수 없다는 사실이 명백해지면, 그 연민을 미련 없이 버리는 것이 상식에 맞는 일입니다. 그날 아침 제가 목격한 것은 바틀비라는 필경사가 치유 불가한 내재적 질환을 앓고 있다는 사실을 깨닫게 해 주었습니다. 저로서는 바틀비 군의 육체에는 자선을 베풀 수 있을 것입니다. 그렇지만 바틀비 군에게 고통을 주는 것은 육체가 아니었습니다. 고통받고 있는 것은 바틀비 군의 영혼이었죠. 영혼은, 저로서도 어쩔 도리가 없었습니다.

저는 그날 아침 트리니티 교회에 가는 것을 포기했습니다. 왜 그런지는 몰라도, 제 눈으로 목격한 사실로 인해 당분간은 예배에 참석할 자격을 상실한 것 같았습니다. 저는 집을 향해 걸어가며 바틀비 군을 어떻게 해야 할까 고민했습니다. 마침내 저는 다음과 같이 결심했습니다. 내일 아침 바틀비에게 지난 이력 등에 관해 조용히 물어보자. 솔직하고 분명하게 대답하기를 거부한다면(당연히 대답하지 않는 편이 좋겠다고 하겠지.) 그때는 그동안의 급료에 20달러짜리 한 장을 더 얹어 주며 말하는 것이다. 더 이상 출근할 필요가 없다고, 하지만 내가 도와줄 수 있는 다른 길이 있다면 뭐든 기꺼이 도와주겠노라고, 특히 고향으로 돌아갈 생각이 있다면 어디건 내가 여비를 부담하겠노라고, 게다가 고향에 돌아가고 나서도 언제든 도움이 필요하다고 생각되면 편지하라고, 그러면 분명히 답을 해 주겠다고.

다음 날 아침이 됐습니다.

"바틀비 군." 칸막이 너머에서 제가 나직이 불렀습니다.

아무 대답이 없었습니다.

"바틀비 군." 훨씬 더 부드러운 어조로 다시 불렀습니다. "이리로 좀 오게. 자네가 그러지 않는 편이 좋다고 할 그런 일을 시키려는 게 아니라네. 그저 이야기를 좀 나누고 싶네."

이 말에 바틀비 군이 아무 기척 없이 슬쩍 나타났습니다.

"말해 주겠나, 바틀비 군, 고향이 어딘지?"

"전 그러지 않는 편이 좋겠습니다."

"뭐든 좋으니 자네 자신에 관해 말해 주겠나?"

"전 그러지 않는 편이 좋겠습니다."

"이렇게 내게 아무 말도 하지 않으려는 무슨 합당한 이유라도 있나? 난 지금 아주 친근하게 말하고 있지 않나."

제가 이렇게 말하는 동안 바틀비 군은 저를 쳐다보지 않았습니다. 당시 제가 앉은 곳 바로 뒤쪽 제 머리 위 15센티미터 정도 높이에 두고 있던 키케로의 흉상에 눈길을 고정하고 있었습니다.

"뭐라고 대답할 건가, 바틀비 군?" 한동안 답을 기다리다 제가 물었습니다. 그동안 바틀비 군의 얼굴은 전혀 동요의 기색을 보이지 않았습니다. 다만 가늘고 창백한 입술이 보일락 말락 희미하게 떨렸을 뿐이었습니다.

"지금으로서는 대답하지 않는 편이 전 좋습니다." 이 말과 함께 바틀비 군은 자신의 은신처로 물러갔습니다.

제가 좀 모진 데가 없어서 그랬다는 건 인정합니다만, 전 이번에도 바틀비 군의 태도에 무척 빈정이 상했습니다. 뭐랄까 겉으로는 드러나지 않지만 경멸의 의도가 도사리고 있는 듯했을 뿐만 아니라, 제가 그렇게나 신경을 써 주었고 또 기꺼이 도움이 되겠다고 분명히 밝혔음에도 그 기이한 외고집을 꺾으려 하지 않는 것이 배은망덕하다고 느껴졌기 때문입니다.

저는 가만히 앉아 어떻게 해야 할까 다시 고민했습니다. 바틀비 군의 반응에 굴욕감을 느꼈고, 해고해야겠다는 결심은 사무실에 출근할 때와 마찬가지로 확고했습니다. 그럼에도 저는 이상하게도 미신 비슷한 것에 마음이 휘둘려 그 결심을 실행하지 못하고, 또 이 외롭디외로운 사람에게 인정머리 없는 말을 한마디라도 더 했다가는 저 자신이 몹쓸 놈이 되어 버릴 것 같은 느낌이 들었습니다. 마침내 저는 우호적인 태도로 제 의자를 칸막이 뒤 바틀비 군이 있는 공간으로 끌고 가서 앉았습니다. "바틀비 군, 그렇다면 자네 이력에 대한 이야기는 안 해도 괜찮네. 그렇지만 부탁하네, 적이 아닌 친구로서 말이야, 이 사무실의 상례 정도는 따라 줘야 하지 않겠나. 내일이나 아님 모레라도 필사본을 검토하는 데 참여하겠다고 말해 주게. 말하자면 하루 이틀 후면 조금은 합리적으로 처신하겠다고 지금 말해 주지 않겠나. 그렇게 말해 주게, 바틀비 군."

"지금으로서는 전 조금 합리적으로 처신하지 않는 편이 좋겠습니다." 부드럽게 들려오는 시체처럼 창백한 대답이었습니다.

바로 그 순간, 접문이 열리면서 니퍼 군이 다가왔습니다. 간밤에 보통 때보다 더 심한 소화 불량으로 유별나게 잠을 설친 것 같았습니다. 니퍼 군은 바틀비 군 대답의 끝부분을 듣게 되었습니다.

"안 그러는 게 좋겠다고, 응?" 니퍼 군이 이를 갈며 내갈겼습니다. "저 녀석이 그러고 싶어지도록 만들겠습니다, 제가 변호사님이라면 말입니다. 닦아세워서 하고 싶어지게 하는 거죠. 선택할 수밖에 없게 만드는 겁니다. 저 고집불통 노새 같은 놈! 뭡니까, 변호사님, 지금 저 녀석이 안 그러는 편이 좋겠다고 하는 것은요?"

바틀비 군은 손 하나 꼼짝하지 않았습니다.

"니퍼 군." 제가 말렸습니다. "난 자네가 일단 여기서 좀 물러나는 편이 좋겠네."

어쩐 일인지 최근 들어 제가 '뭘 하는 편이 좋겠다'는 말을 딱히 적절하지도 않은데 여기저기 아무 데나 무심코 사용하는 습관이 들어 버렸습니다. 바틀비 군과의 접촉이 벌써 제 정신세계에까지 심각한 영향을 미치고 있다고 생각하니 몸이 떨려 왔습니다. 그러니 앞으로도 얼마나 더 심각한 악영향을 받게 될지 누가 알겠습니까? 제가 최종적인 조치를 취해야겠다고 결심한 데에는 이런 우려도 한몫했다고 봐야 할 것입니다.

아주 심술궂고 불만스러운 표정으로 니퍼 군이 물러나자, 온화하고 공손한 표정으로 터키 씨가 다가왔습니다.

"외람스러우나, 변호사님, 어제 제가 바틀비 녀석이 사무실에서 취하는 행동에 대해 곰곰 생각해 봤는데요. 매일 좋은 맥주를 두어 잔 마시는 편을 좋아하게 된다면 행동을 교정하고 서류 대조 작업에 참여하게 되지 않을까 싶은데요."

"아니, 당신도 그 말을 쓰게 되었군요." 제가 약간 흥분된 어조로 말했습니다.

"외람스러우나, 변호사님, 무슨 말을 말씀하시는지요?" 터키 씨가 공손한 태도로 칸막이 뒤의 이미 좁을 대로 좁아진 공간으로 몸을 들이밀었습니다. 그 바람에 제가 바틀비 군을 떠밀게 되었죠. "어떤 말입니까?"

"전 다들 여기서 나가 주시는 편이 좋겠습니다." 자신만 혼자 있던 곳에 여러 사람이 들이닥친 것에 기분이 상한 듯 바틀비 군이 불평했습니다.

"바로 저 말입니다, 터키 씨. 바로 저 말."

"아, 뭐 하는 편이 좋겠다는 말이요? 아, 맞습니다. 아주 요상한 말이죠. 전 그런 말을 해 본 적 없는데요. 그렇지만 변호사님, 제가 드리려던 말씀은, 바틀비 군이 그러는 편을 좋아하기만 한다면……."

"터키 씨." 제가 말을 끊었습니다. "제발이지 자리로 돌아가 주세요."

"아 당연히 그래야죠, 변호사님, 변호사님께서 그편을 좋아하신다면."

터키 씨가 접문을 열고 밖으로 나가려 할 때, 자기 책상에 앉아 있던 니퍼 군이 저를 힐끗 보더니 무슨 서류를 흰색 갱지와 푸른색 갱지 중에서 어느 쪽에 필사하는 편이 더 좋을지 제게 물어봤습니다. 어느 편이 더 좋겠느냐는 말을 할 때 특별히 짓궂게 발음하려는 의도는 전혀 없어 보였습니다. 그저 무심결에 흘러나왔던 것이 분명했지요. 저는 속으로 생각했습니다. 정말이지 내가 저 미친놈을 없애 버려야겠어. 이미 나나 직원들의 말투를 바꿔 놓았잖아. 이러다간 우리 머리까지 돌아 버리게 할지도 몰라. 하지만 저는 당장은 해고한다는 말을 하지 않는 편이 낫다는 결론을 내렸습니다.

다음 날 바틀비 군은 아무것도 하지 않고 막다른 벽 앞에서 명상에 잠겨 자기 창문 앞에 서 있기만 했습니다. 왜 필사 작업을 하지 않느냐고 물었더니 자기는 이제 필사는 하지 않기로 했다고 답했습니다.

"왜, 지금은 어째서? 다음엔 또 뭘?" 전 고함을 질렀습니다. "필사를 더 이상 하지 않겠다고?"

"더 이상 안 합니다."

"그럼, 이유가 뭐지?"

"이유가 바로 보이지 않나 보군요." 무심한 말투였습니다.

전 바틀비 군을 찬찬히 뜯어보았습니다. 눈이 흐릿하고 침침해진 것이 눈에 띄었습니다. 단박에 저는 근무 시작 후 처음 몇 주간 흐릿한 창가에서 너무나 열심히 필사 작업을 하느라 일시적으로 눈에 문제가 생긴 것으로 판단했습니다.

마음이 너무 아팠습니다. 뭐라고 위로의 말을 해 주었습니다. 한동안 필사하지 않기로 한 것은 정말 잘한 결정이라고도 했고, 또 이참에 확 트인 야외로 나가서 운동을 해 보는 것이 어떻겠냐고도 권해 보았습니다. 물론 제 말을 따랐던 건 아니었죠. 이 일이 있고 며칠이 지났을 때 마침 다른 직원들은 아무도 없었고, 또 편지를 급하게 부쳐야 할 일이 생겼습니다. 그래서 저는 바틀비 군이 딱히 할 일이 전혀 없고 하니 이전보다는 훨씬 유연해져서 편지를 부치러 우체국에 가겠다고 할 수도 있겠거니 생각했습니다. 웬걸, 일언지하에 거절당했습니다. 하는 수 없이 제가 직접 다녀올 수밖에 없었습니다.

또 며칠이 지나갔습니다. 바틀비 군의 눈이 나아졌는지 그렇지 않은지 저로선 알 수 없었습니다. 겉으로 보기에는 다 나은 듯했습니다. 하지만 제가 확인차 물어봤지만 아무 답도 주지 않았습니다. 무슨 일이 있어도, 바틀비 군은 절대 필사를 하려 하지 않았습니다. 마침내 저의 끈질긴 촉구에 대한 답으로, 자신은 영구히 필사를 그만둔다고 선언했습니다.

"뭐라고!" 제 입에서 고함이 터져 나왔습니다. "눈이 완전히 좋아졌다고, 아니 그전보다 더 좋아졌다고 치세, 그러면 필사 작업을 할 텐가?

"전 필사를 그만두었습니다." 대답과 함께 옆으로 슬그머니 비켜났습니다.

바틀비 군은 여전히 남아 있었습니다. 제 사무실의 붙박이였죠. 아니, 이런 말이 가능한지 모르겠지만, 이전보다 훨씬 더 붙박이로 남아 있었습니다. 뭘 어떻게 해야 하나? 여전히 아무 일도 하려고 들지 않아. 그럼 왜 여기 남아 있는 거지? 바틀비 군은 이제 제게 맷돌 같은 존재가 되어 버렸습니다. 목걸이로는 아무 소용이 없고 또 목에 걸고 있자니 힘겨운 존재가 되어 버린 것입니다. 그렇지만 저는 바틀비 군에게 연민을 느끼고 있었습니다. 바틀비 군이 직접적으로 제게 불편을 끼친 적이 가끔 있었노라고 말씀드린다면 저는 진실을 호도하는 것일 테니까요. 친구든 친척이든 누구든 한 명이라도 이름을 알려 주었다면 저는 즉각 편지를 써서 이 불쌍한 친구를 어디 조용하고 편한 곳으로 데려가 달라고 간청했을 것입니다. 그렇지만 바틀비 군은 혼자인 것 같았습니다. 온 우주를 통틀어 혼자였죠. 대서양 한가운데 떠도는 난파선 조각이라고 할까요. 결국 사업상의 필요가 다른 모든 고려 사항들을 압도하기에 이르렀습니다. 최대한 정중하게 저는 바틀비 군에게 엿새 안에는 무조건 사무실을 떠나야 한다고 통보했습니다. 그 기간 안에 달리 머물 곳을 미리 알아봐 두는 게 좋을 것이라는 충고도 빠뜨리지 않았습니다. 사무실에서 퇴거 준비에 착수하기만 해도 다른 거처를 구하는 데 도움을 주겠노라고도 했지요. "그리고 자네가 마침내 내게서 떠나 줄 때는 내가 자넬 빈손으로 보내진 않을 걸세. 지금 이 순간부터 엿새야, 명심하게."

엿새가 지났을 때 저는 칸막이 뒤를 확인해 보았습니다. 이런! 바틀비 군이 있었습니다.

저는 외투의 단추를 다 채우고, 똑바른 자세로 천천히 다가가 그 친구의 어깨에 손을 얹고 말했습니다. "시간이 다 지났네. 여길 떠나야 하네. 안됐지만, 여기 돈 받게나. 정말 가야 하네."

"전 그러지 않는 편이 좋겠습니다." 여전히 등을 돌린 채였습니다.

"그래야만 하네."

아무 말이 없었습니다.

자, 이 친구가 일상적인 정직함을 갖고 있다는 사실에 대한 저의 신뢰는 무한했습니다. 원래 제가 셔츠 단추같이 좀스러운 일에는 칠칠치 못한 데가 있어서 가끔 부주의로 동전을 사무실 바닥에 떨어뜨리곤 하는데, 이 친구는 그때마다 그게 몇 푼이 되건 제게 다 돌려주었거든요. 그러니 그 이후에 제가 한 말이 그렇게 이상하게 여겨지진 않으실 겁니다.

"바틀비 군. 자네에게 줘야 할 급료가 12달러더군. 여기 32달러가 있네. 남은 20달러는 자네 것일세. 받지 않겠나?" 이 말과 함께 저는 지폐 몇 장을 디밀었습니다.

하지만 바틀비 군은 어떤 움직임도 보이지 않았습니다.

"그럼, 여기 놓아두겠네." 책상 위에 돈을 놓고 그 위에 문진을 올려 놓았습니다. 그러고는 모자와 지팡이를 집어 들고 문 쪽으로 가다가 차분하게 돌아서며 덧붙였습니다. "사무실에서 자네 짐을 다 빼고 난 뒤에는 문을 꼭 잠가 주게. 다들 퇴근해서 자네밖에 없으니까. 그리고 열쇠는 문 앞 깔개 밑에 넣어 두게나. 내가 출근하면서 가져갈 테니까. 이제 다시는 자넬 볼 수 없겠지. 그러니 잘 가게. 추후 새로운 거처에서라도 내 도움이 필요하다고 생각되면 꼭 편지를 보내도록 하게. 잘 가게, 바틀비 군, 행운을 비네."

하지만 바틀비 군은 아무 말도 하지 않았습니다. 폐허가 된 사원의 마지막 기둥처럼 자기밖에 남지 않은 텅 빈 사무실 가운데 아무 말 없이 홀로 서 있을 뿐이었습니다.

이 생각 저 생각에 빠져 집으로 걷다 보니 어느새 제 속의 공명심이 연민의 감정을 대체해 버렸습니다. 바틀비 군을 제거하는 데 동원한 제 수완의 원숙미를 높게 평가하지 않을 수 없었던 것입니다. 원숙했지요, 제가 보기에도. 제게 호감을 갖지 않은 사람의 눈에도 그렇게 보였을 것이 틀림없습니다. 전체 과정에서 백미에 해당하는 부분은 제가 너무나 조용히 일을 처리했다는 점이었습니다. 험한 말로 겁박한다든가 하지도 않았고, 어떤 식으로든 허세를 부리지도 않았으며, 격앙된 목소리로 윽박지르지도 않았고, 사무실 안을 왔다 갔다 하며 거지발싸개 같은 짐을 가지고 썩 꺼지라고 고래고래 고함을 지르지도 않았습니다. 그런 일은 전혀 없었습니다. 덜떨어진 머리의 소유자라면 그랬겠지만, 바틀비 군에게 떠나라고 고함지르는 대신, 저는 그 친구가 확실히 떠난다는 전제를 가정했습니다. 제가 했던 말은 모두 그런 가정에 근거한 것이지요. 저의 일 처리 과정에 대해 생각하면 생각할수록 멋있었다고 느껴졌습니다. 그럼에도 다음 날 아침 깨어나자마자 회의가 들기 시작했습니다. 아마 자는 동안 공명심의 기세가 다 빠져 버린 모양이었습니다. 사람이 가장 차분하고 현명해지는 시간은 아침에 잠에서 깨어난 직후이니까요. 저의 작전은 지극히 현명해 보였습니다. 하지만 이론상으로 그랬죠. 실전에서는 어땠을 것인가, 그게 문제였습니다. 바틀비 군이 떠난 것으로 가정한 것은 참으로 훌륭한 생각이었습니다. 하지만 그 가정은 결국 저 자신의 것일 뿐, 바틀비 군의 것은 아니었습니다. 관건은 그 친구가 저를 떠나갈 것으로 제가 가정했느냐가 아니라 그 친구가 그렇게 하는 편을 좋아할 것이냐였습니다. 바틀비 군은 가정보다는 선호 쪽의 사람이었으니까요.

아침을 들고 시내로 걸어 들어가며 저는 그럴 것이다 그렇지 않을 것이다 확률을 따져 보았습니다. 비참한 실패로 돌아가 여느 때와 다름없이 바틀비 군이 사무실에 생생하게 살아 있는 모습으로 발견될 것이 틀림없단 생각이 들다가도, 다음 순간이면 바틀비 군의 의자가 비어 있는 것을 목격하게 될 것이 확실하다는 생각이 들었습니다. 제 생각은 계속 이쪽저쪽을 왔다 갔다 했습니다. 브로드웨이와 커낼 스트리트가 만나는 모퉁이에 사람들 몇몇이 모여 잔뜩 흥분한 상태로 뭔가를 진지하게 논의하고 있었습니다.

"난 그러지 않을 거라는 쪽에 걸겠어." 옆을 지나가려는데 한 사람의 목소리가 들려왔습니다.

"안 떠난다고? 좋아! 내기를 합시다." 제가 불쑥 말했습니다.

저는 본능적으로 호주머니에 손을 넣어 돈을 꺼내려고 했습니다. 그 순간 오늘이 선거일이란 것이 기억났습니다. 제가 들었던 말은 바틀비 군하고는 아무 관련이 없었고, 시장 선거에서 어떤 후보가 당선이 될 것인지 말 것인지에 관한 말이었지요. 그 문제에 너무 골몰한 나머지 브로드웨이 전체가 다 저처럼 흥분해서 같은 문제로 씨름하고 있다고 착각했던 것입니다. 길거리의 왁자지껄한 소음에 잠시나마 얼빠진 저의 행동이 사람들의 주목을 피할 수 있었던 사실에 감사하며 저는 발걸음을 재촉했습니다.

의도했던 대로 저는 다른 때보다 일찍 사무실 문 앞에 닿았습니다. 잠시 그 자리에 서서 소리를 들어 보았죠. 잠잠했습니다. 떠난 게 분명해. 손잡이를 돌려 봤습니다. 잠겨 있었습니다. 그래, 내 작전이 멋지게 맞아떨어진 거야. 정말 사라져 버린 것입니다. 그럼에도 약간의 우울한 기분이 스며들었습니다. 저의 탁월한 성공이 거의 미안하게 느껴질 정도였습니다. 저는 문 앞 깔개 밑을 더듬어 열쇠를 찾으려고 했습니다. 바틀비 군이 그곳에 두고 가기로 되어 있었죠. 그러다 제 무릎이 우연찮게 문의 판자를 치게 되었습니다. 안에 있는 사람을 부르는 듯한 소리가 나 버린 것입니다. 안쪽에서 목소리가 문소리에 답했습니다. "아직이요, 제가 지금 바쁩니다."

바틀비 군이었습니다.

저는 번개에 맞은 것 같았습니다. 잠시 저는 오래전 버지니아의 어딘가에서 번개에 맞아 죽었다는 어떤 사내와 같은 모습으로 서 있었습니다. 구름 한 점 없이 맑은 여름날 오후였다지요. 사내는 파이프를 입에 문 채 열린 창문가에서 죽었다고 합니다. 번개에 맞고 나서도 꿈결같이 아름다운 오후 내내 창문 밖으로 몸을 내민 채 있었다고 합니다. 누군가 손을 내밀어 몸을 건드리자 그대로 고꾸라졌다고 합니다.

"안 갔어!" 이윽고 제가 중얼거렸습니다. 하지만 다시 한번, 이 불가해한 필경사가 저에 대해 역시 불가해한 방식으로 확보하고 있는 지배적인 영향력을 존중하여, 그리고 제가 아무리 발버둥 쳐도 그 영향력으로부터 완전히 해방될 수 없었기 때문에, 저는 천천히 계단을 내려와 거리로 나섰습니다. 사무실 건물 주변을 걸으면서 저는 이 듣도 보도 못한 난국에서 다음에 취할 행동이 무엇인지 고민해 보았습니다. 직접 완력을 써서 밀어내는 것은 저로서는 할 수 없는 일이고, 욕을 퍼부어서 쫓아낸다는 건 소용이 없을 테고, 경찰을 불러들이는 것도 썩 내키지 않았습니다. 그렇다고 저 친구가 시체 같은 무기력으로 절 이기고 승리감을 맛보게 내버려 두는 것 역시 생각하기도 싫었습니다. 뭘 어떻게 할 수 있을까? 아니면 아무것도 할 수 없다면, 이 문제와 관련해서 내가 그다음 단계로 가정할 수 있는 또 다른 전제가 있을까? 그렇다. 이전에는 바틀비가 떠날 것이라고 미래의 시점에 대해 가정한 것이라면, 이번에는 바틀비가 이미 떠나고 없다라고 과거의 시점에 대해 가정할 수도 있을 것이다. 이 가정을 제대로 실천에 옮기려면, 서둘러 사무실로 돌아가서, 바틀비가 전혀 보이지 않는 것처럼, 그 앞으로 그대로 걸어가 보는 거야. 그냥 빈 공간인 것처럼. 일견 급소를 찌르는 공격의 한 수로 여겨졌습니다. 전제를 가정하는 저의 전략이 그런 식으로 적용된다면 바틀비 군으로서는 견뎌 내기 힘들 것이었습니다. 하지만 다시 생각해 보니 그런 계획이 성공할 확률은 매우 낮아 보였습니다. 그래서 다시 한번 당사자와 철저하게 따져 보기로 했습니다.

"바틀비 군." 사무실로 들어서며 사뭇 준엄하고 나직한 어조로 제가 불렀습니다. "난 아주 심각하게 불쾌하네. 고통스러울 정도로. 내가 자네를 과대평가했던가 보네. 난 자네를 신사다운 품격을 지닌 사람으로 봤네. 어떤 미묘한 난제라도 약간의 귀띔만 있으면 충분히 해결할 수 있는 사람이라고 봤어. 다시 말해 그렇게 가정했다는 거지. 그렇지만 내가 속은 듯하네. 어째서." 저는 손가락으로 가리키면서 짐짓 놀라게 하려는 듯 물었습니다. "돈은 아직 건드리지도 않은 거지?" 돈은 전날 저녁 제가 놓아둔 그 자리에 그대로 있었습니다.

아무 대답이 없었습니다.

"자넨 날 떠날 텐가, 안 떠날 텐가?" 저는 바틀비 군에게 바싹 다가가며 불쑥 다그쳤습니다.

"떠나지 않는 편이 좋겠습니다." '않는'을 살짝 강조하며 바틀비 군이 대꾸했습니다.

"도대체 어떤 빌어먹을 권리로 여기 머무르겠다는 건가? 방세를 내기라도 하나? 내 세금을 대신 내 주고 있는 거야? 아니면 이게 자네 건물이기라도 한 건가?"

아무 대답이 없었습니다.

"그럼 마음 잡고 이제는 필사를 할 텐가? 눈은 다 나았어? 오전 중으로 짧은 서류 하나 필사해 주겠나? 아니면 몇 줄이라도 대조 검토라도 해 줄 건가? 우체국이라도 다녀와 줄 텐가? 내 말은 무슨 일이든 해서 이 사무실을 떠나지 않겠다는 자네의 고집에 무슨 구실이라도 마련할 셈인가 하는 거네."

바틀비 군은 아무 말 없이 자기 은신처로 다시 들어가 버렸습니다.

이제 저는 머리끝까지 화가 나 폭발 직전의 상태였기 때문에 더 이상의 감정 표현은 당분간 삼가는 것이 현명하다고 판단했습니다. 사무실에는 바틀비 군과 저밖에 없었습니다. 저는 운이 없었던 애덤스 씨와 그보다 더 운이 없었던 콜트 씨가 단둘이 콜트 씨의 사무실에 있게 되면서 발생한 비극적인 사건을 떠올렸습니다. 빚 문제로 애덤스 씨에게 극도로 분노한 콜트 씨는 어리석게도 지나치게 흥분한 나머지 결국 자신의 목숨을 앗아 가게 될 치명적인 우를 범하고 말았지요. 우발적인 살인이었으니 그 누구보다 그 행동을 범한 자신이 더 애통했을 겁니다. 이 사건의 전말에 대해 곰곰이 생각해 볼 때, 저는 두 사람 사이의 싸움이 사람들이 다니는 길거리나 아니면 누군가의 집에서 일어났더라면 그런 식으로 끝나지는 않았을 거란 생각이 종종 들곤 했습니다. 아무도 없는 사무실에서, 그것도 사람 사는 분위기를 자아내는 가정적인 요소가 완전히 배제된 외진 건물의 2층 사무실에서, 당연히 바닥에 양탄자도 깔리지 않고, 먼지투성이에, 삭막한 풍경의 사무실에서 단둘이 남겨진 상황, 이런 정황이 바로 불운한 콜트 씨의 분노에 찬 절망감을 한층 더 자극한 것이 틀림없었지요.

하지만 분노의 원조, 분노의 아담이 제 마음에서 깨어나 바틀비 군과 관련해 저를 시험에 들게 했을 때 저는 녀석과 씨름해서 땅에 거꾸러뜨렸습니다. 어떻게요? 아, 너무나 간단했습니다. 주님의 명령을 상기하는 것으로 충분했으니까요. "내가 새 계명을 너희에게 주노니, 서로 사랑하라." 네, 바로 이 구절이 저를 구원했습니다. 신성한 명령을 고려해 보는 것과는 별개로, 자선을 베푸는 것 역시 매우 현명하고 적절한 원칙으로 작용합니다. 적절히 실천하는 사람에게는 훌륭한 안전 보장책인 것입니다. 사람은 질투 때문에, 분노로 인해, 증오심 때문에, 이기심에서, 또 종교적인 자존심 때문에도 살인을 저질러 왔습니다. 하지만 아름다운 자선 행위 때문에 사악한 살인을 저지른 사람이 있다는 소리는 한 번도 들어 본 적이 없습니다. 따라서 다른 고상한 동기가 당장 떠오르지 않는다면, 단지 자신의 이익을 보전한다는 동기에 의해서라도 모든 사람은, 성질이 급한 사람들이라면 특히, 자선과 박애를 즉각 실천해야 할 것입니다. 어쨌건 당면한 문제의 경우에는, 저는 이 필경사의 행동을 너른 마음으로 해석함으로써 저의 분노를 가라앉히도록 노력했습니다. 불쌍한 친구야, 정말 불쌍한 친구로구나! 악의는 없어. 게다가 힘들게 살아왔잖아. 좋은 대접도 좀 받아야지.

저는 또한 즉각 업무에 열중함과 동시에 실망감을 추스르려고 노력했습니다. 혹시 오전 중으로 바틀비 군이 스스로 적절하다고 생각되는 때에 자기 발로 은신처에서 걸어 나와 단호한 걸음걸이로 출입문 쪽으로 행진을 할지도 모른다는 생각도 해 보았습니다. 하지만 전혀. 12시 30분이 됐습니다. 터키 씨는 얼굴이 달아오르기 시작했고, 잉크병을 엎질렀으며, 모든 게 소란스러워졌습니다. 니퍼 군은 말수가 적어졌고, 점잖아졌지요. 진저 넛은 늘 점심으로 먹는 사과를 씹고 있었습니다. 그리고 바틀비 군은 자신의 창가에 선 채 언제나처럼 막다른 벽을 바라보며 심오한 상념에 빠져 있었습니다. 사람들이 이 일을 믿어 줄까? 내가 그냥 인정해야 하나? 오후가 되자 저는 바틀비 군에게 더 이상 아무 말도 않고 그대로 사무실을 떠나 버렸습니다.

며칠이 지났습니다. 그동안 저는 틈틈이 『의지에 관한 조너

선 에드워즈 목사의 말씀』과『필연에 관한 조지프 프리스틀리 신부의 말씀』을 조금 들여다보았습니다. 당시 상황으로서는 이런 책이 많은 위안을 주었지요. 저는 점차 당시 바틀비라는 필경사 한 사람과 관련하여 제가 겪고 있었던 어려움은 영겁의 세월 이전부터 이미 정해져 있었던 운명의 일환이며, 바틀비 군은 저같이 미미한 인간으로서는 도저히 헤아릴 길 없는 전지전능하신 하느님의 섭리가 마련하신 신비한 목적에 따라 저에게 보내진 것이라고 믿기 시작했습니다. 그래, 바틀비 군, 자넨 그 칸막이 뒤에 그대로 있게나. 전 생각했습니다. 이제 더 이상 박해를 가하지 않으리. 자넨 여기 오래된 의자처럼 전혀 해롭지도 않고 시끄럽지도 않아. 말하자면 자네가 있어도 난 언제나 아무 방해 없이 혼자 있는 것처럼 느껴졌으니까. 마침내 난 깨달았어. 느낄 수 있어. 난 내 삶의 예정된 목적을 꿰뚫어 보게 됐다네. 난 만족해. 다른 사람들은 더 고상한 역할을 맡았는지도 몰라. 하지만 이 세상에서 나의 목적은 자네, 바틀비에게 원하는 만큼 얼마든지 머물 수 있도록 사무실 공간을 마련해 주는 것이라네.

저는 이처럼 현명하고 은혜로운 마음가짐이 한동안 지속될 것이라고 믿었지요. 그런데 제 사무실을 방문하는 업무상의 지인들이 청하지도 않은 매정한 언사들을 늘어놓는 바람에 그런 마음은 오래가지 못했습니다. 흔히 그런 것처럼, 편협한 마음을 가진 사람들이 계속해서 갉아 대면 관대한 마음을 가진 사람들의 굳센 결심도 결국은 한계에 도달하는 법이지요. 물론 다시 한번 그 정황을 되돌아보면, 제 사무실을 방문하는 사람들이 설명 불가한 바틀비 군의 기이한 면면에 충격을 받고, 뭐라고 좋지 않은 말들을 해 대는 것이 분명 이상하지는 않다고 생각되기는 합니다. 어느 때는 저에게 업무상 볼일이 있던 변호사 한 분이 사무실을 방문해서 예의 그 필경사 혼자만 달랑 있는 걸 보고서, 저의 소재에 관한 정확한 정보를 알려고 노력했지요. 바틀비 군은 자신에겐 아무 의미 없는 말이라는 듯 아무 대답 없이 사무실 한가운데 우두커니 서 있기만 했습니다. 한동안 그대로 지켜보며 의아해하던 변호사는 결국 아무것도 알아내지 못한 채 사무실을 떠날 수밖에 없었습니다.

또 언젠가 어떤 중재가 진행 중이라 사무실이 변호사며 증인들로 가득하고 일이 정신없이 빠르게 진행되던 와중에, 자기 업무에 몰두하고 있던 어느 젊은 변호사가 아무 일도 하지 않고 있던 바틀비 군을 발견하고는 자신의 사무실로 달려가서 무슨 서류를 가져다주지 않겠냐고 부탁하려고 한 적이 있었습니다. 바틀비 군은 조용히 거절했을 것이고, 여전히 아무 일도 하지 않고 그대로 있었겠지요. 그러자 그 변호사는 바틀비 군을 뚫어지게 노려보다가는 고개를 돌려 저를 쳐다봤습니다. 제가 무슨 말을 할 수 있었겠습니까? 마침내 저는 제가 직업상 알고 지내는 사람들이 제가 사무실에 두고 있는 이상한 존재와 관련해 의아해하며 수군대고 있다는 사실을 알게 됐습니다. 상당히 우려스러웠죠. 그러고는 이 친구가 장수할 가능성도 있다는 데까지 생각이 미치게 됐습니다. 그렇게 되면 계속 제 사무실의 공간을 차지하면서, 저의 권위도 무시하고 사무실 손님들에게 당혹감이나 주며, 저의 직업상의 평판을 떨어뜨리고, 사무실 전체에 음울한 분위기를 퍼뜨리면서, 저축해 둔 돈의 마지막 한 푼까지 다 쓰도록(분명 이 친구는 하루에 5센트밖에 쓰지 않습니다.) 육체적으로나 정신적으로 건강을 유지하면서, 마침내 저보다 더 오래 살아남게 되고, 그러고는 항구적으로 거주해 왔다는 권리로 제 사무실의 소유권을 주장하게 되는 사태가 벌어질 수도 있었습니다. 이런 암울한 내용의 미래에 대한 저의 예상이 점점 더 확대되면서, 그리고 제 사무실의 유령 같은 존재에 대한 지인들의 무자비한 언급들이 계속해서 들려오면서, 제 마음속에서는 커다란 변화가 일어났습니다. 저는 정신을 바짝 차려 용납할 수 없는 이 악령을 영원히 제거해 버려야겠다고 굳게 결심하게 된 것입니다.

그렇지만 이 목적을 달성하는 데 필요한 치밀한 계획을 수립하기에 앞서 저는 바틀비 군에게 이곳을 영구히 떠나는 것이 어째서 적절한 일인지를 에둘러 설명해 주었습니다. 심사숙고해 볼 것을 차분하고 진지한 목소리로 권했던 것입니다. 하지만 사흘간의 시간이 지난 뒤 바틀비 군은 자신의 원래 결정이 변하지 않았노라고, 즉 자신은 저와 함께 머무는 편이 더 좋겠노라고 알려 주더군요.

이젠 어떻게 하지? 외투의 마지막 단추를 잠그며 저는 중얼거렸습니다. 어떻게 하지? 뭘 해야 하는 거지? 이 친구, 아니 이 유령을 어떻게 하는 것이 양심에 따르는 것이지? 난 이 녀석을 떼어 내야 해, 반드시. 떠나게 할 거야. 그렇지만 어떻게? 완력으로 밀어붙여 내쫓을 수는 없잖아, 이 불쌍하고, 창백하며, 수동적인 인간을? 그렇게 무기력한 인간을 문밖으로 내동 댕이친다고? 그렇게 잔인무도한 행동으로 자신의 명예를 더럽혀야겠어? 아니, 난 안 그러겠어. 아니, 못 그러겠어. 차라리 여기서 살다가 죽도록 내버려 뒀다가 유골을 벽 속에 묻어 버리는 편이 낫겠다. 그럼, 어떻게 하지? 아무리 구슬려도 꼼짝도 하지 않을걸. 돈을 줘도 책상 위 문진 아래 손도 안 대고 그대로 두잖아. 요는 이 친구가 내게 달라붙어 있는 편을 더 좋아한다는 게 명백하다는 거지.

그렇다면 뭔가 극단적이고 비상한 조치가 필요해. 뭐 어떤? 경찰을 불러 멱살이라도 잡고서 끌고 가게 할 거야? 그 선량하고 창백한 인간을 잡범 교도소에 집어넣게 할 건 아니잖아? 그렇다손 치더라도 도대체 무슨 근거로 그런 일을 벌일 수 있는 거지? 부랑자인가, 바틀비가? 뭐라고? 바틀비가 부랑자라면, 떠돌이라면, 움직이지 않으려 하는 떠돌이란 말인가? 떠돌이가 되지 않겠다고 고집을 부리기 때문에 그 사람을 부랑자로 만들어 버리자는 것 아닌가. 너무 말이 안 된다. 뚜렷한 생계 수단이 없는 자. 그건 말이 되겠네. 아니, 다시 틀렸어. 자기 혼자 생계를 유지하고 있는 게 확실하거든. 그게 바로 자기 생계 수단을 보지하고 있다는 반박 불가의 유일한 증거잖아. 그럼, 그만두자. 이 작자는 날 떠나지 않을 테니까 내가 떠나는 수밖에. 내가 사무실을 옮기면 되잖아. 다른 데로 이전하는 거야. 그러고는 공정하게 미리 경고를 하는 거지. 새로 이전한 사무실에서 내 눈에 띄면, 그때는 가택침입 죄로 고발하겠노라고.

이런 계획에 따라 다음 날 저는 바틀비 군에게 다음과 같이 말했습니다. "사무실이 시청에서 너무 멀리 떨어져 있는 것 같아. 공기도 좋지 않고. 요컨대 난 다음 주에 사무실을 이전하려고 하네. 그리고 더 이상 자네가 근무해 줄 필요가 없게 됐다네. 지금 자네에게 이렇게 알려 주는 것은 그전에 자네가 새로운 일자리를 찾아볼 수 있게 하려는 것일세."

바틀비 군은 아무런 대꾸가 없었고, 저 역시 더 이상 말하지 않았습니다.

사무실을 이전하는 날 수레며 인부들을 데리고 사무실로 향했습니다. 가구랄 게 별로 없었으므로 불과 몇 시간 안에 사무실은 텅 비다시피 했습니다. 이삿짐을 꾸리고 내가는 내내 바틀비 군은 칸막이 뒤에 그대로 서 있었습니다. 칸막이는 제가 맨 마지막에 치워 달라고 부탁했던 터였습니다. 칸막이가 걷혀 커다란 책처럼 반으로 접혔습니다. 아무것도 없는 텅 빈 방에 아무런 움직임이 없는 사람이 홀로 남겨졌습니다. 입구 쪽에 서 있던 저는 잠시 그 사람을 바라보며 서 있었습니다. 무언가 제 가슴속에서 저를 꾸짖는 것 같았습니다.

저는 호주머니에 손을 집어넣은 채 다시 들어갔습니다. 몹시 초조했습니다.

"잘 있게, 바틀비 군. 난 가네. 잘 있게. 모쪼록 하느님의 가호가 있기를 비네. 그리고 이걸 받게나." 뭔가를 손에다 쥐여 주었습니다. 하지만 이내 그것은 바닥에 떨어져 버렸습니다. 그러고는 이상한 말이지만, 저는 그동안 그토록 떼어 내고 싶어 했던 그 사람으로부터 저 자신을 억지로 떼어 내야 했습니다.

　새 사무실에 자리를 잡고 나서 하루 이틀 정도 저는 문을 잠가 두었고, 복도에 발자국 소리가 들릴 때마다 깜짝깜짝 놀랐습니다. 잠시라도 자리를 비우고 다시 돌아올 때마다 잠시 문간에 서서 무슨 소리가 들려오나 귀 기울여 보고 난 뒤에나 열쇠를 꽂았습니다. 하지만 이런 걱정은 다 필요 없었습니다. 바틀비 군은 제 근처에는 오지도 않았으니까요.

　전 모든 것이 순조롭게 잘 굴러가고 있다고 생각했습니다. 그때 어딘가 혼란스러워하는 듯한 표정의 낯선 사람이 저를 찾아왔습니다. 월 스트리트 모모 번지 사무실을 최근 임대했던 사람이 맞냐고 물어보더군요.

　불길한 예감에 휩싸이며 그렇다고 대답했습니다.

　"그렇다면, 변호사님." 같은 변호사인 것으로 밝혀진 그 방문객이 말했습니다. "그곳에 남겨 두고 가신 그 사람에 대해서는 변호사님께서 책임을 지셔야겠습니다. 필사도 전혀 하지 않으려 하고, 아무 일도 하지 않으려 합니다. 안 하는 편이 좋다더군요. 그러고는 사무실을 나가는 것도 거부합니다."

　"대단히 죄송하지만, 변호사님." 짐짓 태연한 척, 그러나 떨리는 마음으로 제가 주장했습니다. "솔직히, 지금 변호사님께서 언급하고 계신 그 사람은 저와는 전혀 관계없는 사람입니다. 제 친척도 아닐뿐더러 문하생도 아닙니다. 제게 책임이 있다고 주장하실 수 없죠."

　"대관절 그 사람은 누굽니까?"

　"정말로 제가 알려 드릴 말씀이 없습니다. 저도 아무것도 모릅니다. 이전에 필경사로 고용하긴 했지요. 하지만 제 밑에서 일을 하지 않은 지는 꽤 오래됐습니다."

"그렇다면 제 손으로 직접 처리해야겠군요. 안녕히 계십시오, 변호사님."

며칠이 지났습니다. 아무 소식도 들려오지 않았습니다. 종종 이전의 사무실에 들러 불쌍한 바틀비 군을 만나 볼까 하는 애틋한 마음이 들지 않은 것은 아니었으나, 뭔가 정체를 알 수 없는 양심상의 가책으로 실제로 그렇게 하지는 못했습니다.

다음 한 주 역시 아무 소식이 들려오지 않자 마침내 저는 이제 모든 게 끝났다고 생각했습니다. 하지만 다음 날 사무실에 출근하니 잔뜩 흥분한 사람들이 문 앞에서 저를 기다리고 있었습니다.

"저 양반이야. 저기 오시네." 제일 앞에 있던 사람이 큰 목소리로 외쳤습니다. 쳐다보니 지난번 혼자 저를 찾아왔던 변호사였습니다.

"그 사람 좀 당장 데려가 주셔야겠습니다, 변호사님." 약간 몸집이 큰 사람이 제 앞으로 나섰습니다. 월 스트리트 모모 번지 건물의 주인이었습니다. "여기 이분들은 제 세입자분들인데 다들 더 이상 참을 수 없다고들 하십니다." 그러고는 절 찾아왔던 변호사를 가리키며, "여기 B 변호사님께서 사무실에서 쫓아냈더니 그 사람은 지금 건물 전체를 다 누비면서 출몰하고 있습니다. 낮에는 계단 난간에 앉아 있기도 하고 밤이면 건물 현관에서 잠을 잡니다. 다들 걱정하고 있습니다. 세입자들이 사무실을 빼고 있어요. 지금 다들 들고일어나지 않을까 우려스러운 상황이라고요. 변호사님께서 뭔가 조치를 취해 주셔야겠습니다. 지체 없이 말입니다."

이처럼 빗발치는 성화에 얼굴빛이 하얗게 된 저는 뒤로 주춤 물러섰습니다. 새 사무실로 들어가 문을 잠가 버리고 싶을 지경이었습니다. 저도 여기 계신 분들과 마찬가지로 바틀비라는 사람과 아무 상관이 없는 사람이라고 항변하는 수밖에 없었습니다. 하지만 소용없었습니다. 사람들은 어떤 식으로든 가장 최근까지 관계가 있었던 사람은 저라고, 그래서 그런 끔찍한 일에 대해서는 저에게 책임이 있다고 주장했던 것입니다. 신문에 폭로될까 두려웠던(한 명이 에둘러서 협박한 바이지만) 저는 그 문제를 곰곰이 생각해 본 뒤, 이윽고 해당 사무실의 변호사께서 그 사무실에서 따로 그 필경사와 단둘이 만나서 이야기할 수 있게 해 주신다면, 당장 그날 오후로 불만의 대상인 그 골칫덩이를 없애는 데 최선을 다하겠노라 약속했습니다.

이전에 제가 임대했던 유령의 집으로 올라가는데, 바틀비 군이 계단 난간에 조용히 앉아 있었습니다.

"여기서 뭘 하고 있나, 바틀비 군?" 제가 물었습니다.

"난간에 앉아 있습니다." 조용한 목소리로 대답했습니다.

저는 손짓으로 바틀비 군을 그 변호사의 방 안으로 불러들였습니다. 방 주인은 그곳을 물러났습니다.

"바틀비 군, 자네가 사무실에서 쫓겨난 뒤로 건물 현관에서 죽치고 있는 바람에 내가 얼마나 고생하고 있는지 알고나 있나?"

아무 대답이 없었습니다.

"앞으로 둘 중 하나는 반드시 선택해야만 하네. 하나는 자네가 무슨 일이건 하는 것이고, 다른 하나는 자네가 어떤 일이건 당하게 되는 것이라네. 자, 어떤 종류의 일을 하고 싶은가? 다시 누구 밑에서 서류 필사를 하고 싶은가?"

"아닙니다. 전 아무것도 바꾸지 않는 편이 좋겠습니다."

"잡화상의 점원직은 어떤가?"

"그런 일은 너무 많이 갇혀 있게 됩니다. 아닙니다. 전 점원직은 원치 않습니다. 하지만 전 특정하지는 않습니다."

"너무 많이 갇혀 있게 된다니. 자넨 언제나 갇혀 지내고 있지 않나!" 제가 목소리를 높였습니다.

"전 점원 일은 하지 않는 편이 좋겠습니다." 그 시답잖은 일자리 따위에 관해서는 논의를 종결짓겠다는 듯이 바틀비 군이 같은 말을 다시 내뱉었습니다.

"바텐더 일은 자네에게 맞지 않을까? 시력을 상한다든지 하는 일은 없는 것 같은데."

"전 그 일은 전혀 하고 싶지 않습니다. 다만 앞서 말씀드렸다시피 전 특정하지는 않습니다."

바틀비 군이 평소와 달리 말이 많아진 데 고무되어 저는 다시 공격을 시작했습니다.

"그렇다면 좋네. 전국을 돌아다니면서 상인들의 돈을 수금하는 일은 어떻겠나? 자네 건강에 아주 이로울 걸세."

"아닙니다. 전 다른 걸 하는 편이 좋겠습니다."

"그렇다면 유럽으로 여행 가는 젊은이와 말동무로 동행하는 것은 자네에게 맞지 않겠나?"

"전혀 그렇지 않습니다. 그런 일은 뭔가 명확하게 정해진 것이 없는 것 같다는 생각이 드는군요. 전 한곳에 계속 머무르는 게 좋습니다. 그렇지만 전 특정하지는 않습니다."

"꼼짝 말고 머무르시게, 그럼." 제 인내심이 바닥나면서, 그리고 여태 좌절감만 안겨 주었던 바틀비와의 관계에서 처음으로 정말로 화를 벌컥 내면서 제가 소리를 질렀습니다. "오늘 밤 안으로 자네가 여기 이 사무실을 떠나지 않으면, 나는 정말, 정말이지, 내, 내가, 내가 떠나 버릴 거야!" 참으로 말도 안되는 결론이었습니다. 태산처럼 버티면서 꿈쩍도 하지 않는 이 친구를 움직이게 만들 수 있는 마땅한 협박이 더 이상 생각나지 않았던 것입니다. 더 이상의 노력이 무용하다고 판단하고 막 떠나려고 할 때, 제게 마지막으로 생각이 하나 떠올랐습니다. 이전에 전혀 고려해 본 적이 없지는 않은 생각이었습니다.

"바틀비 군." 그처럼 감정이 격해지는 상황에서 제가 선택할 수 있는 최대한으로 친절한 목소리로 제안했습니다. "자네 지금 나와 함께 내 집으로 가지 않겠나. 사무실 말고 집으로, 내가 사는 집으로 말일세. 내 집에 머물면서 자네에게 편한 해결책을 우리 함께 모색해 볼 수 있지 않겠나? 가세, 같이 가세, 지금 당장."

"아닙니다. 지금으로서는 전 아무것도 바꾸지 않는 편이 좋겠습니다."

전 아무 대답도 하지 않았습니다. 그러고는 아주 갑자기 그리고 아주 재빠르게 몸을 날려 사람들을 효과적으로 따돌리며 건물 밖으로 달려 나갔습니다. 브로드웨이 쪽으로 월 스트리트를 따라 뛰어가서는 맨 처음 눈에 띄는 승합마차에 뛰어올랐고, 곧 사람들이 추적할 수 없는 곳으로 벗어나게 되었습니다. 평정심을 되찾자 저는 이제 제가 할 수 있는 일은 다 해 보았다는 사실을 뚜렷이 깨달았습니다. 건물주와 세입자들의 요구와 관련해서도 그랬고, 바틀비 군에게 도움이 되고 무례한 박해로부터 보호해 주어야겠다는 저 자신의 의무감이나 바람에 대해서도 그랬습니다. 이제 저는 아무 근심 없이 조용하게 지내기 위해 노력했습니다. 제 양심도 그렇게 지내는 것에 동의하는 듯했습니다. 물론 그런 시도가 제가 원했던 만큼 성공적이지는 않았습니다. 화가 잔뜩 난 건물주와 울화통이 터진 세입자들이 다시 찾아오는 것이 두려웠던 저는 제 업무를 니퍼 군에게 떠맡기고 며칠 동안 제 사륜마차를 몰고 뉴욕의 북부 지역과 교외를 쏘다니기도 했고, 허드슨강을 건너 뉴저지의 저지시티와 호보컨까지 가 보았으며, 남의 눈을 피해 맨해튼빌 호텔과 아스토리아 호텔에서 묵기도 했습니다. 사실상 제 사륜마차에서 생활한 것이나 마찬가지였습니다.

다시 제 사무실로 돌아왔을 때 이전 사무실의 건물주가 보낸 쪽지가 책상 위에 놓여 있었습니다. 떨리는 손으로 열어 보았습니다. 거기에는 자신이 경찰을 불렀으며, 바틀비는 부랑자로서 툼스에 수감되었다는 내용이 적혀 있었습니다. 더해서 바틀비라는 사람에 대해서는 제가 어느 누구보다 더 많이 알고 있으니 그곳에 출두해서 그 일과 관련된 진술을 해 줄 것을 부탁한다는 말도 있었습니다. 이 소식은 제게 두 가지 상반된 영향을 끼쳤습니다. 처음에는 화가 났습니다. 하지만 결국에는 거의 수긍하게 되었습니다. 그 건물주는 활달하고 결단력 있는 성격의 소유자라 저로서는 결코 마음먹을 수 없었던 방식을 택할 수 있었던 것입니다. 어쨌건 그런 기이한 상황에서는 마지막 수단으로서 유일한 선택이었겠다는 생각도 들었습니다.

그 이후에 알게 된 사실이지만, 그 불쌍한 필경사는 자신이 툼스로 호송될 것이라는 말을 들었을 때 아무런 저항도 하지 않았고, 다만 특유의 창백하고 처연한 태도로 순순히 따라 주었다고 합니다.

측은한 마음에 또는 호기심에 주변 사람들이 모여들었다고 합니다. 이들은 바틀비 군과 팔짱을 낀 경관들을 앞세우고 정오의 뜨거운 열기와 온갖 소음, 그리고 삶의 환희로 시끌벅적한 도심지의 대로를 묵묵히 이동했다고 합니다.

쪽지를 받은 그날 저는 툼스, 그러니까 정식 명칭으로는 정의의 전당인 맨해튼 교도소를 찾아갔습니다. 담당 간수를 찾아서 제가 방문한 목적을 말한 후, 저는 제가 설명한 그 사람이 실제로 수감되어 있다는 말을 들었습니다. 저는 바틀비 군이 전적으로 무고한 사람이며, 불가해할 정도로 기이하기는 하지만, 연민의 정으로 대하는 것이 마땅한 사람이라고 강조했습니다. 저는 제가 알고 있는 모든 것을 설명해 주었고, 수감 상태로 그대로 두긴 하되 아주 관대한 처우를 해 달라고, 그리고 저로서는 정말 어떤 처벌이 될지 알 수 없었으나, 처벌을 내리게 되면 아주 가벼운 것이었으면 좋겠다는 말도 덧붙였습니다. 어떻게 되건 달리 대안이 마련되지 않는다면 빈민 구제소는 받아 주지 않겠냐는 생각도 밝혔습니다. 그러고서 저는 면회를 하게 해 달라고 요청했습니다.

파렴치범의 혐의를 받고 있는 것도 아니고, 또 워낙 처신 자체가 평온하며 무해했기 때문에 바틀비는 교도소 안 어디건 자유롭게 돌아다닐 수 있도록 허용되고 있었습니다. 특히 바틀비 군은 교도소 건물들로 에워싸인 잔디 마당을 자주 찾았습니다. 그래서 제가 바틀비 군을 발견한 것도 그곳에서였습니다. 고요한 잔디 마당 위 높은 담벼락을 바라보며 바틀비 군이 혼자 서 있었습니다. 주위로는 교도소 창문의 좁게 터진 틈새로 살인범이며 절도범들의 눈길이 바틀비 군에게 쏟아지고 있는 것이 여실히 느껴졌습니다.

"바틀비 군!"

"누구신지 알고 있습니다." 돌아보지도 않았습니다. "그리고 어떤 말도 해 드리고 싶지 않습니다."

"자넬 여기 끌고 온 건 내가 아닐세, 바틀비 군." 의심하는 것처럼 들리는 말에 가슴이 미어지는 고통을 느끼며 제가 변명했습니다. "그리고 자네에겐 이곳이 그리 몹쓸 곳은 아닐 걸세. 여기 있다고 해서 자네에게 수치스러운 딱지가 붙는 것도 아니잖나. 그리고 둘러보게, 사람들이 생각하는 것처럼 그리 슬픈 곳도 아니잖은가. 저 봐, 저기 하늘도 있고 여기 잔디도 있지 않나."

"제가 어디 있는지는 알고 있습니다." 대답은 했지만 더 이상 아무 말이 없었습니다. 그래서 저는 그곳을 떠났습니다.

　교도소 건물 안 복도로 다시 들어서자 앞치마를 걸친 커다랗고 평퍼짐한 몸집의 사내가 말을 걸며 다가왔습니다. 엄지를 치켜세워 자기 어깨 뒤를 가리키면서 제게 물었습니다.

　"저분이 선생 친구 되시나요?"

　"그렇소."

　"굶어 죽고 싶답니까? 그렇다면 교도소에서 주는 대로 먹고 살면 됩니다. 그럼 되지요."

　"당신은 뉘시오?" 제가 물어봤습니다. 교도소 같은 데서 그런 식으로 비공식적인 말투를 쓰는 사람이 대체 누굴까 해서였습니다.

　"전 사식업자입니다. 친구들이 여기 수감되어 있는 신사분들이 절 고용하죠. 친구분들 입에 맞는 음식을 제공해 달라고요."

　"그렇습니까?" 간수 쪽을 돌아다보며 제가 물었습니다.

　간수는 맞다고 했습니다.

　"좋습니다, 그럼." 사식업자의 손에 은화를 쥐여 주며 제가 부탁했습니다. "저기 제 친구에게 각별히 신경 써 주시기 바랍니다. 선생께서 구할 수 있는 최상의 음식을 제공해 주세요. 그리고 가능한 한 친절하게 대해 주시고."

　"친구분께 절 소개해 주지 않으시겠습니까?" 저를 쳐다보며 사식업자가 물어 왔습니다. 자신이 얼마나 예의범절이 깍듯한 사람인지를 보여 줄 수 있는 기회를 잡고 싶어 안달이 난 듯한 표정이었지요.

바틀비 군에게 도움이 될 수도 있다는 생각에 저는 그에
동의하고, 사식업자의 이름을 물어본 다음, 함께 바틀비 군에
게 다가갔습니다.

"바틀비 군, 이분은 커틀리츠란 분이시네. 앞으로 자네에게
큰 도움이 되어 줄 걸세."

"하인이죠, 선생님, 선생님의 하인입니다요." 사식업자는 앞
치마 뒤에서 깊게 머리를 조아렸습니다. "여기가 마음에 드시
길 바랍니다요, 선생님. 넓은 뜰에 시원한 방들이 있으니까요.
한동안 저희와 함께 묵으시길 바랍니다, 선생님. 편안하게 잘
지내시길 바랍니다요. 커틀리츠 부인과 제가 오늘 저녁 선생
님과 함께 커틀리츠 부인의 개인 공간에서 식사할 수 있는 기
쁨을 누릴 수 있을까요, 선생님?"

"전 오늘 식사하지 않는 편이 좋습니다." 고개를 돌리며 바
틀비 군이 대답했습니다. "제 속에 맞지 않을 것 같습니다. 식
사 자리는 익숙지 않습니다." 그렇게 말하면서 바틀비 군은 마
당 반대편으로 천천히 걸어가 다시금 막다른 벽을 마주하고
섰습니다.

"왜 저러죠?" 놀란 표정으로 저를 빤히 쳐다보며 사식업자
가 말했습니다. "저 양반 좀 이상하네요, 그렇죠?"

"정신이 약간 나갔나 봅니다." 슬픈 목소리로 제가 대답했습
니다.

"정신 나갔다고요? 정신이 나갔다는 거죠? 나 원, 이것 참,
난 저기 선생의 친구가 점잖은 위조범일 거라고 생각했는데.
위조범들이 언제나 창백하면서 또 점잖거든요. 그런 놈들은

불쌍하게 봐줄 수가 없어요. 저로서도 어쩔 수가 없지요. 선생님은 먼로 에드워즈라고 유명한 위조범을 아시나요?" 애처롭다는 듯 사식업자가 말을 보탰습니다. 그러고는 잠시 말을 멈추었습니다. 그러다가 제 어깨 위에 손을 올려놓으며 한숨을 쉬었습니다. "싱싱 교도소에서 폐렴으로 죽었답니다. 정말 먼로라는 사람과 알고 지내지 않으셨다고요?"

"아니요. 난 위조범과 알고 지낸 적이 없는 사람이오. 그리고 내가 지금 여기 더 이상 머무를 수가 없소. 저기 저 친구를 잘 돌봐 주시오. 손해 보지는 않을 테니. 다음에 또 뵈리다."

며칠 후 다시 툼스 교도소의 방문이 허락됐고, 저는 바틀비 군을 찾아 교도소 복도마다 뒤지고 다녔습니다만, 어디에도 보이지 않았습니다.

"방금 자기 감방에서 나오는 걸 봤습니다." 한 간수가 일러 주었습니다. "아마 안뜰에 가서 왔다 갔다 하고 있을 겁니다."

저는 그쪽으로 향했습니다.

"조용한 그 친구 찾으시는 겁니까?" 다른 간수가 지나가다가 물었습니다. "저쪽에 누워 있습니다. 저기 잔디 마당에서 자고 있나 봅니다. 바닥에 눕는 걸 본 지 이십 분이 채 안 됐습니다."

안뜰은 고요하기 그지없었습니다. 보통 죄수들은 접근할 수 없는 곳이었습니다. 주위를 둘러싼 벽들은 엄청나게 두꺼웠고, 그래서 그 뒤에서 들려오는 모든 소음을 차단해 주었습니다. 석조 벽돌을 쌓아 올린 벽들의 양식이 이집트풍이었다는 점도 음울한 무게감을 더해 주었습니다. 그렇지만 발밑에는 벽으로 에워싸이긴 했어도 부드러운 잔디가 자라고 있었습니다. 영원한 피라미드의 은밀한 내부와 같은 느낌을 주었습니다. 새들이 떨어뜨린 잔디 씨앗이, 무슨 신비한 마법의 조화인 양, 피라미드 외벽의 틈새로 떨어져 싹을 틔운 것이겠지요.

벽 아래 이상하게 웅크린 자세로, 무릎은 가슴까지 끌어올리고 머리가 벽 밑부분의 차가운 석조 벽돌에 닿은 채로 피골이 상접한 바틀비 군이 모로 누워 있었습니다. 하지만 아무런 움직임이 없었습니다. 저는 잠시 멈춰 섰습니다. 그러고는 가까이 다가갔습니다. 허리를 굽혀 내려다보자 바틀비 군이 흐릿한 눈을 뜨고 있는 것이 보였습니다. 그렇지 않았다면 아주 깊은 잠에 빠져 있다고 생각했을 겁니다. 뭔가에 이끌려 저는 바틀비 군의 몸에 손을 갖다 댔습니다. 손을 잡아 본 순간 짜릿한 전율이 제 팔을 타고 올라와 등골을 타고 발끝까지 내려갔습니다.

이윽고 저를 빤히 쳐다보고 있는 사식업자의 둥근 얼굴이 보였습니다. "저녁 식사가 준비됐습니다. 오늘도 드시지 않으실까요? 아니면 먹지도 않고 사는 분인가요?"

"먹지도 않고 산답니다." 바틀비 군의 눈을 감겨 주며 제가 되뇌었습니다.

"어! 잠들었네요, 그렇죠?"

"폐허에 잠든 모든 왕들과 고관 대작들과 함께." 저는 「욥기」의 한 구절을 중얼거렸습니다.

*　*　*

　그 이후의 이야기를 더 계속할 필요는 없어 보입니다. 불쌍한 바틀비 군의 매장에 관한 간단한 설명쯤이야 상상력으로 얼마든지 짐작할 수 있을 것입니다. 하지만 독자분들과 헤어지기에 앞서 제가 드릴 말씀이 있습니다. 이 보잘것없는 이야기가 독자분의 흥미를 충분히 유발했고, 그래서 독자분들께서 바틀비라는 인물이 누구인지, 현재 이 이야기를 들려드리고 있는 본인과 만나기 전에 어떤 삶을 살아왔는지에 대해 궁금증이 생기셨다면, 저로서는, 저 역시 꼭 같은 궁금증을 갖고 있지만, 적절한 설명으로 그 궁금증을 해소해 드리는 것은 제 능력을 넘어선다고 말씀드릴 수밖에 없습니다. 다만 이 시점에서, 바틀비 군이 유명을 달리하고 몇 달 뒤 제가 소문으로 듣게 된 내용을 독자분들에게 알려 드려야 할지 그러지 말아야 할지 잘 모르겠군요. 소문의 근거가 무엇인지 확인할 수 없었기에, 그게 어느 정도 사실인지는 저도 모르니까요. 다만 이 막연한 소문이 제게는 어떤 설명할 길 없는 깊은 의미를, 아무리 슬픈 의미라 하더라도 말입니다, 담고 있는 것으로 여겨졌고, 또 그러니만큼 다른 독자분들에게도 마찬가지로 느껴질 수도 있다고 생각되기에, 간단히 언급하기로 하겠습니다. 소문은 다음과 같았습니다. 바틀비 군은 원래 워싱턴 소재 배달 불능 우편물 취급소에서 말단 직원으로 근무했습니다. 그러다 운영상의 이유로 갑자기 해고됐다고 합니다. 이 소문의 내용에 대해 곰곰이 생각해 보면 저는 적절하게 설명할 길 없는 감정들에 휩싸이게 됩니다. 배달 불능 우편물이라니! 죽은 편지들이란 말 아닙니까! 죽은 사람들을 떠올리게 하는 말이지 않습니까? 선천적으로 그리고 불행한 일들로 창백한 절망에 빠지기 쉬운 기질을 갖게 된 사람이 있다고 칩시다. 끊임없이 죽은 편지들을 처리하고, 또 소각하기 위해 정리해야 하는 일보다 더 그런 기질에 기름을 끼얹는 일이 또 있을까요? 해마다 몇 수레씩 헤아려야 할 만큼 엄청난 수의 죽은 편지들이 소각되니까요. 가끔 창백한 얼굴의 직원이 접힌 종이에서 반지를 끄집어내는 때도 있었을 것입니다. 그 반지를 껴야 할 손가락은, 아마도 무덤에서 썩고 있었겠지요. 긴급하게 자선을 베풀기 위해 보낸 은행권일 때도 있었겠지요. 그 도움을 받기로 된 사람은 더 이상 먹지도 굶지도 못하게 되었을 것이고요. 절망하며 형장의 이슬로 사라진 사람들을 위한 사면령, 희망 없이 죽어 간 사람들을 위한 희망, 재난에서 구제받지 못한 채 생명의 숨결이 꺼져 버린 사람들을 위한 희소식. 모두 생명을 전하러 나섰다가 이른 죽음을 맞이한 편지들입니다.

아 바틀비여! 아 인간이여!

선원 빌리 버드
(직접 경험한 이야기)

이곳 지상에 계시건
천국에 정박 중이시건

1843년
미국 프리깃 전함
합중국호
주돛대 망루장

위대한
영국인
잭 체이스 님께

1

증기선이 등장하기 이전에는, 혹은 그 시절에는 지금보다 더 자주, 어지간한 규모의 항구에서 부둣가를 걷다 보면 함선의 수병이든 상선의 선원이든 상륙 허가를 받아 외출복 차림으로 무리를 지어 활보하는 황동 빛으로 그을린 다양한 뱃사람들과 맞닥뜨리는 일이 많았다. 간혹 이들은 동료 중 가장 빼어난 인물을 중앙에 두고 일렬로 나란히 걷거나, 경호원들처럼 그 인물을 에워싸고 걸어가기도 했는데, 이럴 때면 중앙의 인물은 주변의 덜 밝은 별들에 에워싸여 있는 황소자리 일등성 알데바란 같았다. 전함 수병이건 상선 선원이건 이처럼 사람들의 시선을 사로잡는 이 인물이 낭만적이었던 옛 시절 '멋쟁이 선원'이라 불리던 사람이다. '멋쟁이 선원'은 동료들이 이처럼 자발적으로 자신을 우대해도 드러내 놓고 으스대는 법

없이, 오히려 자신의 우월성이 천부적인 것인 양 무심한 척 자연스럽게 처신했다.

매우 인상적이었던 예가 하나 기억난다. 리버풀에서, 지금은 반세기도 더 전의 일이지만, '왕자의 부두'를 따라 높다랗게 세워진 시커먼 벽(오래전에 철거됐다.)이 드리운 그늘에 함족의 순수한 혈통을 이어받은 아프리카인으로 볼 수밖에 없는 칠흑 같은 피부색의 선원이 서 있는 모습을 본 적이 있다. 보통 사람을 훌쩍 넘어서는 키에 균형 잡힌 몸매를 가진 인물이었다. 목에는 화려한 비단 손수건을 느슨하게 두르고 있었는데, 손수건의 양 끝단이 흑단같이 드러난 가슴팍 위에서 나풀거리고 있었다. 귀에는 금으로 된 커다란 원형 귀고리가 걸려 있었고, 잘생긴 머리 위에는 격자무늬 테를 두른 스코틀랜드 고지대풍의 모자가 멋들어지게 올려져 있었다.

때는 7월의 뜨거운 정오였고, 땀으로 번들거리는 그의 얼굴에서는 야성적이고 해맑은 성격이 환하게 뿜어 나오고 있었다. 하얀 이를 뻔쩍이며 이쪽저쪽 돌아보면서 유쾌한 농담을 쉼 없이 지껄이던 그는 동료 선원들 무리의 중심이었다. 그들은 다양한 피부색과 인종들로 구성되어 있었다. 첫 번째 프랑스 의회에서 아나하르시스 클루츠 남작이 인류 전체의 대표자로 내세웠던 외국인 무리를 대체해도 무방할 정도였다. 길 가던 사람들은 때로는 발걸음을 멈추고 쳐다본다든가 좀 드물게는 찬탄을 터뜨리는 것으로 이 검은 우상에게 마음에서 우러나는 조공을 바치곤 했는데, 그럴 때마다 이 다양한 구성의 수행원들은 그 우상의 존재를 아주 자랑스러워하는 기색을 드러냈다. 아시리아의 사제들이 자신들의 거대한 황소 우상 앞에 신도들이 부복하는 모습을 바라볼 때 보여 준 것과 다를 바 없는 자부심이었다.

다시 본론으로 돌아오면, 육지에서 자신의 존재를 과시한다는 점에서 어떤 경우에는 과시욕의 대명사 조아생 뮈라 장군과 비슷해 보이는 점이 없지는 않지만, 이 시절의 멋쟁이 선원은 '빌어먹을 빌리'라는 뺀질뺀질한 인물과는 전혀 다른 인물이었다. '빌어먹을 빌리'는, 지금은 완전히 사라지고 없는 재미있는 인물이다. 하지만 가끔 원본보다 더 웃기는 형태로 만나 볼 수도 있는데, 잔잔한 이리 운하에서 폭풍우를 무릅쓰고 배의 키를 잡아 봤다고 허풍을 친다든가, 아니면 좀 더 흔한 경우로, 운하 배를 끄는 말을 위한 길가에 늘어선 선술집에서 허세를 떨고 있는 사람들에게서 이런 '빌어먹을 빌리'의 모습이 드러나기도 한다. 이와는 달리 '멋쟁이 선원'은 위험하기 짝이 없는 자신의 본업에서는 언제나 유능했고, 권투나 레슬링에서도 다소 재능을 보였다. 중요한 것은 힘과 아름다움이었다. 그의 탁월한 능력은 두고두고 회자되었다. 육지에서 그는 챔피언이었으며, 바다에서는 주도자였다. 나서야 할 때는 언제나 앞장섰다. 강풍 속에서 중간 돛을 감아서 줄여야 할 때면, 멋쟁이 선원은 디딤줄을 말등자처럼 딛고 서서 맞바람 쪽 활대 끝에 걸터앉아 돛을 활대에 묶는 줄을 재갈처럼 당기는 모습을 보여 주었다. 알렉산드로스 대왕이 젊은 시절 사나운 부케팔로스 군마를 조련하는 모습과 진배없었다. 타우러스의 뿔에 받혀 천둥 치는 하늘 높이 튕겨 오르는 와중에도 돛대에 늘어서서 안간힘을 다하고 있는 동료들을 밝은 목소리로 격려하는 탁월한 존재가 바로 멋쟁이 선원이었다.

도덕적 품성이 육체적 우월성을 수반하지 못하는 것도 아니었다. 사실 육체적 아름다움과 능력은 남성들로 구성된 집단에서는 언제나 매력적인 요소임에 분명하다. 하지만 이 두 자질은 도덕적 품성에 의해 다듬어지지 않는다면, 몇몇 경우에서처럼 멋쟁이 선원이 주변 동료들로부터 받는 것과 같은 순수한 존경심을 자아내지는 못한다.

적어도 외모에 있어서, 그리고 비록 이 이야기가 진행되어 감에 따라 다양한 형태로 드러나겠지만, 품성에서도 이처럼 모든 사람의 시선을 끄는 존재가 하늘같이 푸른 눈의 빌리 버드였다. 스물한 살의 빌리 버드는 앞으로 이야기가 전개되면서 제시되는 장면들에서 좀 더 친밀하게는 아기 버드라는 애칭으로도 불리게 된다. 빌리 버드는 18세기가 저물기 직전의 시기 영국 해군 소속 앞돛대 망루병이었다. 빌리 버드가 해군에 징집된 것은 이 이야기가 시작되기 불과 얼마 전의 일이었다. 당시 그는 귀항하고 있던 영국 상선에 근무하고 있었는데, 상선이 영불 해협에 이르렀을 때 출항 중이던 영국 해군 전함 벨리포텐트함으로 강제 징집되었다. 정세가 급박하게 돌아갔던 그 시절에는 으레 있는 일이었지만, 일흔네 문의 포를 장착한 이 전함은 적정 인원을 다 채우지 못한 채 출항해야 했던 것이다. 벨리포텐트함의 부관 래트클리프 대위는 상선에 오르는 현문에서부터, 그러니까 상선 선원들이 징병 대상자 선정 심사를 받기 위해 후미 갑판에 채 정렬하기도 전에 빌리의 모습을 포착했고, 그러자 단박에 그를 선택해 버렸다. 그리고 오직 빌리 한 사람만을 징집했다. 빌리를 점찍은 뒤라 정렬한 다른 선원들이 성에 덜 차 보였는지, 아니면 그 상선 역시 선원이 부족해 보인다는 점에 대해 양심상 거리낌이 있었는지는 알 수 없지만, 어쨌든 래트클리프 대위는 자신이 맨 처음 즉각적으로 내린 결정에 만족했다. 상선의 동료들에게는 놀라운 일이었고, 직접 선택한 대위에게는 지극히 만족스러운 일이었지만, 빌리 버드는 아무런 이의도 제기하지 않았다. 하지만 실제로 불평을 했다고 해도 새장 속으로 내던져진 방울새의 저항만큼이나 무의미했을 것이었다.

아무 불평 없이, 심지어 오히려 좋아하는 듯했다고 할 정도로 순순히 징집에 응하는 빌리를 지켜본 상선의 선장은 무언의 힐난이 담긴 놀라움의 시선으로 그를 힐끗 쳐다보았다. 상선의 선장은 아주 비천한 종류까지 포함하여 어느 직종에서건 찾아볼 수 있는 값어치가 있는 사람, 즉 누구건 '존경할 만한 사람'이라 칭하는 데 이의가 없는 그런 종류의 사람이었다. 게다가 이렇게 표현하면 조금 이상하게 들릴지도 모르겠으나 실제로는 그렇지 않은데, 거친 바다에서 배를 모는 험한 일을 하면서 다루기 힘든 자연의 힘과 맞서 평생을 싸워 온 사람이었지만 이 순수한 영혼이 무엇보다 사랑하는 것은 소박한 평화와 안식이었다. 그 밖의 사실로는, 나이가 오십이나 그 언저리였고, 약간 비만하다고도 할 수 있는 큰 덩치에, 수염은 없고, 혈색이 좋은 선한 인상에, 인간적인 현명함이 표정으로 드러나는 둥근 얼굴의 소유자였다. 화창한 날, 순풍에다가, 모든 것이 순조롭게 흘러갈 때면 그의 목소리에서는 어떤 음악적인 화음 같은 것이 느껴지는데, 그럴 때면 이 사람의 내면 깊숙이 숨겨져 있는 순수한 인간성이 아무런 방해를 받지 않고 있는 그대로 드러나는 것 같았다. 그는 아주 신중한 사람이었고, 매우 양심적인 사람이었다. 하지만 이런 품성 때문에 오히려 지나친 걱정과 근심에 시달리는 경우가 많았다. 항해 중에 배가 육지 가까운 곳에 정박하고 있는 기간이면 이 그레이블링 선장은 불면의 밤을 보내기 일쑤였다. 그는 일부 다른 선장들은 그렇게 심각하게 생각하지 않는 선장으로서의 책무를 가슴 깊이 새겨 두는 사람이었다.

빌리 버드가 앞갑판 밑 선원 숙소로 내려가 자기 짐을 챙기는 동안, 벨리포텐트함의 대위는, 그레이블링 선장이 자신에게는 매우 탐탁지 않은 상황이 벌어지는 바람에 생각이 많아져서 상대에게 으레 베풀어야 할 호의를 깜박 빼먹은 것은 전혀 개의치 않고, 제멋대로 불쑥 선장실로 들어와서는 오랜 경험에서 우러나온 익숙함으로 단번에 술 보관함을 찾아 한 병을 꺼냈다. 사실 그는 당시 장기적으로 계속 이어지던 여러 전쟁을 치르면서 해군으로서 겪을 수 있는 온갖 어려움과 위험을 다 겪어 왔지만, 그 때문에 감각적인 향락을 추구하는 자신의 본성이 무뎌지는 법이 없는 뱃사람 중의 뱃사람이었다. 자신에게 주어진 임무는 언제나 충실히 수행해 냈지만 임무는 흔히 무미건조한 의무에 불과할 때가 있다. 그럴 때면 이 사람은, 가능하다면 언제든, 진하게 달여 낸 독한 액체로 그 건조함을 적시는 데 적극 찬성하는 쪽이었다. 선장실의 주인은 그

나마 남아 있는 친절과 민첩성을 최대한 발휘하여 억지로라도 주인 노릇을 하는 것 외에는 달리 도리가 없었다. 선장은 술병에 당연히 따라 나와야 하는 텀블러 잔과 마실 물을 도리 없이 맞이할 수밖에 없는 손님 앞에 내려놓았다. 하지만 지금은 함께 마실 수 없노라고 양해를 구하고는 이 뻔뻔한 장교가 태연하게 자신의 술에 약간의 물을 타 희석시킨 다음, 세 모금에 나눠 입에 털어 넣고서, 빈 텀블러 잔을 내려놓되, 언제든 쉽게 다시 잡을 만한 거리 안쪽에 밀어냄과 동시에, 아주 만족스러운 듯 입맛을 쩝쩝 다시며, 시선을 주인에게 고정한 채 의자에 몸을 앉히는 모습을 우울한 눈빛으로 내내 지켜보았다.

이 모든 과정이 끝나자, 선장이 침묵을 깨뜨렸다. 선장의 목소리에는 서글픈 힐난이 어려 있었다. "대위님, 최고의 선원을 빼 가시는군요, 보석 같은 친구를요."

"네, 알고 있습니다." 대위는 술을 따르려고 자신의 잔을 다시 낚아채며 말을 받았다. "알고 있습니다. 죄송하고요."

"죄송한 말이지만, 대위님. 제 말이 무슨 말인지 이해를 못 하시는군요. 자, 이제, 들어 보세요. 저 젊은이를 이 배에 태우기 전에 저의 앞갑판은 소란이 끊이지 않는 쥐새끼 소굴 같았지요. 여기 '권리'호에 오르면 정말이지 암울해지던 시절이었다고요. 파이프 담배조차 아무 위로가 되지 않을 만큼 저는 걱정이 많았답니다. 그런데 빌리가 승선했습니다. 그러자 가톨릭 사제가 아일랜드인들의 야단법석을 잠재우는 것 같아졌어요. 뭘 가르치려 든다든가, 딱히 무슨 말이나 행동을 통해서 그랬던 건 아니었소. 그저 빌리에게서 흘러 나간 훌륭한 품성이 고약한 녀석들을 감싸안아 부드럽고 상냥하게 만들었던 것입니다. 선원들은 다들 당밀에 달려드는 말벌처럼 빌리를 좋아했습니다. 다만 한 녀석만 예외였죠. 새빨간 턱수염에다 온몸에 털이 수북한 덩치 큰 녀석이었어요. 이 녀석은, 아마도 신참에 대한 질투심 때문에, 그리고 자신이 다른 선원들에게 '귀엽고 상냥한 친구'라고 조롱조로 지칭했던 그 신참이 싸움닭 같은 기개를 갖고 있을 리가 없다고 생각했기 때문에, 지저분한 싸움을 한판 벌이려면 자신이 먼저 싸움을 걸어야 했지요. 빌리는 그런 그를 꾹 참아 내며 상냥하게 설득하려고 했죠. 그러니까 대위님, 어떻게 보면 빌리는 저하고 닮은 데가 있어요. 싸움 같은 것을 아주 싫어한다는 점에서요. 그런데 아무 소용이 없었습니다. 그래서 어느 날 저녁 두 번째 당직 시간에 붉은 수염 녀석이 등심을 어느 부위에서 잘라 내는지 알려 주겠다는 핑계로, 녀석은 한때 푸주한이었거든요, 다른 선원들이 다들 있는 곳에서 빌리의 갈비뼈 아래쪽을 쿡 찔렀습니다. 모욕적이었지요. 번개처럼 재빠르게 빌리의 왼손이 날아갔습니다. 그 정도로 세게 칠 의도가 아니었던 건 제가 장담합니다. 어쨌건 그 멍청이를 크게 한 방 먹인 셈이 됐어요. 한 삼십 초도 안 걸렸을 겁니다. 그런데 어럽쇼, 그 떨떨한 녀석은 빌리의 민첩함에 혼비백산했죠. 그리고 믿으실지 모르지만, 대위님, 그 붉은 수염 자식은 지금은 빌리를 정말 사랑하고 있습니다. 사랑하는 게 아니라면 위선도 그런 위선이 없을 거예요. 정말 선원들은 모두 빌리를 사랑합니다. 어떤 녀석은 빌리의 옷을 빨래해 주고, 어떤 녀석은 낡은 바지도 꿰매 준답니다. 목수는 지금 빌리에게 주려고 틈틈이 작고 예쁜 서랍장을 만들고 있지요. 누구든 빌리 버드를 위해서라면 어떤 일도 다 해 줄 겁니다. 여기는 다들 행복한 한 가족인 셈이지요. 그런데 이제, 대위님, 저 젊은 친구가 떠나 버리면, 우리 권리호의 분위기가 어떻게 변할지 정말 모르겠어요. 곧 제가 저녁을 먹고 올라오면서 닻줄 감는 회전축에 기대어 느긋하게 파이프 담배를 즐기는 일 따위는 다시 없게 될 것입니다. 암요, 금방 그렇게 될 겁니다. 아, 대위님, 대위님은 우리 선원 중에서 보석을 앗아 가는 겁니다. 평화의 사도를 데려가는 것이죠!" 말을 마치면서 선량한 영혼의 소유자인 선장은 울컥 치미는 흐느낌을 참으려고 무진 애를 먹었다.

"아, 그렇군요." 흥미롭다는 듯 이 모든 이야기를 듣고 이제 취기가 올라 기분이 아주 좋아진 대위가 대꾸했다. "아, 평화의 수호자들, 복 많이 받아야죠. 특히 싸움을 마다 않는 평화의 전사들은요. 그리고 저기 저를 기다리며 정박해 있는 전함에 탑재된 일흔네 문의 예쁜이들도 그런 녀석들이죠. 몇몇이 현창 밖으로 코를 내밀고 있는 게 보이시죠." 대위는 선장실의 창을 통해 벨리포텐트함을 손가락으로 가리켰다. "하지만 용기를 내야죠! 너무 낙담하시면 안 됩니다. 왜냐, 제가 미리 앞서서 국왕 폐하의 승인을 보증해 드리니까요. 아시게 되면 폐하께서는 아주 흡족해하실 것입니다. 폐하께서 하사하시는 건빵을 응당 그러해야 할 열정을 갖고 탐하는 수병들의 수가 줄어든 이 시점에, 그리고 자기 선원 한둘을 차출해 가는 것에 은근히 반감을 품는 선장들도 일부 있는 요즘 시점에, 제가 장담하건대 적어도 한 분의 선장님은 자기 선원 중 최고의 인재를 기꺼이 국왕께 양보했으며, 차출되는 그 선원 역시 그 선장에 못지않은 충성심을 갖고 있기에 전혀 이의를 제기하지 않았다는 사실을 알게 되면 폐하께서는 무척 기뻐하실 겁니다. 그런데 제가 뽑은 예쁜이는 어디 있죠?" 선장실의 열린 문 바깥을 내다보며 그는 계속 말을 이었다. "아, 저기 오는군요. 세상에, 상자를 끌고 오는군요. 대형 여행용 가방을 든 아폴로 신이라니, 여, 이봐 친구." 선실을 나서 빌리에게 다가가면서 대위가 말했다. "전함에 승선할 때는 그렇게 큰 상자는 갖고 갈 수 없어. 그곳에 있는 상자들은 대부분 포탄 상자들이거든. 자네 소지품은 자루에 넣게, 친구. 기병에게는 장화와 말안장이 제격이지만, 전함의 수병에게는 자루와 해먹이거든."

상자에서 자루로 옮겨 담는 일이 끝났다. 징집한 선원을 부속정으로 옮겨 태우고, 자신도 따라 내려간 다음, 대위는 인간의 권리호로부터 떨어져 나갔다. 선장이나 선원들은 뱃사람들의 방식대로 줄여서 권리라고 불렀지만 그 배의 정식 이름은 '인간의 권리'였다. 던디항에 살고 있던 선주는 아주 고집이 센 사람으로 토머스 페인의 열렬한 추종자였는데, 프랑스 혁명을 비판한 에드먼드 버크의 책에 대한 반박으로 출판된 토머스 페인의 이 책이 출판된 지 꽤 되었고, 또 그 책의 인기가 아주 높았기 때문에 그 상선에 그런 이름을 붙인 것이었다. 토머스 페인의 책 제목을 따 자기 배의 이름으로 삼았다는 점에서 던디의 선주는 비슷한 시기 필라델피아에 살던 다른 선주 스티븐 지라르와 비슷한 데가 있었다. 그는 프랑스 출신으로 자기 소유의 배에다 볼테르니, 디드로니 하는 이름을 붙임으로써 모국에 대한 애정과 자유주의 철학자들에 대한 존경심을 표했던 사람이었다.

하지만 이제, 부속정이 이 상선의 고물 아래를 날렵하게 지나치면서 타고 있던 장교나 노를 젓고 있던 수병들이 이 이름을 보게 되었다. 일부는 씁쓸한 표정이었고 또 일부는 싱긋 웃었다. 그 순간, 새로 징집된 신병이 키잡이가 앉아 있으라고 지정해 주었던 이물에서 벌떡 일어나 상선의 고물 난간에서 말 없이 슬픈 표정으로 자신을 지켜보고 있던 동료들을 향해 모자를 흔들면서 다정한 작별의 인사말을 했다. 그러고는 그 상선 자체에게도 작별 인사를 보냈다. "그리고 너도 잘 있으렴, 정든 인간의 권리호야."

"앉아, 거기!" 즉각 자신의 계급에 걸맞은 준엄함을 되찾은 목소리로 대위가 일갈했다. 하지만 그 자신도 입가에 미소가 번지는 것은 참기 힘들었다.

확실히 빌리의 행동은 해군의 예법에 크게 어긋나는 것이었다. 하지만 빌리는 그런 예법을 배운 적이 없는 사람이었다. 그 점을 고려했을 때 빌리가 마지막으로 배에다 했던 작별 인사만 아니었더라면, 대위는 빌리의 행동을 그렇게까지 심하게 나무라지 않았을 것이었다. 하지만 대위는 그 마지막 인사에 신병의 은밀한 반발이 담겨 있는 것으로 받아들였다. 징병 제도 자체에 대해, 특정하게는 자신의 징집에 대해 교활하게 비아냥거린다고 해석한 것이다. 실제로 비꼬는 듯한 의미로 해석될 수 있는 여지가 있다손 치더라도, 그것은 결코 의도한 것이 아니었다. 왜냐하면 빌리는 건강과 젊음, 그리고 자유분방한 마음을 다 갖춘 축복받은 사람이기는 해도 풍자적인 기질이라고는 찾아볼 수 없는 인물이었기 때문이다. 빌리에게는 그런 일을 하고자 하는 의지는 물론 실제로 그런 의도를 실천에 옮길 수 있는 악의적인 수완 자체도 없었다. 이중적인 의미를 다룬다든가 뭔가를 은근히 암시한다든가 하는 것은 그의 본성에는 전혀 맞지 않는 행위였다.

자신이 강제로 징집된 것에 관해서는, 빌리는 늘 날씨의 변화를 받아들일 때와 같은 식으로 받아들이는 것 같았다. 굳이 철학자라고 하지 않는다면, 마치 동물처럼, 빌리 자신은 미처 느끼지 못하고 있었지만 사실상 운명론자나 마찬가지였다. 그리고 자신의 인생에서 이처럼 모험적인 쪽으로의 변화를 맞이하면서 신기한 광경들도 목격하고 흥미로운 군대 생활도 경험하는 기회가 찾아온 것을 무척 기쁘게 생각했을 수도 있었다.

벨리포텐트함에 승선한 우리의 상선 선원은 즉시 유능한 선원으로 인정받아 앞돛대 망루에서 우현의 망을 보는 보직을 받게 됐다. 그는 곧 수병 생활에 잘 적응했다. 드러내 놓고 잘난 척하지 않는 준수한 외모를 가진 데다 진정으로 낙천적인 성격이었으므로 누구도 빌리를 싫어하지 않았다. 다양한 배경을 가진 많은 동료 중에서도 빌리는 단연 가장 쾌활한 사람이었다. 빌리처럼 강제로 징집당한 다른 동료 선원들과는 확연히 달랐다. 이들은 활동적인 업무에 배치되지 않을 때, 특히 저녁 6시부터 8시까지 마지막 반당직을 서는 동안 날이 저

물어 어둠이 깔리기 시작하면서 멍하니 공상에 빠져들게 될 때면 쉽사리 구슬픈 기분에 젖어 들었고, 이렇게 구슬픈 기분에 빠져들면 으레 침울해지기 마련이었다. 그렇지만 그들은 우리의 앞돛대 망루병만큼 젊은 사람들이 아니었다. 게다가 단란한 가정생활을 경험했던 사람들도 적지 않았다. 아내와 자식들을 육지에 두고, 게다가 아마도 불확실한 상황에 남겨 두며, 일가친척과 친구들에게 아내와 자식들을 부탁할 수밖에 없었던 선원들도 있었을 것이다. 하지만 빌리의 경우에는, 앞으로 곧 밝혀지겠지만, 가족이라고 해 봐야 달랑 자기밖에 없었다.

2

우리의 신참 망루병은 망루에서건 포대에서건 유능한 선원
으로 인정받았지만, 그 이전까지 유일하게 함께했던 작은 상
선의 선원들 사이에서 누리던 찬란한 위상에 비할 바는 못 되
었다.

그는 젊었다. 그리고 성숙한 골격을 갖추었음에도, 여러모
로 실제 나이보다 훨씬 어려 보였다. 매끈한 얼굴이 여성같이
맑은 피부색이어서 아직 청소년 티를 완전히 벗지 못한 것으
로 보였기 때문이었다. 하지만 오랜 바다 생활로 얼굴에 피어
있던 백합은 거의 사그라들었고, 장미는 그래도 기운이 살아
있어 햇빛에 그은 피부 밑에서 홍조로 내비치고 있었다.

틀에 짜인 일상의 복잡함에 대한 경험이 일천한 사람에게
상선의 단순한 영역에서 거대한 전함의 광범하고 빈틈없는 세

계로의 갑작스러운 이행은, 그 사람의 품성에 교활함이나 자만심 같은 것이 조금이라도 들어 있었더라면, 아주 당혹스러운 경험이었을 것이다. 다양한 종류의 인간들로 구성된 벨리포텐트함의 승조원 중에는 계급의 고하를 막론하고 타고난 평범한 본성 이상의 품성을 갖추게 된 사람들도 포함되어 있었다. 이들은 지속적인 군사 훈련과 계속되는 전투 경험이 평범한 사람에게도 어느 정도는 미칠 수 있는 영향에 좀 더 예민하게 반응하는 부류였다. 일흔네 문의 포가 장착된 전함에 이제 막 승선한 멋쟁이 선원 빌리 버드의 입장은 아름다운 시골 아가씨가 궁정의 귀부인들과 함께 경쟁하게 된 것과 유사했다. 그렇지만 그는 이런 상황의 변화를 거의 의식하지 않았다. 그는 자신의 어떤 점이 푸른 군복의 수병 중에서도 유달리 딱딱한 인상을 주는 한두어 명의 얼굴에 묘한 미소를 떠오르게 한다는 사실조차 거의 의식하지 못했다. 더구나 자신의 품성이나 태도가 지적인 신사와 같은 고급 사관들에게 유달리 호의적인 영향을 미친다는 사실은 더 의식하지 못했다. 빌리 같은 사람에게 이런 행운은 너무나 당연했다. 빌리 버드는 노르만족이나 다른 종족의 피가 전혀 섞이지 않은 색슨족의 순수한 혈통을 이어받은 영국인의 가장 훌륭한 표본 특유의 체형을 가졌으며, 얼굴에는 그리스 조각가가 자신의 강인한 영웅 헤라클레스의 표정을 조각할 때 구현했던 온화하고 인간미 넘치는 표정이 어려 있었다. 하지만 이 표정은 역력히 드러나는 또 다른 자질들로 다시 한번 미묘하게 보정받고 있었다. 자그마하고 잘생긴 귀, 발등의 휨새, 입과 콧구멍의 곡

선, 게다가 굳은살이 박이고 큰부리새의 부리처럼 적갈색으로 물들어 마룻줄과 타르 양동이의 흔적을 보여 주는 손까지, 무엇보다 풍부한 표정과 무심코 드러나는 태도, 그리고 일상적인 행동에서 엿보이는 어떤 것이, 즉 사랑의 여신 아프로디테와 그를 따르는 세 명의 자애의 여신이 특별히 사랑했던 모든 신의 어머니 디오네를 떠올리게 하는 그 무언가가 빌리에게 있었다. 이상하게도 이러한 특징들은 모두 빌리가 자신이 실제 겪어 온 운명과는 너무나 대조적인 혈통을 타고났을 것이란 사실을 암시했다. 이 수수께끼는 빌리가 닻줄 도르래 옆에서 수병이 되기 위한 정식 절차를 밟는 과정에서 드러난 사실로 어느 정도 해소되었다. 키가 작고 활달한 성격의 담당 장교가 여러 가지 질문을 하던 중에 출생지를 물어보았고, 빌리가 대답했던 것이다. "죄송하지만, 전 모릅니다."

"어디서 태어났는지 모른다고? 아버지는 누구셨나?"

"하느님만 아십니다."

이 대답의 직설적인 단순함에 놀란 장교가 다음 질문을 했다. "자네 인생이 어떻게 시작됐는지 알고 있나?"

"모릅니다. 하지만 브리스틀에 살고 있던 어떤 착한 분이 어느 날 아침 현관문 손잡이에 걸려 있던 예쁜 비단을 깔아 놓은 바구니 안에서 절 발견했다고 들었습니다."

"발견했단 말이지, 흠." 머리를 한껏 뒤로 젖혀 신병을 위아래로 훑어보며 장교가 말을 이었다. "그래, 정말 훌륭한 발견이었던 것 같군. 사람들이 자네 같은 사람을 좀 더 많이 발견하면 좋겠어. 슬프게도 우리 함대는 그런 사람들을 많이 필요로

하거든."

그렇다. 빌리 버드는 업둥이였다. 사생아였을 확률이 높지만, 분명 천한 출신은 아니었다. 종마를 보면 그렇듯 빌리에게서는 고귀한 혈통이 명백하게 드러나 보였다.

그 나머지에 대해서라면, 지적인 예리함이라든지 뱀 같은 간계의 흔적 같은 것은 없었다. 그렇다고 완전히 비둘기 같은 존재는 아니었다. 그는 지식이라는 수상한 사과를 아직 받아 들지 않은 사람, 즉 건전한 인간에게나 있을 수 있는 관례에 얽매이지 않는 공정한 판단 능력에 수반하는 정도의 지적 능력을 소유하고 있었다. 그는 글을 읽을 줄 몰랐다. 그렇지만 노래는 부를 줄 알았다. 그리고 글을 모르는 나이팅게일처럼 자기 노래를 직접 만들어 부르는 때도 있었다.

자의식 같은 것은 거의 없는 듯했다. 있다 하더라도 세인트 버나드 견종에게 있으리라고 추론되는 정도였다.

늘 바다에서 자연의 힘에 노출되어 살아왔기에, 빌리가 육지에 대해 아는 것은 거의 해안가 혹은, 더 정확히 말하자면, 바다와 육지가 겹치는 구역에 특별히 따로 마련되어 춤출 수 있는 공간이 마련된 술집과 창녀와 술을 따라 주는 사람들이 있는 곳, 간단히 말해 뱃사람들이 '환락의 낙원'이라 부르는 구역에서 했던 경험에서 온 게 전부였다. 그렇기에 빌리의 소박한 본성은 이른바 점잖음이라고 알려진 인위적인 예의범절과 동반하는 경우가 많은 부도덕한 것들로 마모되지 않은 채 그대로 남아 있었다. 그런데 '환락의 낙원'을 자주 드나드는 선원들에게 악덕이 없을까? 그렇지 않다. 그렇지만 육지 사람들

이 이른바 삐뚤어진 심성에서 나온 악덕을 저지르는 것보다
는 정도가 덜한 편이고, 또 악덕을 저지른다 해도, 사악한 마
음에서 그런다기보다는 오랫동안 억제된 생활을 하고 난 뒤
터져 나오는 활력을 주체하지 못해 그러는 것으로, 그러니까
자연의 법칙에 따르는 솔직한 표현 같은 것으로 보였다. 원래
의 타고난 성품에 지금까지 살아온 인생이 미친 복합적인 영
향이 더해져 빌리는 행실이 올바른 야만인 같은 데가 있었다.
말하자면 닳고 닳은 사탄이란 뱀이 자기편으로 끌어들이기
이전의 아담과 비슷했다.

그리고 이 지점에서, 지금은 많은 사람에게 무시당하고 있
지만, 인간의 타락이라는 교리에 부합되는 주장을 제기하는
것이 적절할 것 같다. 그 주장인즉 문명이라는 제복을 입고
살아가는 사람 중에서 때 묻지 않고 순수한 덕목을 지니고 있
다고 특정할 수 있는 사람들을 잘 살펴보면, 그런 덕목들이
관습이나 관례에서부터 나온 것이 아니라, 이들을 준수하지
않는 데서, 다시 말해 카인의 도시나 도시화된 사람들이 존재
하기 이전의 시대에서부터 예외적으로 전해지던 것들로 보인
다는 것이다. 그와 같은 덕목을 지닌 사람들의 품성은 오염되
지 않은 미각에게는 딸기처럼 순수한 맛으로 느껴질 것이고,
완전히 문명화된 사람들은 아무리 훌륭한 혈통을 타고난 사
람이라고 해도, 동일한 도덕적 미각에서 보자면, 이것저것 뒤
섞은 포도주와 같은 이상한 맛으로 느껴질 것이다. 카스파 하
우저의 경우처럼, 이런 원시적인 자질들을 물려받은 사람들로
서 기독교 세상의 어느 주요 도시에서든 환경에 적응하지 못

하고 충격받은 상태에서 멍하니 방황하다 발견되는 사람들에 대해서는 거의 2000년 전 카이사르가 통치하던 로마의 어느 선한 시인이 자신의 생활 영역에서 벗어난 시골 출신의 사람을 두고 읊었던 유명한 시구가 지금도 여전히 적절하다.

정직하고 가난한, 언행이 일치하는 파비안이여,
그대는 어쩌다 이 도시로 오게 되었는가?

우리의 멋쟁이 선원은 머리에서부터 발끝까지 남성적인 아름다움이 부족한 곳이 하나도 없었지만, 너새니얼 호손의 짧은 이야기에 등장하는 아름다운 여성처럼 단 한 가지 결점이 있었다. 그 여성의 경우처럼 눈에 보이는 흠결은 아니었다. 그렇지는 않았다. 하지만 어쩌다 발음이 제대로 되지 않는 장애가 발생하는 경우가 있었다. 자연이 노하거나 위험한 상황이 발생했을 때 빌리는 이상적인 선원이었다. 그렇지만 강렬한 감정을 솟구치게 하는 원치 않는 돌발 상황이 발생하면, 원래 평상시에는 마음속의 조화가 표현되는 듯 아주 음악적이었던 목소리가 고질적으로 잘 나오지 않는 경향이 있었다. 사실 거의 말을 더듬는다거나 그보다 더 심한 경우라고 봐야 할 장애였다. 이 점에 있어서만은, 빌리는 에덴동산의 시기하는 방해자, 즉 모든 훼살꾼의 원조가 지구라는 혹성에 내맡겨진 인간이라는 존재 모두에게 여전히 어느 정도는 영향을 미치고 있음을 여실히 보여 주는 존재였다. 어떤 경우에서건, 이 훼방꾼은 어떤 식으로건 자신의 카드 패를 슬쩍 보여 주는 것이다.

선원 빌리 버드

나도 나름대로 패가 있거든 하고 말하는 것처럼.

　우리의 멋쟁이 선원에게 그와 같은 결함이 있다고 이렇게 인정하는 것은, 이 인물이 전통적인 영웅으로 제시되고 있지 않음과 더불어 그가 주인공으로 등장하는 이 이야기가 로맨스물이 아니라는 사실의 명백한 증거일 것이다.

3

빌리 버드가 벨리포텐트함으로 강제 징집됐을 때 이 전함은 지중해 함대에 합류하기 위해 항해 중이었다. 합류에 성공하기까지는 그리 오래 걸리지 않았다. 함대의 일원으로서 이 일흔네 문의 포함은 대개는 다른 전함들과 함께 기동했지만, 어떤 경우에는 항해 속도가 우수하다는 이유로 프리깃 호위함이 없을 때는 대신 척후 활동을 위해 독자적으로 파견되기도 했고, 어떤 때는 그보다 시간이 더 걸리는 임무에 투입되기도 했다. 하지만 이 모든 활약은 이 이야기와 전혀 상관이 없다. 이 이야기는 오로지 그 전함 한 척의 내부에서 진행된 일과 그 전함에 승선한 개별 선원의 복무 이력에만 그 관심이 한정되어 있기 때문이다.

때는 1797년 여름이었다. 그해 4월 포츠머스의 스핏헤드 해군 기지에서 소요 사태가 발생했고, 5월에는 템스강 하구의 노어 기지에 정박 중이던 함대에서 두 번째이자 훨씬 더 심각한 폭동이 일어났다. 노어에서의 사태는 조금의 과장도 없이 '대반란'이라 불렸다. 영국의 입장에서 이 폭동은 당시 공화주의 정치 성명서를 발표하고, 이웃 국가를 정벌하여 공화주의로 개종시키는 프랑스 총재 정부의 군대보다 더 위협적인 시위였다. 대영 제국에게 노어 기지에서의 반란은 런던에 대규모 방화 사태가 벌어졌을 때 소방대가 파업을 일으킨 것과 다를 바 없었다. 당시 영국의 상황은 몇 년 후 넬슨 제독이 승리의 깃발로 심각한 지경에 처한 영국이 영국인들에게 기대하는 바가 무엇인지를 자신의 함대에 공표하는 그 유명한 승리가 한시바삐 도래하기를 간절히 원했을 만큼 위태로운 상태였다. 그런 상황에서 자신의 영토 안에 있는 항구에 정박 중이던 삼 층 포대 전함과 일흔네 문 포함들, 그러니까 당시 구세계 유럽 전체에서 보수적 왕국으로서는 유일하게 자유로운 국가로 남아 있던 강대국의 오른팔 격이었던 해군 함대의 주돛대 꼭대기에 수천 명의 영국 해군 수병들이 만세를 부르며 중앙 십자가와 배경의 사선 십자가를 모두 지워 버린 국기들을 게양했던 것이다. 십자가 문양들을 지워 버림으로써 이들 반란군들은 적법한 절차를 거쳐 제정된 법률과 명확하게 규정된 자유의 권리를 상징하는 깃발을 붉은 별똥별 깃발, 그러니까 통제도 제한도 없는 반란을 상징하는 적국 프랑스의 깃발로 변형시켜 버렸다. 함대 내부의 합리적인 불만이 실제적인 불평의 차원을 넘어서 비합리적인 폭발로 이어졌고, 이는 프랑스로부터 해협을 건너온 불씨가 큰불로 번지는 것과 같 았다.

당시 영국에서는 유명한 민요 작곡가 찰스 디브딘의 애국 심을 찬양하는 노래가 크게 인기를 끌고 있었다. 유럽의 어지 러운 국제 상황에서 영국에게 결코 작다고 할 수 없는 도움을 주었던 디브딘은 자신이 작곡한 노래에서 "그리고 나의 목숨 으로 말할 것 같으면, 국왕 폐하의 것!"이란 가사로 영국 선원 들의 국왕에 대한 충성심을 무엇보다 더 강조하여 칭송했다. 노어의 대반란은 한동안 이런 노랫말을 일종의 아이러니로 만들어 버리는 결과를 가져왔다.

영국이라는 섬나라의 위대한 해군사를 집필하는 역사가들 은 이런 사건을 자연스럽게 축약시켜 버린다. 윌리엄 제임스는 "공정함이 결벽증을 금지"하지 않았더라면 자신도 기꺼이 이 사건을 언급하지 않고 넘어갔을 것이라고 솔직하게 고백한다. 그런데도 이 역사가 또한 세부적인 사실을 전혀 다루지 않음 으로써 이 사건에 대해서는 상세하게 기술한다기보다 그저 언 급하는 선에서 그치고 만다. 게다가 이 정도의 언급조차 도서 관에서 쉽게 발견하기 힘들다. 미국을 포함하여 어떤 나라에 서건 매 시기 발생하기 마련인 다른 사건들과 마찬가지로 대 반란이란 사건 역시 그 성격상, 나라에 대한 자부심 때문에, 그리고 정책적인 결정으로 역사의 뒤안길로 내쳐지게 되었다. 하지만 이런 사건들은 무시될 수 없는 사건들이다. 이런 사건 들을 역사적으로 다루는 신중한 방식이 없지는 않다. 온정신 인 사람이라면 집 안에서 발생하는 부적절하거나 불행한 일을 마구 떠벌리는 것을 삼갈 것이다. 그처럼 한 국가가 비슷한 상황에서 신중하게 처리한다고 해서 그 누구도 비난할 수는 없을 것이다.

정부와 주동자들 사이에 협상이 진행되고, 대표적인 부당 대우에 대한 정부 측의 양보가 있은 후 첫 번째 반란, 즉 스핏헤드에서의 반란은 어렵사리 종식되거나, 적어도 당분간은 잠잠해졌다. 그렇지만 노어에서의 반란은 예상치 않게 대규모 폭동으로 재점화되었고, 이어진 협상에서 반란군이 제시한 요구는 당국으로서는 도저히 수용할 수 없는 성격의 것이었을 뿐만 아니라, 반란군의 목적이, 붉은 혁명의 깃발만으로는 충분하지 않아서인지, 이를 데 없는 오만불손함을 명백하게 드러내는 사항들인 것으로 받아들여졌다. 그렇지만 결국 노어의 폭동도 결국 진압됐다. 진압에 나선 해병대의 충성심이 확고했고 반란군 내부에서 영향력 있던 일부가 스스로 충성심을 회복함으로써 가능했던 결과였다.

어떤 면에서 보자면, 노어 대반란은 근본적으로 건전한 신체에 깃들어 이상을 일으키는 전염성 열병에 비유할 수도 있을 것이다. 건강한 육체는 이런 정도는 곧 벗어 던지기 마련이다.

어쨌건 폭동을 일으킨 수천의 선원 중 일부는 그리 오래지 않아, 그 사건을 계기로 강렬하게 촉발된 애국심에 의해서건, 호전적인 본능에 의해서건, 아니면 둘 다에 의해서건 넬슨 제독이 나일강에서 승리할 수 있도록 도와주었고, 트라팔가르에서도 넬슨이 해군 역사상 가장 빛나는 승리의 관을 쓸 수 있게 해 주었다. 반란에 가담했던 수병들에게는 그런 전투들, 특

히 트라팔가르에서의 전투는 완전하고도 장엄한 사면장이었
다. 해군의 위용이라든가 전투에서 펼쳐지는 영웅적인 화려함
을 극적으로 드러내는 장면을 구성하는 데 있어 이 두 전투,
특히 트라팔가르 전투는 인간 역사상 비할 바 없는 사건으로
남아 있다.

4

이렇게 이야기를 할 때 핵심적인 줄거리를 벗어나지 않겠노라고 아무리 마음을 다잡아도 어떤 곁가지 이야기들은 쉽게 극복할 수 없는 유혹을 보내온다. 나는 지금 그런 옆길로 새는 실수를 저질러 보려고 한다. 독자들이 동행해 준다면 고맙겠다. 우리는, 적어도, 죄를 짓는 데서 맛볼 수 있는 쾌락만큼은 확실히 즐길 수 있을 것이다. 문예에서는 옆길로 새는 것을 죄로 간주하니까.

중국에서부터 유럽으로 화약이 전래되면서 모든 전투에 혁명적인 변화가 일어났던 것에 상응하는 정도로 우리 시대의 발명품들 역시 해상 전투에서의 변화를 가져왔다는 주장은 전혀 새로운 것이 아니다. 초기 유럽의 화포는 아주 어설픈 도구에 불과했기 때문에, 적군과 일대일로 맞서 칼과 칼을 맞부딪치는 것을 겁냈던 직조공 출신 병사들에게는 아주 훌륭한 무기였지만, 대부분의 기사들에게는 비천한 무기로 여겨졌다는 것은 널리 알려진 사실이다. 하지만 육상에서 기사들의 용맹함이, 비록 그 찬란한 빛은 잃어버렸다 하더라도, 기사들과 함께 다 사라져 버린 것이 아닌 것처럼, 해상에서도 해상 전투에서 이전과 같이 용맹을 과시하는 것 자체가 이미 다르게 변해 버린 오늘날의 정황에서는 시대착오적인 것이 되어 버렸다 하더라도, 돈 후안 데 아우스트리아, 안드레아 도리아, 또는 반 트롬프, 장 바르트, 그리고 역대 영국의 해군 제독들에서부터 1812년 전쟁에서 활약했던 미국의 디케이터 제독에 이르기까지 수많은 해전의 명장들이 지닌 고귀한 자질들 역시 목조선과 함께 다 사라져 버린 것은 아니다.

그렇지만 과거를 폄훼하지 않으면서도 현재의 가치를 제대로 평가할 수 있는 사람들이 포츠머스항에 외로이 정박해 있는 넬슨 제독의 낡은 빅토리함을 단순히 불후의 명성을 나타내는 기념물 하나가 퇴락해 가는 모습으로만 보지 않고, 미 해군 철갑선 모니터호를 비롯해 그보다 더 규모가 큰 유럽의 철갑선들에 대해 어떤 상징적인 비난을 제기하는 모습으로 받아들이는 것을 크게 나무랄 수는 없다. 물론 빅토리함 자체의 아름다운 모습 때문에 그 비난의 신랄함이 조금은 완화될 것이다. 어쨌든 그런 식의 관점이 있는 것은 순전히 철갑선들이 보기 흉하고, 옛날 전함들에게 있었던 균형미나 유려한 선들을 결여하고 있어서만은 아니다. 그와 함께 다른 이유도 분명히 있는 것이다.

방금 암시한 상징적인 비난에 대해 완전히 공감하지 못하는 것은 아니지만, 그런데도 새로운 질서를 옹호하기 위해서 그 문제를 무시해 버리는 사람들도 있을 것이다. 이들은 필요하다면 우상 파괴 수준으로까지 나아갈지 모른다. 예를 들자면 빅토리호의 후갑판에 위대한 선원 넬슨 제독이 쓰러진 자리를 가리키기 위해 새겨진 별을 보고서 이들 군사적 실용주의자들은 넬슨이 전투 중에 자신의 계급을 표시하는 화려한 장식을 단 외투를 입고 자신의 존재를 공공연하게 노출시킨 것이 전혀 불필요한 일이었으며, 나아가 전략적으로도 무의미하며, 무모함과 허영의 표현에 불과했다는 요지의 주장을 피력할 수도 있을 것이다. 이 실용주의자들은 또한 트라팔가르 해전에서 넬슨의 그런 행위는 사실상 죽음에 대한 도전이었으며, 그래서 죽음이 찾아왔던 것이고, 그렇게 무모하게 호기를 부리지 않았더라면 해전을 승리로 이끈 넬슨 제독은 살아남았을 것이며, 그랬더라면 죽어 가면서 항해술과 관련해 후임자에게 남긴 현명한 지시가 무시되는 일이 일어나는 대신, 전투의 결과가 결정되었을 때 자신이 직접 기진맥진한 함대를 지휘해 항구로 안전하게 돌아왔을 것이고, 그랬더라면 함대의 일부가 트라팔가르 해전 이후의 항해에서 폭풍우를 만나 난파되면서 많은 생명을 잃게 되는 사태도 피했을 거라고 주장할 수도 있을 것이다.

　자, 어떤 다양한 이유에서건 함대를 무사히 정박시키는 것이 가능했겠냐는 애매한 쟁점을 차치하고 나면, 전쟁과 관련해서 효용만 따지는 벤담주의자들이 위와 같은 주장을 펼칠

가능성은 농후하다. 그렇지만 '그랬을 수도 있다'라는 식의 가정에 근거를 둔 주장은 설득력이 부족할 수밖에 없다. 그리고 위험한 해상로에 부표를 띄워 미리 정밀하게 측정해 두었던 코펜하겐 해전에서처럼 전투 행위 자체보다 더 큰 문제들을 미리 예상하고 그에 대해 치밀하게 작전 계획을 수립하는 등의 혜안을 발휘하는 면에 있어서 전투 중 자신의 존재를 무모하게 드러냈다는 이 제독만큼 철저하고 용의주도한 지휘관은 어디에도 없다.

결코 이기적이라 할 수 없는 동기에서 발휘되는 경우에 있어서도 개인적인 신중함은 군대에 몸담고 있는 사람에게는 특별히 장점이라고 보기 힘든 자질이다. 오히려 미지근한 의욕이라 할 수 있는 순수한 의무감을 불타오르게 하는 지나칠 정도로 강한 영예욕이 군인의 첫 번째 덕목이라 할 것이다. 웰링턴이라는 이름을 들었을 때보다 넬슨이라는 더 소박한 이름을 들었을 때 훨씬 더 혈기가 왕성해지는 것도 바로 이런 이유일 것이다. 워털루 전투에서 승리한 웰링턴 장군의 죽음을 애도하는 시에서조차 테니슨은 그를 역사상 가장 위대한 군인이라 부르지 않는 신중함을 보인다. 하지만 같은 시에서 이 시인은 넬슨 제독을 "인류 역사가 시작된 이래 가장 위대한 선원"이라 칭송했다.

트라팔가르 해전에서 넬슨 제독은 전투가 시작되기 직전 자리를 잡고 앉아 간단한 유서를 작성했다. 자신의 영광스러운 죽음이 역사상 가장 장엄한 승리의 정점을 찍게 될 것을 예견한 것이라면, 그래서 사제의 마음가짐 같은 동기로 자신의 공을 입증하는 주옥같은 훈장들로 자신의 몸을 감싼 것이라면, 그렇게 함으로써 제단에 바치기 위해 자신을 치장한 것이고 자신의 생명을 희생물로 바친 것이 단순히 허영심에 의한 것이었다면, 그렇다면 위대한 서사시와 연극에서 영웅을 찬양하는 구절들은 모두가 허세이고 가식에 불과하게 된다. 그런 구절들을 통해 시인이 구현하고자 한 것은 그저 넬슨 제독 같은 사람이 기회를 틈타 실천에 옮긴 감정 과잉에 불과한 것이기 때문이다.

5

그렇다. 노어 대반란은 진압되었다. 그렇다고 해서 불만이
다 해결된 것은 아니었다. 예를 들자면, 군납업자들이 조악한
옷감이나 상태가 좋지 않은 식품을 납품한다든지 계량 치수
를 속인다든지 하는 업계 특유의 보편적인 관행은 더 이상 허
용되지 않았지만, 그에 못지않은 한 가지, 강제 징집의 관행은
계속되었다. 수 세기에 걸쳐 이어졌고, 최근 맨스필드 대법관
의 사법적 판단으로 합법성을 인정받았지만, 강제 징집의 관
행은 당시 함대에 병력을 제공하는 방식으로서 그 적용이 잠
시 보류된 상태였다. 공식적으로 폐기된 적은 없었다. 정황상
이 관습을 완전히 폐기하는 것은 무리였다. 그럴 경우, 영국에
게는 필수 불가결한 해군 함대 자체가 마비될 것이었다. 당시
영국 함대는 증기 기관 없이 오로지 돛으로만 기동했으며, 수

많은 돛과 수천의 대포는 모두 사람의 손으로 작동했다. 더구나 당시 유럽 대륙의 격동적인 정세로 인해 발생하고 있거나 앞으로 발생할 유사시의 상황에 대비해 영국 해군은 등급을 막론하고 모든 전함의 수를 늘려 가는 중이었고, 따라서 병력 충원의 필요는 점점 커지고 있었다.

두 건의 반란 이전부터 있었던 선원들의 불만은 반란 이후에도 어느 정도는 암암리에 남아 있었다. 그랬기 때문에 산발적이건 전면적이건 어떤 식으로든 문제가 다시 발생할지도 모른다고 걱정하는 것은 그리 터무니없는 짓은 아니었다. 그런 걱정의 좋은 예가 있다. 이 이야기가 다루는 사건이 발생했던 것과 같은 해에 당시 후미제독으로서 호레이쇼 경으로 칭해졌던 넬슨은 스페인 연안에 배치된 함대에서 자신의 지휘기를 캡틴함에서 테세우스함으로 이동시키라는 제독의 명령을 하달받았다. 제독이 넬슨 후미제독에게 이런 명령을 내린 이유는 다음과 같았다. 테세우스함은 노어 대반란에 가담했던 배로서 스페인 연안에 배치되어 이제 막 도착한 전함이었고, 그래서 이 전함의 승선원들의 심리 상태와 관련해서 위험한 일이 벌어질 수도 있다는 걱정이 제기됐다. 넬슨 후미제독 같은 장교라면 이들을 위협해서 모욕적으로 복종하게 만드는 것이 아니라 넬슨 자신의 존재와 영웅적인 품성만으로 이들의 충성심을 넬슨 본인만큼 열광적인 수준에 이르게 할 정도는 아니더라도, 적어도 어느 정도는 진실한 상태로 회복시켜서 진정으로 지휘관을 따를 수 있게 할 것이라고 믿었기 때문이었다.

그래서 고급 사관들 사이에서 불안이 한동안 지속됐고, 이는 한두 척의 전함에만 국한된 것은 아니었다. 해상에서 그런 반란 상태로 되돌아가는 사태를 막기 위한 경계는 강도 높게 유지됐다. 적군과의 전투는 언제든 벌어질 수 있었고, 그럴 경우, 포대에 배치된 장교들은 필요하다면 포를 다루는 사병들 뒤에서 칼을 뽑아 들고 서 있는 것이 필수적이라고 생각하기도 했다.

6

하지만 빌리가 현재 자기 해먹을 걸어 두고 있는 일흔네 문 포함의 사병들 태도에서는 일반인의 눈으로 볼 때 대반란이 최근에 있었던 기미는 별로 드러나지 않았다. 장교들의 처신에 있어서도 대반란을 의식하고 있다고 볼 만한 것은 전혀 보이지 않았다. 전함에 배속된 위관급 장교들은 전반적인 태도나 처신에서 자연스럽게 함장의 영향을 받는다. 물론 함장의 타고난 품성이 부하 장교들의 그것보다 탁월할 때의 이야기이다.

공식 칭호가 '영예로운 에드워드 페어팩스 비어 해군 대령' 인 비어 함장은 마흔 살쯤 된 독신자로서 유명한 해군 지휘관이 아주 많이 배출됐던 그 당시에도 아주 탁월한 축에 속하는 사람이었다. 높은 귀족 가문 출신이었지만, 현재의 지위까지 오르는 데는 그런 정황에서 오는 영향력만 작용한 것은 아니었다. 비어 함장은 여러 보직을 두루 거쳤고, 많은 전투에 참가했으며, 부하들의 규율 위반 행위는 엄중히 다스리되 항상 그들의 복지를 최우선으로 삼는 장교가 되기 위해 노력했다. 그는 자신의 직업과 관련한 지식에 정통하고, 무모할 정도로 용맹하지만 결코 만용을 부리지 않는 그런 지휘관이었다. 비어 함장은 조지 로드니 제독이 드 그라스 제독의 프랑스 함대를 격파함으로써 해군 지휘관으로서의 위대한 명성을 획득하게 해 주었던 서인도 제도에서의 해전에서 로드니 제독의 부관으로서 혁혁한 전과를 올렸고, 그 공을 인정받아 정식 함장으로 승진했다.

뭍에서 민간인의 옷을 입고 있을 때 그를 해군 출신이라고 알아볼 사람은 거의 없었다. 자신의 직업과 관련이 없는 주제로 이야기할 때 항해와 관련된 기술적인 용어를 양념으로 섞어서 쓰는 법도 없었고, 워낙 처신 자체가 진중했기 때문에 단순한 농담 같은 것에는 전혀 반응을 보이지도 않아서 특히 더 그랬을 것이다. 항해 중에도 특별히 자신의 탁월한 능력을 발휘해야 하는 경우가 아니면 그는 절대로 나서지 않았는데, 이 또한 그의 진중한 성격을 잘 보여 주는 예라 할 수 있다. 남들보다 키가 그리 크지 않은 그가 계급장 없이 선장실에서 상갑판으로 나서고, 그곳에 있던 장교들이 일제히 바람이 불어오는 쪽으로 물러나며 그에게 무언의 예를 갖추는 것에 알은체를 해 주는 그의 모습을 단순 일용직 선원이 지켜본다면, 그는 이 신사를 국왕의 손님으로서 막중하고 비밀스러운 임무를 부여받고 해군 함정에 올라 아주 중요한 임지로 향하고 있는 지체 높은 민간인 귀족쯤으로 착각할 수도 있을 터였다. 그러나 사실 처신에서 이렇게 조신한 것은 때로 굳센 품성을 수반하는 남자다움의 특징인 진솔한 겸손함, 그러니까 굳이 눈에 띄는 행동을 할 필요도 없이 평상시에 늘 드러나는 자질, 즉 어떤 신분의 사람에게서도 관찰될 수 있지만, 딱히 귀족적이라 할 만한 어떤 덕목으로서의 겸손함에서 우러나오는 것일 수도 있다. 세상의 다양한 분야에서 영웅적인 활약을 펼치고 있는 다른 어떤 사람 못지않게 비어 함장도 그럴 필요가 있을 때는 충분히 실제적인 사람이었지만 가끔 낭만적인 기질을 내비치는 때가 없지 않았다. 그는 후갑판 위에서 바람 맞는 쪽을 향해 홀로 서서 한 손으로는 밧줄을 잡은 채 망망대해를 멍하니 바라보곤 했다. 그럴 때 누군가 사소한 문제로 말을 걸어 생각의 흐름을 끊어 버리는 경우 다소 짜증스러운 반응을 보이기도 했지만, 즉시 그는 그런 감정을 억눌렀다.

해군에서 그는 "별처럼 빛나는 비어"라는 명칭으로 널리 알려져 있었다. 빛나는 자질을 실제로는 많이 갖추고 있다 하더라도 밖으로 번쩍이며 드러내는 법이 없는 사람에게 이런 별칭이 붙게 된 사정은 다음과 같다. 서인도 제도에서의 승리 이후 영국으로 돌아왔을 때 처음으로 그를 맞이하고 축하해 준 사람은 호방한 성격의 친한 친척인 덴톤 경이었다. 비어 함장을 만나기 바로 전날 그는 즐겨 읽던 앤드루 마블의 시집을 뒤적이다가 「애플턴 저택」이라는 제목의 시에 눈길을 주게 되었다. 이 저택은 덴톤 경과 비어 함장 두 사람 모두의 조상이자 17세기 독일에서 발발한 전쟁들에서 혁혁한 전과를 세운 영웅이 살았던 곳이었다. 이 시에는 다음과 같은 구절이 있었다.

> 바로 이곳이 그녀가 처음부터
> 천국과 같은 가정에서 양육된 곳이라네,
> 두 사람의 엄격한 훈육을 받았으니,
> 페어팩스와 별처럼 빛나는 비어였다네.

그래서 덴톤 경은 로드니 제독에게 위대한 승리를 안겨 준 해전을 마치고 돌아오는 사촌 형제를 끌어안아 주면서 같은 가문 출신의 이 선원에 대한 정당한 자부심에 가득 차 열정적으로 외쳤던 것이다. "축복받을 걸세, 에드. 신께서 축복하실 거야, 나의 별처럼 빛나는 비어!" 이 말이 널리 퍼져 나갔고, 이 새로운 별칭은 잘 아는 사람들 사이의 대화에서 벨리포텐트함의 선장과, 그의 먼 친척으로 연장자이지만 비슷한 계급으로 같은 해군에서 복무한 다른 비어 함장을 손쉽게 구분하기 위해 사용되다가, 마침내 그의 이름 앞에 항구적으로 붙어 버렸다.

7

다음에 곧 이어질 상면들에서 벨리포텐트함의 총지휘관이 맡게 될 역할을 고려해 볼 때, 그에 관해 바로 앞 장에서 언급된 개략적인 그림을 좀 더 상세히 보충할 필요가 있겠다.

해군 장교로서 갖추고 있는 자질들을 차치하고서라도 비어 함장은 예외적인 인물이었다. 영국의 무수히 많은 다른 유명한 뱃사람들과 달리 비어 함장은 힘들게 오랫동안 그리고 헌신적으로 해군에 복무했지만, 그랬다고 해서 그의 인격 자체가 그 경험으로 완전히 물들어 버리고 염장된 것은 아니었다. 그는 지적인 것이라면 어떤 것에건 관심을 기울이는 경향이 강한 사람이었다. 책을 좋아해서 항해에 나설 때면 언제나 많은 수는 아니지만 아주 훌륭한 것들로 새로 읽을 책을 여러 권 준비했다. 홀로 한가로이 보낼 수 있는 틈은 전쟁 중인

지휘관에게도 이따금 찾아왔는데, 다른 사람에게는 지루하게 여겨질 수 있었지만 비어 함장에게는 결코 그렇지 않았다. 실제로 그의 취향은 전달되는 의미 자체보다 그 의미를 전달하는 수단에 더 관심을 기울이는 종류의 문학적 취향과는 완전히 달랐다. 이 세상의 어떤 지도적 위치에서건 실질적인 권력을 행사하고 있는 우월한 상층 계급의 사람들 중에서도 진지한 마음의 소유자라면 당연히 흥미를 느낄 수 있는 책들, 시대를 막론하고 실제 사건이나 실존 인물을 다루는 책들을 선호하는 쪽이었다. 역사물과 전기물을 좋아했고, 유행이나 관습으로부터 자유로우며, 정직하게 그리고 일반 상식의 관점에서 현실에 대한 철학을 개진하는 몽테뉴 같은 작가를 좋아했다. 이런 유의 저작물을 읽으면서 비어 함장은 자신만이 간직하고 있던 내면의 생각들이 옳았음을 확인할 수 있었다. 다른 사람들과의 일상적인 대화에서는 이룰 수 없는 일이었다. 그는 가장 근본적인 문제들에 관해 생각하게 될 때 자신에게 뚜렷한 확신이 있어야만 한다고 믿었고, 또 이렇게 확인된 원칙들은 자신의 지성이 훼손되지 않는 한 근본적으로 변하지 않고 남아 있을 것이라고 믿었다. 그의 운명이 내맡겨진 시대의 어지러운 상황을 생각해 보면, 이것은 그에게 참으로 다행한 일이었다. 그의 확고한 믿음들은 사회적인 것이건 정치적인 것이건 물밀듯이 몰려오는 새로운 의견들을 막아 주는 제방과 같은 역할을 했다. 그런 제방을 갖추지 못했던 많은 동시대 사람들은, 비록 비어 함장보다 열등한 품성을 지닌 사람들이 아니었더라도, 이들 새로운 생각들이라는 거센 물결에 휩쓸려 판단을 흐리는 경우가 많았다. 비어 함장이 태어나면서부터 속했던 귀족 계급의 다른 구성원들은 주로 개혁론자들의 이론이 특권 계층에 불리하다는 이유로 개혁론자들에게 분노를 느꼈다. 하지만 비어 함장이 자신의 계급적 이익과 상관없이 개혁론자들의 이론에 반대한 것은 그들의 이론이 항구적인 제도로 구현되는 것이 불가능할 것 같다는 생각에서뿐만 아니라 세계 평화와 인류의 진정한 복리와 정면으로 배치된다고 믿었기 때문이었다.

비어 함장보다 지식이 부족하고 진지함이 덜했지만 그와 같은 계급에 속했고, 그래서 가끔 함께 어울릴 수밖에 없었던 장교들은 그에게 사교성이 부족하다는 것을 알게 됐고, 메마르고 책만 파는 샌님 정도로 판단했다. 자리를 함께하다 우연히 그가 혼자 빠져나가면 누군가 다른 사람에게 다음과 같이 말하곤 했다. "비어는 귀족이지, 별처럼 빛나는 비어라잖아. 관보에 실린 기사는 아니지만, 호레이쇼 경(넬슨 제독을 가리킨다.)이 사실 더 훌륭한 뱃사람 또는 군인이라 하긴 힘들 정도이지. 그렇지만 우리끼리 하는 말이지만, 저 친구에게는 좀 현학적인 기질이 있는 것 같지 않아? 맞아, 해군용 밧줄에 끼어 있는 국왕 폐하의 털실이랄까?"

이런 식의 은밀한 비판에는 확인할 수 있는 근거가 있었다. 비어 함장의 말에는 익살맞고 친숙한 구석이 없었을 뿐만 아니라, 당시 화제가 되는 인물이나 사건과 관련하여 자신의 의견을 피력할 때도 현대적인 인물이나 사건을 예로 들기보다는 역사적인 인물이나 먼 옛날의 사건을 예로 들어 설명하는 경우가 많았다. 그는 자신이 사용하는 예가 자기 말을 듣는 맹한 무리에게는 너무나도 먼 옛날의 이야기이고, 실제로 아무리 적절하다 하더라도, 읽는 것이 주로 신문 기사에 국한된 사람들에게는 도무지 이해할 수 없는 낯선 이야기에 불과하다는 정황에 대해서는 아무 신경도 쓰지 않는 듯했다. 하지만 비어 함장 같은 기질을 가진 사람이 그런 문제에 신경을 쓰는 것 자체가 쉬운 일은 아니다. 그런 사람들은 정직하기 때문에 직설적일 수밖에 없으며, 그래서 가끔은 날아가는 철새가 언제 경계를 넘어섰는지 의식하지 못하는 것처럼 정도를 넘어서기도 하는 것이다.

8

비어 함장의 참모진을 구성하는 부관들과 다른 사관들이 누구인지 여기서 일일이 설명할 필요는 없다. 준사관들의 면면은 언급조차 할 필요도 없다. 하지만 부사관들 중에는 이 이야기와 밀접한 관련이 있기에 여기서 소개하는 편이 나을 것 같은 사람이 하나 있다. 그 사람의 인상은 내가 나름 그려보겠지만 결코 정곡을 찌르지는 못할 것이다. 존 클래거트가 바로 그 사람으로, 선임 부사관이었다. 하지만 해군에서 이 직책이 어떤 것인지 육지 사람들은 잘 모를 수 있다. 부사관이 맡은 이 직책은 원래는 분명히 수병들에게 커틀러스라는 해군용 단검의 사용법을 가르치는 임무를 수행하는 것이었다. 그렇지만 오래전부터 화포 관련 기술이 발달하면서 직접 몸과 몸이 부딪치는 전투가 점점 줄어들었고, 이에 따라 질산칼

룸과 황이 강철보다 훨씬 더 중요해지면서 그런 임무는 폐지되었다. 이제 대규모 전함에서 선임 부사관은 많은 인원이 근무하는 포열 갑판에서 질서를 유지하는 것을 주 임무로 하는 일종의 경찰 책임자 역할을 맡고 있었다.

클래거트는 나이는 서른다섯 살가량으로, 약간 마른 몸에 키가 큰 편이었지만, 전체적으로는 균형 잡힌 몸매를 갖고 있었다. 손은 힘든 일에 익숙하다고 보기에는 작고 예쁜 편이었다. 얼굴은 눈에 띄게 잘생긴 편이었다. 턱을 제외하면 전체적인 이목구비가 그리스 메달에 새겨진 얼굴에서 보는 것처럼 또렷했다. 하지만 인디언 추장 테쿰세처럼 수염이 없는 턱은 조금 이상하다 싶게 펑퍼짐하면서도 툭 튀어나와 있어서 찰스 2세 시절 성직자 특유의 느린 말투와 교황 음모론에 대한 거짓 증언으로 유명했던 타이터스 오츠 목사의 인쇄된 초상화를 연상시키는 데가 있었다. 그의 눈은 보는 이를 주눅 들게 하는 날카로운 시선을 던질 수 있었는데, 그럴 때면 자신의 질서 유지 임무를 훨씬 수월하게 해낼 수 있었다. 이마는 골상학적으로 보통 이상의 지능을 갖춘 것으로 분류되는 형태였다. 짙은 검은색의 고수머리가 그 위를 살짝 덮고 있었는데, 이 때문에 그 아래에 있는 얼굴의 창백한 피부색이 더 도드라져 보였다. 얼굴에는 오래된 대리석 색깔과 비슷하게 희미한 황갈색의 기색이 돌았다. 붉은색이거나 짙은 황동색을 띠는 여느 선원들의 얼굴색과 유난히 대조적이고 또 부분적으로는 그의 직무상 햇빛이 차단된 곳에서 오래 근무해 온 결과이기도 했던 이 얼굴색은 그렇게 불쾌한 느낌을 주는 것은 아니었지만, 어딘가 몸이라든가 혈액에 어떤 결함이나 이상이 있는 것 같은 인상을 주었다. 하지만 그의 전반적인 외모나 태도는 받은 교육이나 이전의 이력이 현재 해군에서 맡은 직책과는 어울리지 않으리라는 점을 강력히 시사했고, 그래서 자기 임무에 열중하고 있지 않을 때 그는 사회적으로나 도덕적으로 아주 고귀한 자질을 갖춘 사람인데 남에게는 밝힐 수 없는 사정으로 자신의 신분을 속이고 사는 사람처럼 보였다. 이전에 어떻게 살아온 사람인지는 알려진 바가 전혀 없었다. 영국인일 수도 있었다. 하지만 그의 말에는 약간의 억양이 들어 있어서 영국에서 태어난 것이 아니라 어린 시절 영국으로 건너와 적응한 사람일 가능성도 있었다. 포열 갑판과 앞간판에 떠도는 해묵은 화젯거리 중에는 이 선임 부사관이 이전에는 기사 작위를 가진 사람이었는데 모종의 희한한 사기 사건에 연루되어 형사 재판정에 서게 되었고, 그래서 해군에 자원 입대했다는 은밀한 소문도 돌았다. 그 누구도 이 소문의 진위 여부를 확인해 줄 수 없었다는 점은, 당연히 이 소문이 수병들 사이에서 은밀히 퍼져 나가는 것에 아무런 장애가 되지 않았다. 이 이야기의 배경이 되는 시절에는 누가 되었건 장교 이하의 계급에 속한 사람에 대해 이런 식의 소문이 포열 갑판에서부터 퍼져 나가기 시작하면 전함 승조원 중에서 타르 칠깨나 했다는 친구들은 다들 그런 소문에 근거가 전혀 없지는 않을 것이라고 받아들였을 수 있다. 실제로 클래거트처럼 항해 경력이 전무한 사람이 늦은 나이에 해군에 입대하면서도 당연히 가장 낮은 계급에서 시작했는데 단기간에 높은 계급까지

진급한다든가, 육지에서 자신이 어떻게 살아왔는지에 대해 일절 언급하지 않는다든가 하는 것은 그 사람의 실제 이력에 대한 정확한 정보가 부족한 상태에서는 시샘하는 무리에게 비우호적인 추측이 난무하는 모호한 영역을 열어 주는 방증이 되었다.

하지만 선원들이 반당직을 서면서 클래거트에 관해 주고받는 이런 소문에 희미하게나마 어떤 개연성을 부여해 주는 사실이 전혀 없지는 않았다. 바로 그 무렵 한동안 영국 해군이 병력 충원에 까다롭게 굴 여유가 전혀 없었으며, 육지에서건 해상에서건 강제 징집이 횡행하고 있었을 뿐만 아니라, 런던 경찰이 사지 멀쩡한 혐의자나 막연히 수상쩍다 싶은 사람은 마구잡이로 체포해서 즉각 해군 공창이나 함대로 이송하고 있다는 공공연한 비밀이 떠돌고 있었다. 더군다나 자원 입대자 중에도 그 입대 동기가 선원 생활이나 전투를 경험하고 싶은 돌발적인 욕망이라든지 혹은 애국적인 충동이 아닌 경우들도 있었다. 파산하여 소액의 빚을 지게 된 사람들, 잡다한 도덕적 낙오자들에게까지 해군은 편리하고 안전한 피난처였다. 일단 이들이 해군 함정에 올라 복무하게 되면 중세 시대에 범법자가 성당 제단의 그늘에서 안전하게 숨어 있었던 것처럼 일종의 성역에 속하게 되는 것이나 마찬가지였기 때문이다. 이렇게 당국의 허가하에 자행된 이런 일탈 행위들은 당시에는 정부 측으로 보면 공공연히 떠들어 댈 일이 못 되는 것이 너무나 분명했고, 또 가장 영향력이 미약한 부류의 사람들에게만 영향을 미치는 사안이었기 때문에, 결과적으로는 이제 전모가 망각 속에 완전히 묻혀 버렸다. 그래서 이 사안은 나로 서는 진실이라고 확실하게 주장하기 힘들고, 언급하는 데 약 간의 망설임이 있는 게 사실이다. 하지만 제목은 잊었지만 그 런 사실을 기록한 책을 읽었던 기억은 있다. 게다가 그와 꼭 같은 이야기를 직접 들은 적도 있다. 지금으로부터 사십 년도 더 전의 일인데, 당시 나는 그리니치의 어느 집 테라스에서 영 국 해군의 삼각모를 쓰고 있던 노인과 아주 흥미로운 이야기 를 나누었다. 퇴역 후 연금으로 생활하고 있던 이 노인은 볼티 모어 출신의 흑인으로 트라팔가르 해전에 참전한 경험도 있었 다. 그가 해 준 이야기를 요약하자면, 신속한 기동이 필수적인 전함에 손이 부족해질 때, 그런데 부족한 인원을 충당할 수 있는 별다른 방도가 없을 때, 그런 경우 감옥에서 곧바로 차 출된 죄수들을 징집해서 그 부족한 인원을 충당했다는 것이 다. 방금 언급한 이유들로 현재로서는 이 주장 역시 사실인지 아닌지를 입증하기가 쉽지 않을 것이다. 하지만 사실이었던 것 으로 판명된다면, 바스티유 감옥이 함락되는 소음과 먼지 속 에서 날카로운 울음소리와 함께 날아오르는 불길한 하피새와 같은 전쟁들과 직면한 영국 해협의 상황과 관련시켜 보면, 이 사실이 얼마나 중요한 의미를 가졌는지를 이해할 수 있을 것 이다. 그 시대는 책을 통해 되돌아보는 우리에게는 비교적 명 확한 모습으로 비쳐질 수 있다. 하지만 수염이 희끗한 우리의 할아버지 세대에게, 특히 그중에서도 좀 더 사려 깊은 사람들 에게는 그 시대를 대표하는 정령은 포르투갈의 루이스 바스 데 카몽이스의 서사시 『우스 루지아다스』에 등장하는 '희망

봉을 지키는 정령'이 거센 폭풍우와 함께 그 모습을 드러내는 것처럼 온 세상에 그림자를 드리우는 거대하고 신비한 위협의 모습으로 드러났을 것이다. 심지어 미국도 불안에 시달렸다. 나폴레옹의 사상 유례없는 정복 전쟁이 극에 달했을 때 독립 전쟁의 현장 벙커 힐에서 전투를 치렀던 미국인 중에는 대서양도, 묵시록에 예견된 최후의 심판을 구현하고 있는 듯한 혁명의 대혼돈으로부터 터무니없을 정도로 벼락출세를 한 이 프랑스인의 궁극적인 계획에 대한 효과적인 장애물이 되지 못할 것이라고 예상하던 사람들도 있었다.

그렇지만 클래거트에 대해 포갑판에서 떠도는 이 소문의 신빙성을 그리 높게 볼 수 없는 이유도 있었다. 전함에서 클래거트가 맡은 임무와 같은 임무를 맡은 사람은 누구건 다른 선원들에게 인기 있는 사람이 되기 힘들었기 때문이다. 게다가 자신이 원한을 품고 있는 사람, 또는 근거가 있건 없건 자신이 싫어하는 사람에 대해 늘어놓는 험담이란 것이 선원들이나 육지 사람들이나 과장하거나 지어내거나 한 것이라는 점에서 다를 게 없었다.

이 선임 부사관의 입대 전 이력에 대해 벨리포텐트함의 선원들이 실제로 아는 내용은, 어떤 혜성이 하늘에서 처음 관측되기 이전 어떤 경로로 이동해 왔는지에 대해 천문학자가 아는 정도에 불과했다. 남의 이야기나 옮기고 다니는 이 선원들이 클래거트에 대해 내렸던 평결을 여기서 언급한 것은 무례하고 거친 품성을 가진 사람들에게, 즉 인간의 사악함에 대한 지식이 한밤중 모두 해먹에서 자고 있을 때 돌아다니며 도둑

질을 한다든가, 항구에서 인신매매를 하거나 상륙한 선원들을 등쳐 먹는 짓을 한다든가 하는 등의 저속하고 비열한 짓에 관한 것으로 국한되는 사람들에게, 클래거트라는 인물이 도덕성과 관련하여 어떤 인상을 주었던가를 예로 들어 보여 주기 위해서이다.

그렇지만 앞서 암시한 대로, 클래거트가 해군에 입대하면서 신참으로서 전함의 승조원 중에서 가장 비천한 보직을 배정받았으며, 고된 일을 마다하지 않고 열심히 해냈고, 그리 오래지 않아 그곳을 빠져나왔다는 것은 소문이 아니라 사실이었다. 그는 즉각 뛰어난 능력을 발휘했고, 태생적으로 절제력을 갖추고 있었으며, 상관에 대해서는 고분고분하고 공손한 태도를 보였으며, 거기다 어떤 특정한 기회에 숨겨진 것을 찾아내는 특별한 재주를 발휘한 적이 있었다. 이 모든 사실에 그가 가진 엄숙한 애국심까지 더해지면서 그는 선임 부사관의 자리까지 순식간에 진급할 수 있었다.

이른바 부사관들이 해군에서 경찰서장에 해당하는 이 사람의 직속 부하였으며, 이들은 그의 명령에 따랐다. 부사관들이 선임 부사관에게 복종하는 정도는 육지의 흔한 부서에서 목격하는 바와 같이 자신의 전체 도덕적 의지와 불일치할 정도로까지 절대적이었다. 클래거트 선임 부사관은 자신의 이런 지위를 활용하여 은밀한 영향력을 발휘하는 다양한 끄나풀들을 손아귀에 쥐고 있었고, 이들을 용의주도하게 활용함으로써 함 내의 일반 선원 누구든, 적어도 뚜렷한 원인은 알 수 없지만 불편하게 느끼게 되는 상황을 조장할 수 있었다.

9

앞돛대 망루에서의 생활은 빌리 버드에게 잘 맞았다. 젊고 활동적이어서 선발된 망루병들은 망루 위 높이 있는 활대에서 작업하지 않을 때면 자기들끼리 공중에 뜬 사교 모임을 이루었다. 작은 삼각돛을 돌돌 말아 두툼한 방석처럼 만들어서 기대고는 느긋하게 쉬면서 게으른 신들처럼 이야기 보따리를 풀거나, 종종 저 아래 갑판이라는 바쁜 세상에서 벌어지고 있는 일들을 내려다보며 깔깔거렸다. 그러므로 빌리와 같은 기질을 가진 젊은 청년이 그런 식으로 어울리는 것을 좋아했던 것은 하등 이상할 게 없었다. 누구의 심기도 건드리고 싶지 않았기에 빌리는 무슨 일에건 언제나 민첩하게 반응했다. 상선에서 근무할 때도 마찬가지였다. 하지만 지금은 업무 수행에 지나칠 정도로 원리 원칙을 따랐기 때문에 동료들이 가끔 악의 없이 놀려 대기도 할 정도였다. 그가 이렇게 훨씬 더 민첩해진 데는 그럴 만한 이유가 있었다. 그가 강제 징집되어 승선한 바로 다음 날 처음으로 현문에서 공식적인 체벌이 집행되는 것을 목격하면서 깊은 인상을 받았던 것이다. 체벌을 받은 사람은 작은 체구에 젊은 신참 후갑판병이었다. 그는 함선이 진로 방향을 바꿀 때 지정된 위치에서 이탈하는 잘못을 저질렀다. 항로 변경을 위해 함선이 기동할 때는 순간적으로 돛줄을 풀었다가 다시 팽팽하게 당기는 과정이 필요한데, 이 신참의 위치 이탈은 그런 기동에 심각한 지장을 초래한 직무 태만에 해당했다. 그 선원의 벌거벗은 등짝에 시뻘건 채찍 자국이 가로세로로 돋아나는 것을 지켜보면서, 더 심한 것으로, 채찍질을 마친 집행관이 던져 준 모직 셔츠로 몸을 가리자마자 모여선 선원들 틈에 몸을 숨기기 위해 앞으로 달려 나가는 그 신참의 비참한 표정을 목격하면서 빌리는 간담이 서늘해졌다. 그는 태만함으로 인해 그런 끔찍한 일을 당하는 일은 결코 없어야겠으며, 해야 할 일을 하지 않거나 하지 말아야 할 일을 저질러서 욕을 먹는 일조차 없도록 해야겠다고 굳게 결심했다. 그러니 자신의 소지품 자루를 지정된 곳에 제대로 두지 않는다든가 자기가 자는 해먹 안에 있어야 할 것이 없다든가 해서 하층 갑판 부사관들의 감독 소관인 영역에서 작은 실수가 가끔 발생하고, 그래서 결국 부사관 하나로부터 은근한 협박까지 듣게 됐을 때 빌리가 얼마나 기겁하고 또 걱정했겠는가.

그렇게 조심하고 또 조심했는데 왜 이런 일이 발생한 걸까?

그는 도저히 이해할 수가 없었고, 그 때문에 너무나도 괴로웠다. 같은 또래의 동료 망루병들에게 이 사실을 고백했을 때 그들은 가볍게 미심쩍어하거나 그렇게 드러내 놓고 고민하는 것자체를 우습다고 여겼다. "관물 자루가 문제라고, 빌리?" 한 동료가 놀려 댔다. "그럼, 그 안에 들어가서 입구를 꿰매 버려, 이 친구야. 그러면 누가 네 자루에 손을 대는지 확실히 알게될 것 아냐."

그런데 이 함선에는 나이가 너무 많아지면서 힘든 일은 감당할 수 없게 되고, 그래서 주돛대에 배치되어 갑판에 가까운쪽의 삼각돛 활대를 둘러싸고 있는 걸쇠에 밧줄로 고정된 장치를 돌보는 임무를 맡은 노병이 하나 있었다. 우리의 주돛대망루병은 비번일 때 이 노병과 안면을 트고 어느 정도 알고 지내는 사이가 됐던 터라 골칫거리가 생긴 지금 현명한 조언을구하기 위해 찾아가기 딱 좋은 사람이라고 생각하게 됐다. 그는 원래 덴마크 출신인데 영국 해군에서 오래 복무하면서 영국인으로 귀화한 사람으로서 말수가 적고, 주름이 많고, 영예로운 흉터도 몇 있는 노인네였다. 쭈글쭈글한 그의 얼굴은 세월이 물들이고 풍상이 녹슬게 해 이제는 낡은 양피지 같은 색깔을 띠게 되었고, 대포 발사 때 튀어나온 화약 가루가 터지면서 남긴 푸르스름한 자국이 여기저기 흩어져 있었다.

노인은 아가멤논함 출신이었다. 이 이야기가 있기 이 년 전아직은 함장의 신분으로 영국 해군의 기억에서 영원히 지워지지 않을 그 함선을 지휘하던 넬슨 대령의 휘하에 있었던 것이다. 이후 아가멤논함은 장비를 철거한 뒤 부분적으로 뼈대만

남도록 해체되었고 이제는 웅장한 골격만 남은 모습으로 벤저민 헤이든의 판화에 새겨져 있다. 그는 아가멤논함에서 백병전을 하기 위해 적함에 올라가던 중 관자놀이에서 뺨까지 사선으로 적군의 칼을 맞은 적이 있었다. 상처는 이제 희미하지만 긴 흉터로 남아 거무튀튀한 얼굴에 새벽 여명이 비스듬히 내리비치는 듯한 느낌을 주고 있었다. 이 흉터와 이 흉터를 얻게 된 경위 자체에 푸른색 점들이 흩뿌려진 얼굴색이 더해져, 벨리포텐트함 선원들은 이 덴마크인을 '포연 속의 돌격대원'이라는 별명으로 불렀다.

빌리 버드의 모습이 처음으로 이 노인네의 족제비 눈처럼 작고 반짝거리는 눈에 띄었을 때 냉혹하지만 흥밋거리를 지켜보게 될 것 같다는 들뜬 기대감으로 노인의 깊은 주름살 전부가 익살스럽게 꿈틀거렸다. 오랜 연륜에서 온 특이하지만 냉철한, 그러면서도 날것 그대로인 그의 지혜로 이 멋쟁이 선원에게서 그 전함의 환경과는 대조적으로 묘하게 부적절한 뭔가를 포착한 것일까, 아니면 그랬다고 생각한 것일까? 하지만 틈나는 대로 은밀히 관찰해 본 뒤 늙은 마법사 멀린과 같은 이 노인네의 애초 모호했던 기대감의 성격이 변했다. 이제 두 사람이 마주치게 되면, 그의 얼굴에는 뭔가를 확인해서 알아내려는 듯한 표정이 먼저 떠올랐다. 그러다 그 표정은 이내 사라졌다. 때로는 곧 어떤 의문에 대해 곰곰이 생각하는 표정으로 바뀌었다. 곳곳이 함정인 이 세상에, 경험도 없고 수완도 없이, 방어기제가 될 수 있는 추악함이라고는 전혀 없이 오로지 단순한 용기만으로 자신의 섬세함을 지켜 낸다는 것이 아무 소용이 없는 그런 세상에, 그리고 인간에게 가능한 최고의 순수함도 도덕적인 위기에서 반드시 사람을 더 현명하게 만들어 주거나 의지를 강하게 만들어 주지만은 않는 이 세상에 뚝 떨어진 저런 품성을 가진 이에게 결국 무슨 일이 일어날 것인가.

어쨌건 이 덴마크인은 나름 절제된 방식으로 빌리를 품어 주었다. 빌리 같은 성격에 대한 철학적인 흥미 때문만은 아니었다. 다른 이유도 있었다. 이 노인네의 괴팍한 성격은 어떤 때는 곰처럼 뻣뻣해서 젊은 축의 선원들은 그에게 가까이 다가가려 하지 않았는데, 빌리는 아가멤논함 출신의 이 늙은 선원을 뱃사람의 영웅으로 존경하고 있었기 때문에 스스럼없이 먼저 다가갔고, 마주칠 때면 언제나 나이 든 사람에게는 그 사람이 아무리 괴팍하고 또 아무리 천한 신분이더라도 당연히 바쳐야 하는 경의를 듬뿍 담아 인사를 건넸던 것이다.

이 늙은 주돛대병은 가끔 우스갯소리를 무심한 척 툭 내뱉곤 했다. 그래서 아버지 같은 마음에서 나온 반어법인지 아니면 또 다른 숨겨진 이유에서인지는 몰라도, 빌리의 젊음과 튼튼한 육체를 두고서 맨 처음 만났을 때부터 빌리라는 이름 대신 '아기'라고 불렀다. 그러니까 '아기 버드'란 빌리의 별명은 애초에 이 덴마크인이 만들어 낸 것이었고, 나중에 온 전함에 퍼지게 되었다.

그건 그렇고, 도무지 원인을 알 수 없는 난제와 마주친 빌리는 이 주름투성이의 덴마크인을 찾아 나섰고, 반당직 근무 시간에 비번으로 쉬고 있던 그와 마주쳤다. 노인네는 상층 포갑판에 놓인 포탄 상자 위에 홀로 앉아 상념에 빠져 있었다.

그는 가끔 주위를 둘러보며 건들거리며 걸어 다니는 선원들의 모습을 다소 냉소적인 시선으로 바라보곤 했다. 빌리는 도무지 왜 그런 일이 벌어지는지 모르겠다는 말과 함께 자기 고민을 털어놓았다. 바다의 현자는 얼굴의 주름살을 묘하게 씰룩거리면서, 족제비 눈같이 작은 눈을 미심쩍은 듯 반짝이면서 앞돛대 망루병의 이야기를 주의 깊게 들어 주었다. 이야기를 마무리하면서 앞돛대 망루병이 물었다. "자, 그러니, 덴마크 선배, 어떻게 생각하시는지 좀 알려 주세요."

노인네는 쓰고 있던 방수모의 앞부분을 치켜올리고, 길고 비스듬하게 난 흉터가 성긴 머리칼 속으로 이어지는 부분을 천천히 문지르면서 간단히 툭 내뱉었다. "아기 버드야, '쇠막대기 다리'(선임 부사관을 가리킨다.)가 널 찍은 거야."

"쇠막대기 다리님이요!" 파란 눈을 더 크게 뜨면서 빌리가 외마디 소리를 질렀다. "뭣 때문에요? 아니, 그분은 절 '귀엽고 상냥한 어린 녀석'이라고 부르는데요. 사람들이 그랬어요."

"그런데?" 머리가 회색으로 센 노인이 싱긋 웃었다. 그러고는 말을 이었다. "야 이 애송이야. 쇠막대기 다리도 말은 좋게 하지."

"아닙니다. 항상 그러신 건 아니에요. 그렇지만 제겐 상냥하게 말씀하세요. 자주 마주치지는 않지만, 그럴 때면 언제나 좋은 말을 해 주시거든요."

"그게 바로 녀석이 널 찍었기 때문이란다, 아기 버드야."

이처럼 같은 말을 반복하고, 또 그렇게 반복할 때의 어투는 신출내기로서는 이해할 수 없는 것이었기에 빌리로서는 노인의 말이 해답을 구하려 했던 문제만큼이나 당혹스러운 것이었다. 그래서 빌리는 뭔가 좀 덜 당혹스러운 예언 같은 것을 끌어내 보려고 노력했다. 하지만 늙은 바다의 예언자 키론은 당분간은 이 정도면 자신의 제자 아킬레스를 충분히 가르쳤다고 생각했는지 입을 닫아 버렸다. 얼굴의 주름살을 모두 모아 입을 닫고는 더 이상 아무 말도 하지 않으려고 했다.

평생 상관을 모시고 살아온 영민한 사람에게 일어나는 수많은 경험과 연륜으로 이 덴마크인 속에는 말을 함축적으로 하는 습관이 형성됐고, 이 습관은 태생적으로 냉소적인 성격을 훌륭하게 보조해 주었던 것이다.

10

다음 날 자신이 털어놓은 이야기에 대한 덴마크인 노인의
생각을 미심쩍게 여겼던 빌리 버드의 판단이 옳았음을 입증
해 주는 작은 사건이 일어났다. 정오 무렵 전함은 순풍을 맞
아 항로를 따라 쾌속으로 순항 중이었고, 빌리는 아래쪽 갑판
위에서 동료들과 함께 점심을 먹으면서 즐겁게 이야기를 나누
고 있었다. 배가 갑자기 기우뚱거렸고 빌리가 걸죽한 국물 한
그릇을 막 닦아 놓은 갑판 위로 통째로 쏟게 되었다. 하필 그
때 선임 부사관에게 지급되는 등나무 회초리를 손에 든 클래
거트가 포열을 따라 지나가고 있었다. 포열 한구석에 마련된
식당칸에서 새어 나온 기름진 국물은 그의 앞을 가로질러 흘
렀다. 그런 상황에서는 대수롭지 않은 일이었으므로 클래거
트는 흐르는 국물 자국을 건너뛰고 그냥 지나가려 했다. 그때

국물을 쏟은 사람이 우연히 그의 눈에 들어왔다. 그의 안색이 바뀌었다. 걸음을 멈추고, 빌리에게 막 뭐라고 소리를 지르려다 참고서, 갑판 위를 흐르는 국물을 가리키면서, 등나무 회초리로 빌리의 등을 장난스럽게 툭 치고는 가끔 독특하게 내는 노랫가락 조의 낮은 음성으로 말했다. "멋지게 했구먼, 이 친구! 멋쟁이 친구가 멋쟁이 짓을 했어!" 그러고는 가던 길을 가 버렸다. 시선이 가려져서 빌리가 보지 못했던 것은 클래거트가 이 모호한 말을 하면서 입가에 떠올린 작위적인 미소, 아니 차라리 얼굴을 찡그렸다고 해야 할 입술 모양이었다. 또렷한 입술의 가느다란 양쪽 끝이 아래쪽으로 처지는 건조한 미소였다. 그렇지만 주위에 있던 선원 모두 그의 말을 우스갯소리로 받아들였고, 상급자가 내뱉은 우스갯소리였으므로 적절하게 처신하기 위해 '억지로' 웃어 줄 수밖에 없었다. 그러자 빌리는, 추정컨대 자신을 멋쟁이 선원이라고 암시하는 말을 들은 것에 고무되어 자신도 따라 웃었다. 그러고는 옆의 동료에게 외쳤다. "자, 봐. 쇠막대기 다리님이 날 찍었다고 누가 그 랬어!"

"누가 그런 말을 했어, 예쁜아?" 도널드라는 선원이 조금 놀라서 물었다. 그러자 이 앞돛대 망루병은 약간 머쓱해졌다. 선임 부사관이 묘한 방식으로 자신을 곱게 보고 있지 않다는 식의 애매한 생각을 자신에게 암시한 사람이 단 한 명, 포연 속의 돌격대원밖에 없었다는 사실을 깨달았기 때문이었다. 한편 다시 걸음을 옮기던 선임 부사관은 순간적으로 조금 전 씁쓸한 미소를 지을 때보다는 덜 작위적이며, 마음속을 그대로

얼굴에 드러내 버리는 일그러진 표정을 지었던 것이 틀림없었
다. 왜냐하면 클래거트가 가던 방향의 맞은편에서 무심하게
까불대면서 걸어오던 북치기 소년이 클래거트의 몸과 가볍게
부딪혔을 때 그의 표정을 보고 이상하리만치 당황했기 때문
이다. 이런 소년의 당혹감은 선임 부사관이 등나무 회초리로
모질게 후려치며 고함을 질렀을 때도 전혀 줄어들지 않았다.
"똑바로 보고 다니란 말이야!"

11

선임 부사관은 도대체 왜 그랬을까? 그리고 무슨 이유가 있다 치더라도, 그것이 어떻게 빌리 버드와 직접 연관될 수 있었을까? 국물을 갑판 위로 쏟은 그 일 이전까지 빌리는 공식적으로건 비공식적으로건 어떤 식으로도 선임 부사관과 접촉도한 적이 없지 않았던가? 절대로 남에게 폐를 끼치지 않으려고 노력하는 사람으로서 상선에서는 "평화의 사도"라 불리던빌리가 아닌가? 심지어 클래거트 본인조차 "귀엽고 상냥한 어린 녀석"이라 칭하지 않았던가? 어떻게 클래거트의 심기를 불편하게 만든 원인이 이런 빌리와 상관이 있을 수 있겠는가? 그렇다, 무엇 때문에 쇠막대기 다리가, 그 덴마크 노인의 표현을빌리자면, 멋쟁이 선원을 "찍어 두고" 있었겠는가? 하지만 최근 두 사람 사이의 조우를 통해 영민한 사람은 이미 눈치챘겠지만, 클래거트는 마음속으로, 그것도 괜히 그러는 것이 아니라 나름의 이유에서 빌리를 찍어 두고 있었다. 은밀하지만 점찍고 있는 것만은 확실했다.

이제, 클래거트의 과거에서 좀 더 사적인 부분, 이를테면 빌리 버드와 관련되는 부분이되, 빌리 자신은 전혀 모르는, 현재의 일흔네 문 포함에서 빌리를 포착하기 이전의 언젠가 클래거트가 이미 빌리를 알고 있었던 것으로 짐작할 만한 허구적인 사건을 하나 만들어 내는 일은 별로 어렵지 않을 것이다. 그렇게 지어낸 일화는 이 이야기가 전하려는 사건에 깃들어 있는 수수께끼를, 그게 무엇이건 간에, 다소 흥미로운 방식으로 설명하는 데 써먹을 수도 있을 것이다. 하지만 사실 그런 식의 일화는 없었다. 그리고 이 이야기에서 앞으로 전하게 될 사건의 유일한 원인이라고 판단할 수밖에 없는 그 원인은, 그 근본 자체에서 보자면, 천재적인 괴담 작가 앤 레드클리프가 지어낸 『우돌포의 비밀』이란 작품과 같은 종류의 이야기에 들어 있는 것에 못지않을 만큼 신비하고 원초적인 요소로 가득 차 있다. 일부 극소수의 사람들은 아무런 해도 끼치지 않는 사람에 대해서, 해를 끼치지 않는다는 바로 그 사실만으로 즉각적이고 깊은 적개심을 느낀다. 이런 적개심보다 더 신비로운 것이 있을까?

인원을 모두 채우고 바다에 나선 거대 전함만큼 서로를 성가시게 여기는 이질적인 사람들로 가득 찬 곳은 달리 없을 것이다. 그곳에서는 모든 계급의 사람들이 거의 매일 모든 다른 사람과 다소간의 접촉을 하게 된다. 그런 곳에서 누구든 성질을 돕우는 사람을 완전히 피하고 싶다면 그 사람을 요나처럼 바다에 던져 버리거나 아니면 자신이 바다에 뛰어드는 수밖에 없다. 성인과 정반대인 한 특이한 인간에게 이 모든 정황이 궁극적으로 어떻게 영향을 미치겠는지 상상해 보라!

그렇지만 이런 정도의 단서만으로는 정상적인 품성을 가진 사람이 클래거트와 같은 사람을 제대로 이해할 수 없다. 정상적인 성격에서부터 클래거트 같은 성격으로 넘어가기 위해서는 "죽음과 같은 공간"을 가로질러야 한다. 그러기 위해서는 우회로를 통하는 것이 최선이다.

오래전 나보다 연배가 있고 평생 연구만 하던 학자 한 분이 당신 자신처럼 지금은 돌아가시고 없는 사람에 관한 이야기를 내게 해 준 적이 있었다. 극소수의 사람들 사이에서만 무슨 말이 은밀히 나돌 뿐 공개적으로 그 사람의 흠결을 지적하는 사람이 하나도 없을 정도로 완벽하게 훌륭한 인품을 갖춘 사람에 대한 이야기였다. "그래, 모모 씨는 정말 여인네 부채 같은 걸로는 절대 깨뜨릴 수 없는 호두같이 단단한 사람이지. 내가 제도화된 종교를 믿는다든가 체계화된 철학을 신봉하는 사람이 아니란 건 자네도 알지. 음, 그런데도 모모 씨를 이해하기 위해서는, 즉 그 사람의 미궁에 들어갔다가 다시 나오기 위해서는 이른바 '세상의 지식' 이외의 다른 데서 끌어온 단서를 활용한다는 것이 거의 불가능하더군. 적어도 내게는."

"근데 말이에요." 내가 참견했다. "모모 씨가 아무리 특이한 연구 대상이라 하더라도, 그래도 인간이지 않습니까. 그리고 세상의 지식에는 인간 본성에 관한 지식도 포함되지 않습니까. 그 모든 다양성을 거의 다 아울러서요."

"그렇지. 하지만 그 지식은 일반적인 사람의 본성을 이해하려고 하는 경우에만 소용 있는 피상적인 지식이지. 더 심오한 종류의 인간 본성을 이해하기 위해서라면, 이 세상을 안다는 것과 인간의 본성을 안다는 것이 서로 다른 별개의 지식이 아닌지 모르겠어. 한 사람의 마음속에 둘 다 공존할 수도 있겠지만 전혀 상관이 없거나 거의 아무런 상관이 없을 수도 있거든. 아니야. 보통 사람의 경우 세파에 부딪히며 살다 보면 선하건 악하건 어떤 예외적인 인물의 핵심을 이해하는 데 꼭 필요한 섬세한 영적 통찰력이 무뎌지기도 하지. 언젠가 어느 정도 중요한 문제와 관련해서 난 어린 소녀가 늙은 변호사를 손바닥 위에 올리고서 마음대로 갖고 노는 걸 본 적이 있네. 늙어 망령이 나서 사랑에 빠졌다거나 뭐 그런 경우는 절대 아니었네. 하지만 그는 법은 잘 알았지만 소녀의 마음속은 그만큼 알지 못했던 것이지. 변호사로는 날고 긴다는 코크와 블랙스톤도 영혼이라는 캄캄한 영역에 빛을 비추는 데 있어서는 결코 유대 예언자들을 따라가지 못했다네. 그런데 그 예언자들이 어떤 사람들이지? 다들 세상과 담을 쌓고 산 은둔자 아니었나."

그 당시만 해도 경험이 일천했던 나는 그 말의 속뜻을 제대로 알아듣지 못했다. 지금이라면 알아들을 수도 있을 것 같다. 성서에 나오는 용어들을 정리한 어휘들을 지금도 이전처럼 널리 사용하고 있다면 특출난 사람들을 골라 내고 분류하는 데 어려움을 덜 겪을 것이다. 사정이 이러니만큼, 이런 사람들의 본성을 이해하기 위해서는 이제 성서적 요소의 영향을 받고 있다는 지적으로부터 자유로운 다른 권위 있는 사람들의 의견을 참조해 보는 수밖에 없다.

플라톤을 제대로 번역한 책에 나와 있는, 플라톤 본인이 직접 작성했다는 정의의 목록을 보면 이런 항목이 있다. "자연적인 사악함: 자연에 따른 사악함." 칼뱅주의의 냄새가 짙지만, 인류 전체를 상정하는 칼뱅의 교리와는 전혀 상관이 없는 정의이다. 명백히 이 정의는 개인에게만 적용되도록 규정된 것이다. 교수대나 감옥 같은 데서 흔히 볼 수 있는 예 중에서 이런 종류의 사악함에 해당하는 예는 많지 않다. 어쨌든 이런 사악함은 야만성이라는 비천한 속성의 덩어리가 전혀 들어 있지 않고 일관되게 지성에 의해 좌우되는 종류의 사악함이기 때문에 대표적인 사례를 구하려면 다른 곳을 찾아봐야 한다. 문명은, 특히 금욕적인 종류의 문명은 자연적인 사악함의 좋은 토양이 된다. 이런 환경에서 그것은 점잖음이라는 망토 속에 몸을 숨긴다. 이런 사악함을 조용히 도와주는 부정적인 덕목들도 있다. 또한 자연적인 사악함은 술이 그 안에 들어오도록 경계를 게을리하는 법이 없다. 그 자체에 속하는 자그마한 악이나 죄 같은 것은 전혀 없다고 말하는 것은 과장이 아닐 것이다. 이런 유의 사악함은 그런 사소한 악이나 죄악 같은 것을 철저하게 배제하는 데서 엄청난 자부심을 느끼기 때문이다. 돈을 추구하거나 탐욕스럽지 않다. 간단히 말해, 여기서 말하는 사악함이란 비천한 것이나 감각적인 것이 끼어들 여지가 없는 종류의 사악함이다. 그것은 진지하며, 그렇다고 냉소적이지도 않다. 인간에 대해 아첨하지도 않지만 그렇다고 폄훼하지도 않는다.

하지만 대표적인 본보기에서 이 예외적 본성을 잘 드러내 주는 다음과 같은 특징이 있다. 자연적인 사악함을 가진 사람은 안정된 기질과 신중한 몸가짐을 보이며, 그래서 그 사람을 이성의 법칙을 충실하게 따르는 마음의 소유자로 착각할 수도 있다. 하지만 이 사람은 실제 마음속에서는 이성의 법칙으로부터 완전히 벗어나고자 몸부림치고 있으며, 이성을 사용하더라도 오직 비합리적인 욕망을 실현하기 위한 교묘한 수단으로서만 사용하는 선에서 그친다. 다시 말하자면, 이런 사람이 현명하고도 건전한 그리고 차분한 판단을 동원해서 이루려 하는 목적은 그 터무니없음의 정도에서 광기가 개입했다고 볼 수밖에 없는 성격의 것이라고 할 수 있다. 이런 사람들은 미친 사람들이다. 그것도 가장 위험한 부류의 미친 사람들이다. 이들의 광기는 연속적이지 않고, 어떤 특정한 것에 촉발되어 간헐적으로 터져 나오기 때문이다. 이 광기는 거의 자폐적이라 할 정도로 잘 보호되어 은밀하게 작동하기 때문에, 가장 활발하게 작동할 때조차 보통 사람들은 이를 제정신과 구별하기 어렵다. 바로 이런 이유에서, 어떤 것이 되었건 그 목적이 절대로 발설되지 않기 때문에 보통 사람들에게 그 목적을 달성하는 방식과 실제 드러나는 달성 과정은 언제나 완벽하게 합리적으로 보일 수밖에 없다.

그와 비슷한 사람 중 하나가 클래거트였다. 그의 속에는 사악한 본성이라는 광기가 도사리고 있었다. 그리고 그것은 사람을 사악하게 만드는 훈련이라든가 타락시키는 책이라든가 아니면 방탕한 생활을 통해 양육된 것이 아니라 태어날 때부터 갖고 있었던 것, 그러니까 내재적인 것이었고, 따라서 간단히 말해 "자연에 따른 사악함"이었다.

누군가는 이 설명을 모호하다 할 것이다. 왜 그럴까? "악의 신비" 같은 성경 구절과 비슷한 느낌을 주기 때문일까? 만약 그렇다면 그런 느낌은 사실 내가 의도한 바와는 거리가 멀다. 그랬다면 오늘날의 독자분들 중에는 이 설명을 읽어 줄 분이 거의 없을 테니까.

클래거트라는 선임 부사관의 숨겨진 본성을 설명하려는 것이 이 장의 목적이었다. 다음에 이어질 이야기가 식당칸에서 있었던 사건과 관련하여 한두 가지 보충 사실을 더함으로써, 가능하다면 이번 장에서 설명한 내용의 신빙성을 입증해 주기를 바란다.

12

클래거트의 몸은 전체적으로 그리 흉한 편이 아니고, 턱을 빼고 나면 얼굴 윤곽도 뚜렷한 편이라는 건 이미 말해 두었다. 이런 외모상의 장점에 대해 본인도 알고 있는지 그는 옷을 입을 때도 신경을 써서 깔끔하게 입었다. 그렇지만 빌리 버드의 용모는 영웅적이었다. 빌리의 얼굴에는 클래거트의 창백한 얼굴에 있는 지적인 면모는 없을지 몰라도, 그 빛을 내는 원천은 달랐지만, 내부에서 비쳐 나오는 빛이 어려 있다는 점에서는 클래거트의 얼굴과 같았다. 빌리의 마음속에서 타오르는 모닥불은 그의 뺨에 어린 장밋빛 홍조를 밝게 빛나게 했다.

두 사람의 외모가 확실히 대조적이라는 사실로 미루어 보자면, 바로 전 식당 장면에서 클래거트가 빌리에게 "하는 짓이 멋져야 멋쟁이지."라는 속담을 변형해서 말할 때, 그는 자신이 빌리를 적대적으로 대하도록 만든 첫 번째 원인, 즉 빌리의 대단한 육체적 아름다움에 대해 반어법적인 암시를 드러내고 있었을 가능성이 아주 크다.

질투와 반감은 이성적으로 보자면 양립할 수 없는 감정이지만 그런데도 샴쌍둥이 장과 엉 형제처럼 하나로 결합된 채로 생겨나기도 한다. 그렇다면 질투는 엄청난 괴물일까? 자, 법정에 선 범죄자가 감형을 바라고 흉악한 범죄에 대한 자신의 유죄를 인정하는 경우는 많다. 그런데 자신이 질투했노라고 실토하는 사람이 있었던가? 질투라는 감정에는 사람이라면 누구나 흉악한 범죄를 저지른 것보다 더 수치스럽게 여기게 하는 뭔가가 있다. 그래서 모두가 자기는 질투한 적이 없다고 부인할 뿐만 아니라 현명한 부류의 사람들조차 지적으로 뛰어난 사람과 질투라는 감정이 연관되면 아무리 진지한 주장이라도 그 주장을 믿지 않으려고 한다. 하지만 질투의 거주지는 머리가 아니라 마음이므로 아무리 지적으로 뛰어나다 해도 질투에 휩싸이지 않으리라는 법은 없다. 그렇지만 클래거트의 질투는 통속적인 형태의 질투가 아니었다. 빌리 버드에 대한 그의 질투는 불안한 마음으로 다윗이라는 잘생긴 청년에 대해 골똘히 생각하고 있는 사울 왕의 얼굴을 찡그리게 만든 근심에서 나온 질투 같은 것과도 완전히 달랐다. 클래거트의 질투는 좀 더 심오한 것이었다. 클래거트가 빌리 버드의 잘생긴 외모나 활기찬 건강, 또는 순수하게 청춘을 즐기는 모습 등을 미심쩍은 눈길로 바라보았다면, 그것은 이런 자질들이, 그가 자석에 이끌리듯 즉각적으로 파악했던 것처럼, 너무나 순수해서 단 한 번도 악의를 품어 본 적이 없거나 하느님의 의도를 거스르는 사탄의 뱀에게 한 번도 물려 본 적 없는 그런 본성과 연루되어 있기 때문이었다. 클래거트가 볼 때 빌리 안에는 영혼이 들어 있었고, 이 영혼은 창을 통하듯 빌리의 푸른 눈을 통해 드러나면서 빌리를 한없이 훌륭한 존재로 만들어 주었으며, 바로 이 한없이 훌륭한 자질이 빌리의 장밋빛 뺨에 보조개를 만들고, 그의 관절을 유연하게 하며, 금발의 곱슬머리 속에 춤추면서 빌리를 최고의 멋쟁이 선원으로 만드는 것이었다. 다른 한 사람을 제외한다면, 이 선임 부사관은 그 전함 전체에서 빌리 버드에게서 드러나는 이런 도덕적 현상을 제대로 이해할 수 있는 지적 능력을 가진 유일한 사람이었을 것이다. 그리고 그 사실을 파악했기 때문에, 그의 질투는 더 심해졌다. 그의 속에서 은밀하지만 다양한 형태를 띠고 존재하는 이 질투는 때에 따라서는 냉소적인 경멸, 순진무구함에 대한 경멸의 형태로 표현되기도 했다. 순진무구함 그 자체라니! 하지만 미학적 관점에서는 그도 매력을 느꼈다. 아무 거리낌 없이 용감하고 자유로울 수 있게 해 주는 순수함. 클래거트 역시 가능하면 갖고 싶었다. 그렇지만 단념했다.

쉽게 감출 수는 있어도 결코 제거할 수 없는 원초적 사악함을 간직한 사람, 선을 두려워하지만 그렇게 될 능력은 결여한 사람, 즉 클래거트와 같은 본성을 가진 사람, 그런데 그런 본성을 가진 사람들이 모두 그렇듯 에너지 과잉인 사람, 그런 사람에게 무슨 방책이 남아 있겠는가. 다만 조물주만이 그 존재에 책임이 있는 한 마리 전갈처럼 몸을 뒤로 잔뜩 웅크린

채 기다리며 자신에게 부여된 임무를 끝까지 수행하는 도리
밖에 없을 것이다.

13

감정은 아무리 심오하다고 해도 궁궐같은 호화로운 무대가 있어야만 제 역할을 하는 것이 아니다. 저 아래 하층민들, 거지와 넝마주이 사이에서도 심오한 감정은 표현된다. 그리고 그런 심오한 감정이 나타나는 정황은, 아무리 사소하고 비천하다 하더라도, 그 감정의 위력에 대한 척도가 되지 못한다. 지금 이 이야기의 경우, 무대는 막 닦아 놓은 포열 갑판인 셈이고, 그런 감정을 끌어낸 외부적 요인 중의 하나는 그 전함의 선원 하나가 쏟은 국물이다.

이제 그 선임 부사관이 자신의 발 앞으로 흐르고 있는 기름진 액체의 출처를 확인했을 때, 그는 사실상 단순한 사고에 불과했던 그 사건을, 거의 의도적이라 할 정도로 단순한 사고로 받아들이지 않고, 자신이 빌리에게 품고 있는 반감에 대응해서 빌리 속에 자연 발생적으로 형성된 반감이 교묘한 방식으로 표출된 사건으로 받아들인 것이 틀림없었다. 그는 또한 그런 식으로 반감을 드러내는 것이 실제로는 어리석은 시도에 불과하며, 어린 암소의 헛된 발길질처럼, 그 발길질이 말굽에 편자를 박은 종마의 것이었더라면 전혀 달랐을 테지만, 아무런 해를 끼치지 못했다고 생각한 것이 틀림없다. 그렇기에 그는 클래거트의 질투라는 특별한 형태의 쓸개즙에 경멸이라는 신랄함을 첨가했다. 하지만 이 사건은 클래거트가 자신의 귀로 들어오고 있던 고자질에 불과한 보고들의 내용을 사실이라고 믿게 되는 계기가 되었다. 이런 허무맹랑한 보고를 하는 자는 클래거트의 휘하에 있던 하급 부사관 중 하나로 희끗희끗한 머리에 자그마한 체구를 가진 병장이었다. 그는 유달리 교활한 사람이었는데, 별명이 '찍찍이'였다. 선원들이 그런 별명을 붙여 준 것은 일단은 그의 목소리 자체가 찍찍거리는 소음으로 들려서였다. 하지만 하급 선원들이 해먹을 걸고 잠을 자는 앞갑판 아래쪽의 어두운 공간을 오가며 남의 구역을 넘어온 침입자를 찾아 구석구석을 번뜩이는 눈길로 훑어보는 그의 날카로운 얼굴이 지하실에 숨어든 쥐새끼를 연상시켰기 때문에 풍자적으로 붙인 것이기도 했다.

사실 지금까지 언급한 바와 같이 빌리가 겪어야 했던 소소한 괴롭힘은 모두 이 선임 부사관의 지시로 일어난 것인데, 자신의 상관이 그 앞돛대 망루병에게 걱정거리가 될 만한 작은 함정들을 마련하는 데 자신을 암묵적인 도구로 사용하고 있다는 사실로부터 이 병장은 자신의 주인이 그 수병을 좋아할

리가 없다는 당연한 결론에 도달했다. 그래서 그는 충직한 부하로서 이 선량한 앞돛대 망루병이 순진하게 까불대면서 하는 말들을 왜곡해서 보고하고, 게다가 이 망루병이 선임에 대해 갖가지 무례하기 짝이 없는 욕설을 하는 것을 들었노라고 없는 말까지 만들어 보고함으로써 자신의 선임이 빌리에 대해 품고 있던 적의를 더욱 강하게 만드는 것을 자신의 업으로 삼았다. 클래거트는 이런 보고 내용의 사실 여부를 전혀 의심하지 않았다. 특히 자신에 대해 욕설을 한다는 부분은 추호도 의심하지 않았다. 선임 부사관이, 특히 당시 선임 부사관이 자기 임무를 열심히 수행하면 수병들 사이에서 얼마나 은밀하게 미움을 받게 되는지를, 수병들이 자기들끼리 있을 때 얼마나 선임 부사관을 조롱하고 비웃는지를, 또한 수병들이 자신을 쇠막대기 다리라는 별명으로 부르는 것이 실은 우스개 속에 자신들의 은밀한 경멸과 혐오를 감추고 있다는 것까지 잘 알고 있었기 때문이다. 하지만 증오라는 것이 얼마나 게걸스럽게 양식을 찾아 헤매는지를 고려해 볼 때, 클래거트의 감정을 더욱 강하게 해 줄 양식을 날라 주는 전달자 같은 존재는 거의 필요가 없었다.

아주 미묘한 사악함은 언제나 비상한 신중함을 수반한다. 모든 것을 은폐해야 하기 때문이다. 그런 사악함을 지닌 사람이 어떤 상처를 입을 수도 있을 것으로 예상하는 경우, 그 사악함의 이런 비밀스러운 속성으로 인해 그 예상은 사실 여부를 명확히 확인하는 과정으로부터 자동으로 차단되어 버린다. 그러고는 예상만으로 실제로 그런 위협이 존재하는 것처럼 적극적으로 반응한다. 그런 보복은 예상됐던 위협에 비하면 터무니없을 정도로 가공할 만한 것이 되기 쉽다. 복수를 집행할 때 극단적인 빚쟁이 같아지지 않는 사람이 어디 있겠는가? 그렇지만 클래거트의 양심은 어땠을까? 양심이란 사람의 앞이마처럼 각양각색이지만, 지능이 있는 존재라면, 심지어 성경에 나오는 "믿고 두려움에 떠는" 마귀들까지 포함해서, 누구나 다 가지고 있는 것이기에 그에게도 양심은 있었을 것이다. 하지만 클래거트의 양심은 자신의 의지를 대변하는 변호사에 불과했다. 그랬기 때문에 그는 빌리가 국물을 쏟았을 때 그 실수 안에 들어 있다고 자신이 판단한 불순한 동기와 자신에게 전달된 보고의 내용에 들어 있던 자신에 대한 욕설 등이 적어도 자신에 대한 빌리의 반감을 입증하는 강력한 증거가 된다고, 아니, 빌리에 대한 자신의 적개심을 정당한 인과응보를 실천하는 힘으로 정당화한다고 주장하면서, 사소한 것들을 부풀려 괴물로 만들었을 수 있다. 클래거트와 같은 사람들의 본성 밑바닥에 있는 숨겨진 밀실을 배회하는 가이 포크스 같은 음모꾼은 바리새인과 같다. 이들은 일방적인 악의라는 개념은 상상도 할 수 없는 사람들이다. 아마도, 클래거트가 빌리를 비밀리에 핍박한 것은 빌리라는 인간의 기질을 시험해 보기 위해 시작됐을 것이다. 그렇지만 그런 시도에도 불구하고, 빌리의 내면에서는 악의가 핑곗거리로 활용할 수 있는 자질이라든가 심지어 악의 자체를 그럴듯하게 정당화시켜 주는 논리로 왜곡시킬 수 있는 자질 같은 것은 그 어떤 것도 형성되지 않았다. 그랬기 때문에 식당칸에서의 사건은, 아무리 사소한 것이었다 해도, 개인 교사의 역할을 맡은 클래거트의 특이한 양심에게는 아주 반가운 사건이었으며, 이후 클래거트로 하여금 새로운 실험에 착수하게 해 주었을 가능성이 짙다.

14

앞에서 언급한 그 사건 이후 며칠이 지나지 않아 빌리 버드에게는 이전에 발생했던 그 어떤 사건보다 더 당혹스러운 사건이 벌어졌다.

전함이 위치한 위도에 비해서는 따뜻한 날 밤이었다. 그날 밤은 망루가 아닌 갑판 위에서 근무할 차례였던 우리의 앞돛대 망루병은 상갑판에서 졸고 있었다. 하층 포열 갑판의 자기 해먹에서 잠을 자다 그리로 올라온 참이었다. 수백 개의 해먹이 흔들릴 여지도 없을 정도로 촘촘히 걸려 있는 하층 포열 갑판은 너무 더워 잠을 설칠 수밖에 없었다. 그가 누워 있는 곳은 언덕의 그늘 같은 곳이었다. 언덕을 이루는 것은 앞돛대와 주돛대 사이 배의 중앙을 따라 아래 활대의 바람이 불어가는 쪽 밑으로 길게 뻗어 있었는데, 그 함선에서 가장 큰 부속정과 여분의 활대 재목들이 쌓여 이루어진 무더기였다. 역시 갑판 아래에서 올라와 자던 다른 세 명의 수병들과 함께 빌리는 아래 활대의 끝이 앞돛대에 거의 맞닿은 쪽 근처에 누워 있었는데, 원래 그곳은 앞갑판병들의 영역이었지만 그가 앞돛대 망루병으로 근무를 서는 망루 자체가 앞갑판병들이 당직을 서는 곳 바로 위에 있었기 때문에 관례에 따라 그 근처에서도 빌리는 다소 마음 편하게 있을 수 있었다.

그런데 누군가 그의 어깨를 건드리는 바람에 빌리는 반쯤 깨어난 상태가 되었다. 그는 다른 세 사람의 몸을 건드려 잠이 들었나 확인해 본 다음 빌리를 깨운 듯했다. 빌리가 머리를 들자 그는 빌리의 귀에 대고 빠르게 속삭였다. "앞돛대 고정줄 뒤쪽으로 살짝 와 보게, 빌리. 분위기가 심상찮아. 말하지 말게. 서두르게. 거기서 봄세." 그리고는 사라져 버렸다.

자, 빌리는 근본적으로 선량한 사람들이 다 그렇듯 그 선량한 본성과 분리할 수 없는 몇 가지 약점이 있었다. 그중 하나가 들어 보면 그렇게 터무니없어 보이지 않는, 딱히 해롭거나 악하다고 여겨지지 않는 제안이 불쑥 제시됐을 때 대놓고 싫다고 말하는 것을 주저하는, 아니 싫다고 말하는 능력 자체를 결여하고 있다는 점이었다. 따뜻한 피를 가진 존재였기에 빌리는 어떤 제안이든 아무런 반응을 보이지 않음으로써 암묵적으로 거부하는 배짱 같은 것도 없었다. 두려움에 대한 그의 감각과 마찬가지로 정직하고 자연스러운 것 바깥에 속하는 것에 대한 이해 역시 그리 빠르다 할 수 없었다. 게다가 지금 현재로서는 잠에서 막 깨어나 여전히 졸린 상태였다.

어쨌거나 빌리는 기계적으로 일어나 무슨 수상한 기운이 있다는 건지 의아해하면서 말해 준 곳으로 걸어갔다. 높다란 담장 같은 현장 바깥쪽에 내달린 여섯 개의 좁다란 공간 중 하나였다. 그곳은 돛줄을 조정하는 세 구멍 연결 고정 도르래들과 기둥처럼 팽팽하게 당겨져 늘어선 돛줄과 뒷버팀줄 등으로 외부로부터 가려진 곳이었고, 당대의 전함에서는 전함 선체의 크기에 비례하는 너비를 갖고 있었다. 간단히 묘사하자면, 타르가 칠해진 발코니 같은 곳으로, 바다 위로 쭉 내밀어져 있고, 성공회로 개종하지 않았던 진지한 노인 하나가 대낮에도 예배를 올리는 장소로 활용할 만큼 상당히 외진 곳이었다.

잠시 후 이 외진 구석으로 빌리의 잠을 깨운 낯선 얼굴이 들어섰다. 아직 달이 뜨기 전이었고 안개가 끼어 별빛도 흐린 상태였다. 빌리는 그 낯선 얼굴이 누구의 얼굴인지 분간할 수 없었다. 그렇지만 얼굴의 윤곽이며 전체적인 움직임으로 후갑판병의 하나로 짐작했고, 그 짐작은 옳았다.

"쉿! 빌리." 그는 조금 전과 같이 재빠르고 조심스럽게 속삭였다. "자네도 강제로 징집된 거지, 그렇지? 어, 나도 그렇다네." 그는 잠시 말을 멈추고 빌리의 반응을 살폈다. 빌리는 도대체 무슨 말을 하는지 이해할 수 없었으므로 아무 말도 하지 않았다. 그러자 그가 말을 이었다. "우리만 강제 징집된건 아니라네, 빌리. 우리 같은 사람들이 많아. 자네…… 도와줄…… 수 있겠나, 정말 급하게 되면?"

"무슨 말이야?" 빌리가 물었다. 여기서 그의 졸음이 확 달아났다.

"쉿! 조용해!" 재빠른 속삭임이. 이제는 쉰 듯한 목소리로 변해 가고 있었다. "자, 이것 보게." 그는 밤의 희뿌연 어둠 속에서 희미하게 반짝이는 두 개의 물체를 들어 올려 보여 주었다. "자, 이걸 자네에게 주겠네, 빌리. 만약 자네가……."

하지만 빌리가 그의 말을 잘랐다. 그런데 자신이 화가 났다는 점을 강조하려다 보니 목소리의 약점이 조금 드러났다. "비, 비, 빌어먹을, 무, 무, 무슨 말을 하려는 거야. 요점이 뭐냐고. 어쨌건 당신 구역으로 도, 도, 돌아가!" 상대는 당황했는지 잠시 꼼짝도 하지 않았다. 그러자 빌리는 벌떡 일어서며 말했다. "자네가 아, 안 가면, 내가 자넬 나, 난간 너머로 더, 던져서 돌려보낼 거야!" 이 말을 못 알아들었을 리가 없는 그 뜬금없는 밀사는 자리를 떴고, 이내 늘어선 활대들의 그늘을 따라 주돛대 쪽으로 모습을 감추었다.

"어이, 무슨 일이야?" 갑판 위에서 졸고 있던 앞갑판병 하나가 빌리의 높아진 목소리에 깨어나면서 소리쳤다. 빌리가 모습을 드러내자 누구인지 알아본 그 앞갑판병이 말했다. "아, 예쁜이. 너였어? 뭔 일이 있었나 보군. 자네가 더, 더, 더듬는 걸 보니 말이야."

"아." 이제는 말더듬이 상태에서 벗어난 빌리가 대꾸했다. "후갑판병 하나가 여기 우리 구역에 있더라고요. 그래서 제가 자기 구역으로 돌아가라고 했죠."

"그 말만 한 거야, 앞돛대 망루병?" 얼굴과 머리카락이 벽돌색이라 동료 앞갑판병들로부터 '빨간 고추'라 불리는 성마른 늙은이가 퉁명스럽게 물어 왔다. "그런 쥐새끼 같은 놈들은 포병 딸과 결혼시키고 싶다니까!" 포신에 엎어 놓고 때리는 징계를 내리고 싶다는 표현이었다.

그러나 빌리의 이런 설명은 짧은 소란에 대해 질문해 온 사람들에게 만족스러운 답이 되었다. 전함 승조원 중에서 앞갑판병들은 주로 경험이 많은 수병들이었고, 그만큼 뱃사람 특유의 편견이 심한 부류였기에 영역을 침범하는 것을 무엇보다 싫어했다. 더구나 후갑판병들에 대해서는 특히 더 가혹한 의견을 갖고 있었다. 주돛을 줄이거나 펼칠 때를 제외하면 높은 곳에는 절대로 올라가지 않으며, 돛줄의 꼬임을 푸는 데 사용하는 쇠꼬챙이나 돛줄의 길이를 조정하는 세 구멍 도르래를 다루는 솜씨가 형편없다고 봤기 때문에 거의 잡역부 선원이나 마찬가지로 여기며 멸시하던 터였다.

15

이 사건으로 빌리는 무척 당혹스러웠다. 완전히 새로운 경험이었다. 누군가 은밀하게 음모를 꾸미는 방식으로 자신에게 개인적으로 접근해 온 것은 이번이 처음이었기 때문이다. 이런 식으로 만나기 전에 빌리는 그 후갑판병에 대해 아는 바가 전혀 없었다. 근무하는 곳도 멀리 떨어져 있었다. 하나는 이물 쪽 높은 곳이었고, 다른 하나는 고물 쪽 갑판 위였다.

이게 대체 무슨 일이지? 그게 정말 금화들이었을까, 그 침입자가 자기(빌리) 눈앞에 들어 올려 보여 준 그 반짝이던 것들이? 그 녀석은 도대체 어디서 그런 금화를 갖게 된 거지? 아니, 바다에 나오면 여분의 금박 단추도 귀한 법인데. 이 문제에 대해 곱씹어 볼수록 빌리는 더 당혹스러웠고, 그래서 불안하고 꺼림칙했다. 어떤 것인지 이해는 못 했지만 제안의 서두만 듣고도 화를 내며 딱 잘라 거절한 것은 뭔가 악한 요소가 들어 있는 것이 틀림없음을 본능적으로 알아차렸기 때문이었다. 그런 점에서 빌리 버드는 방목장을 갓 벗어나 갑자기 어떤 화학 공장에서 나온 역한 냄새를 들이마시고는 그 냄새를 폐와 콧구멍에서 빼내려고 계속해서 킁킁대는 어린 말과 같았다. 이런 식의 마음 상태에 있었기 때문에 빌리는 그 친구와 이야기를 더 나누어 보고자 하는 욕망을 꾹 참았다. 대체 무슨 계획이 있었기에 자신에게 접근했는지를 알아보기 위해서라고 해도 싫었다. 그렇지만 한밤에 찾아온 사람이 대낮에는 어떻게 보이는지 알아보고 싶은 자연스러운 호기심이 없지는 않았다.

다음 날 오후 아래쪽 망루에서 4시부터 6시까지 첫 번째 반당직을 서고 있던 빌리는 그 사람을 먼발치에서 알아보았다. 상층 포열 갑판 앞쪽에 지정된 흡연 구역에서 담배를 피우고 있던 사람 중 하나였다. 빌리가 그 사람을 알아볼 수 있었던 것은 주근깨가 돋은 둥근 얼굴에 하얀 속눈썹으로 덮인 옅은 푸른색의 번들거리는 눈보다는 몸의 전체적인 윤곽과 체격 때문이었다. 그래서 빌리는 여전히 저편에 있는 녀석이 정말 그자인가 미심쩍었다. 동년배로 보이는 그는 포신에 기대어 거리낌 없이 웃고 떠들고 있었다. 수다쟁이 같았지만 모든 면에서 선량한 젊은이로 보이는 친구였다. 수병으로는, 후갑판병이라 하더라도, 다소 통통한 편이었다. 간단히 말해, 지나치게 생각이 많은, 특히 어떤 것이건 심각한 음모를 꾸미는 모사꾼이라든가, 아니면 그런 음모자 밑의 하수인이 품고 있음 직한 위험한 생각들을 가지고 있는 친구로는 결코 생각할 수 없었다.

빌리는 눈치채지 못하고 있었지만, 그 친구는 곁눈질로 빌리를 먼저 알아보았다. 빌리가 자신을 눈여겨보고 있다는 것을 알아채자 함께 담배를 피우고 있던 동료들에게 하던 말을 멈추지 않고 오래 알고 지내던 사람에게 하듯 친근하게 알아보겠다는 의미로 고개를 까딱였다. 하루나 이틀이 지났을까, 포열 갑판 위를 산책하다 우연히 빌리를 지나치던 그는 빌리에게 짧게 친근한 인사말을 건넸다. 인사말에 지나지 않았지만, 그것은 당시 정황에서 빌리에게 예기치 못한 것이었고, 또 어떤 의미를 담고 있는지 알 수 없었기 때문에, 빌리는 어떻게 대응해야 할지 몰라 그냥 가만히 있었다.

빌리는 이제 이전보다 훨씬 더 혼란스러웠다. 자신이 말려든 상황을 이해하려고 해도 도무지 이해되지 않는 것이 너무나 불편하고 낯설어서 그에 대해 생각하지 않으려고 애썼다. 이 문제가 너무나도 수상한 것인 만큼 충성스러운 영국 해군의 수병으로서 적절한 곳에 보고하는 것이 자신의 의무라는 생각은 추호도 하지 못했다. 실제로 누군가 그렇게 보고하라고 조언해 주었다고 해도, 빌리는 아마 그렇게 하면 너무 고자질에 가까운 짓이 될 것이라는 생각에서 어설픈 관용을 베풀어 그런 제안을 받아들이지 않았을 것이다. 그는 그 일에 대해서는 누구에게도 말하지 않았다. 그러다 한번은 덴마크인 노인에게 속내를 털어내 부담을 줄이고 싶은 충동을 참기 어려워졌다. 포근한 밤이었고 전함도 조용히 정박하고 있었기 때문이었을 것이다. 두 사람은 별말 없이 갑판 난간에 머리를 기대고 나란히 앉아 있었다. 빌리가 앞서 언급한 양심의 가책 때문에 누구에게도 전모를 밝힐 수 없어서 누구의 이야기인지 이름도 밝히지 않고 또 부분적으로만 이야기했음에도 불구하고 지혜로운 그 덴마크인은 빌리가 들려준 것 이상으로 뭔가를 알아낸 듯했다. 주름살을 잔뜩 모은 채 잠시 생각하던 그는 가끔 떠올리던 심문하는 듯한 표정을 싹 지우고는 입을 열었다. "내가 그렇게 말하지 않았니, 빌리 버드야?"

"무슨 말이요?" 빌리가 물었다.

"왜, 쇠막대기 다리가 널 찍었다고."

빌리가 놀라서 다시 물었다. "그런데 쇠막대기 다리하고 그 미친 후갑판병하고 무슨 관계가 있다는 겁니까?"

"오, 후갑판병이었군그래. 고양이 발이네, 고양이 발."

때마침 잔잔한 바다에서 불어온 가벼운 미풍을 가리키는 건지 아니면 그 후갑판병을 앞잡이라 부르는 것인지 도무지 분간할 수 없는 말만 내뱉고는 그 늙은 멀린은 시꺼먼 이빨로 씹는 담배 덩이를 물고는 한 조각 비틀어 떼어 냈다. 그러고는 빌리가 조바심에서 계속 질문을 해도 일절 대꾸하지 않았다. 자신이 내린 간결한 신탁, 세상 어디서건 델피의 신탁과 같은 것의 특징인 모호함이 깃들어 있어서 그리 분명하지 않은 경우가 더 많은 자신의 말에 대해 의심하는 내용의 질문이 들어오면 으레 그래 왔듯 이번에도 음울한 침묵에 빠져든 것이었다.

이 노인네가 어떤 일에도 개입하지 않고 어떤 조언도 주지 않는 이런 식의 씁쓸한 신중함을 갖게 된 데는 그의 오랜 경험이 크게 작용했을 것이다.

16

그렇다. 벨리포텐트함에 승선해서 빌리가 겪은 이상한 경험의 핵심에 선임 부사관이 있다는 덴마크인 노수병의 함축적인 주장에도 불구하고 이 젊은 수병은 다른 사람이라면 몰라도, 빌리 자신의 표현을 빌리자면, "자신에게 언제나 상냥한 말을 해 주시는" 사람에게 그 탓을 돌릴 수 없었다. 이는 놀랄 만한 일이다. 하지만 그리 놀랄 만한 일은 아니다. 이미 성숙한 나이의 선원이라도 특정 문제와 관련해서는 여전히 서툰 상태로 남아 있을 수 있기 때문이다. 더구나 우리의 건장한 앞돛대 망루병과 같은 기질을 가진 젊은 선원이라면 몸만 어른이지 마음은 어린아이나 마찬가지이다. 그리고 어린아이의 순진함 그 자체는 그 아이의 백지 같은 무지를 의미하며, 이런 순진함은 지적으로 성장하면서 조금씩 줄어들기 마련이다. 하지만 빌리 버드의 경우 지성은 변변치 않으나마 그런대로 발달했는데 단순한 마음은 대부분 아무 변화를 겪지 않고 그대로 남아 있었다. 경험이 교사라는 말이 있다. 그렇지만 빌리는 나이가 어렸고 당연히 경험이 적었다. 게다가 선하지 않거나 혹은 불완전하게 선한 사람들에게서는 경험에 앞서 갖추어지는, 그래서 나이 어린 젊은이라고 하더라도 갖출 수 있는, 아니, 몇몇 경우에는 너무나도 분명히 갖추어지는, 그런 악에 대한 직관적인 지식 같은 것이 빌리에게는 전혀 없었다.

빌리가 뱃사람 외에 다른 사람에 대해 무엇을 알고 있었겠는가? 전통적인 뱃사람이라면, 돛대 앞에서 진실한 남자라면, 그리고 어린 시절부터 뱃사람이었던 사람이라면, 그 사람은 돛을 조정하는 교육을 제대로 받지 못한 단순 일용직 선원과 같은 과에 속하기는 하지만 그래도 여러 면에서 그와는 확연히 구별된다. 뱃사람은 솔직하고 일용직 선원은 계산적이다. 뱃사람에게 삶은 게임이 아니다. 고개를 길게 내밀고 늘 긴장해야 하고, 솔직함으로 결정되는 수란 있을 수 없으며, 목적은 언제나 간접적으로 달성되는 불분명하고 지루하며 무의미한, 그래서 그 복잡한 게임을 하는 동안 태워 없애는 가엾은 양초 값에도 미치지 못하는 체스 같은 게임이 아니다.

그렇다. 집단 전체로 볼 때 선원들은 그 성격상 유년기에 있는 족속이다. 그들의 일탈적인 행동조차 유치함이라는 특징을 갖는다. 빌리의 시절에는 특히 더 그랬다. 그 당시에도 그랬지만, 뱃사람 일반에게 적용될 수 있는 공통의 특징들은 나이가 어린 선원에게서는 여러 면에서 더 확연하게 드러난다. 뱃사람들은 누구나 명령을 받으면 따지지 않고 그대로 따르는 데 익숙하다. 선상 생활은 자신이 아닌 다른 사람이 정해 준 대로 이루어진다. 뱃사람들은 뒤죽박죽 제멋대로 진행되는 거래, 겉보기에 공정하게 대해 준다고 생각되는 정도에 비례하는 만큼 상대를 면밀하게 의심하지 않은 채 동등한, 적어도 표면적으로는 동등한, 조건에서 아무런 제재를 받지 않고 자율적으로 처신했다가는 곧 더러운 꼴을 당하게 마련인 그런 종류의 거래와는 상관이 없는 사람들이다. 굳이 장사꾼뿐만 아니라 이른바 세상 물정에 밝은 사람들, 즉 거래보다는 덜 얕은 인간관계에서도 자신들과 같은 종류의 사람들을 알아보는 사람들에게는 감정이 절제되어 잘 드러나지 않는 불신이 습관처럼 자연스러운 것이어서 마침내 거의 무의식적으로 행사된다. 그래서 어떤 이들은 이런 종류의 불신이 자신들의 성격상의 특징으로 지목되면 십중팔구 깜짝 놀라게 된다.

17

그렇지만 식당칸에서 있었던 그 사소한 사건 이후 빌리 버드에게는 해먹이나 관물 자루와 같은 것들과 관련해서 가끔 겪어 온 이상한 일들이 더 일어나지 않았다. 그의 얼굴을 환하게 밝혀 주던 미소나 동료들에게 던지는 유쾌한 농담 같은 것들은 이전보다 더 빈번하다고는 할 수 없어도 적어도 훨씬 더 뚜렷해졌다고 할 수는 있었다.

그렇지만 이 모든 것에도 불구하고 이제는 다른 조짐이 나타나고 있었다. 빌리가 두 번째 반당직을 서기 위해 무장을 한 채 상층 포갑판을 천천히 걸어가면서 마주치는 다른 젊은 수병들과 와자지껄 우스갯소리를 주고받는 모습을 클래거트의 은밀한 시선이 포착하게 되면 그 시선은 빌리에게 고정되어 그를 따라다니곤 했다. 명랑한 바다의 히페리온 같은 빌리의 모습을 쫓는 그의 눈은 이상하게도 눈물을 왈칵 터뜨리기 직전처럼 촉촉하게 젖어 들었고, 얼굴에는 깊은 상념에 잠긴 듯 차분하면서도 우울한 표정이 떠올랐다. 그럴 때면 클래거트는 '슬픔이 많은 사람' 같아 보였다. 분명 그랬다. 그리고 그 우울한 표정에는 빌리를 사랑하지만, 그 사랑이 운명적으로 금지되어 있기라도 한 것처럼 빌리에 대한 부드러운 갈망이 깃들어 있기도 했다. 그렇지만 이런 표정은 순간적이어서, 말하자면 그런 표정을 지은 것을 후회하기라도 하는 듯 이내 더할 나위 없이 딱딱하게 굳어 버려서, 인상이 찌그러지고 주름살이 쪼그라들어 순간적으로 얼굴 전체가 주름진 호두처럼 보였다. 하지만 어쩌다 빌리가 자기 쪽으로 걸어오는 것을 먼저 보게 되면, 클래거트는 두 사람의 거리가 가까워질 때쯤 빌리가 지나가도록 슬쩍 옆으로 비켜서기도 했다. 이럴 때면 잠시 빌리를 지켜보는 그의 입에는 희대의 모사꾼 기즈 공작이 웃을 때와 같이 이빨을 훤히 드러내는 미소가 걸렸다. 그렇지만 예기치 못한 상태에서 갑작스럽게 마주치면 그의 눈에서는 어둑한 대장간 안의 모루에서 불꽃이 튀는 것처럼 붉은 섬광이 번쩍였다. 평소에는 짙은 보라색에 가까워서 부드럽기 그지없는 그의 눈동자에서 그처럼 전광석화 같은 섬광이 뻔쩍이는 것은 참으로 이상한 일이었다.

클래거트의 눈에서 일어나는 이런 변덕스러운 변화 중 어떤 것들은 그런 변화를 불러일으키는 대상에게 포착되지 않을 수 없는 것들이었지만 빌리 같은 본성을 가진 사람으로서는 그 이유를 도무지 짐작할 수 없었다. 빌리의 경우 근육들은 갖추었지만, 무지하고 순수한 마음에 사악한 것이 가까이 다가와 있다는 사실에 대한 경고를 본능적으로 전달해 주기도 하는 그런 종류의 예민한 정신적 능력은 갖추고 있지 않았다. 빌리는 선임 부사관이 그저 가끔 이상하게 행동하는 것으로 생각했다. 그뿐이었다. 그가 이따금 보여 주는 솔직한 태도와 지나치며 던지는 인사말은 곧이곧대로 해석되었다. 젊은 빌리로서는 아직 이 "말만 번드르르한 사내"에 대해 들은 바가 전혀 없었기 때문이었다.

우리의 앞돛대 망루병이 선임 부사관으로부터 악감정을 살 만한 행동이나 말을 했다고 의식했다면 상황은 많이 달랐을 것이고, 그의 시야가 더 예민해지진 못해도 조금은 밝아졌을 것이다. 하지만 역시 순진무구함으로 인해 이 망루병은 장님이나 마찬가지였다.

다른 문제에 있어서도 마찬가지였다. 병기계 부사관과 선창계 부사관은 빌리로서는 근무지의 위치상 한 번도 접촉한 적이 없었고 말을 섞어 본 적도 없는 사람들이었다. 그런데 이들이 빌리와 마주치게 되면 수상한 시선으로 빌리를 주목하기 시작했다. 평범한 시선이 아니었다. 그 시선을 내보낸 사람들에게 어떤 식으로든 선입견이 주입되어 있어서 그 시선을 받는 사람에 대해 편견을 갖고 있음이 분명하게 드러나는 종류의 시선이었기 때문이다. 빌리는 통신계 부사관과 약제계 부사관, 그리고 그 밖에 비슷한 계급의 부사관들과 함께 이들이 해군의 관례상 선임 부사관과 함께 식사하는 사람들이고, 그래서 선임 부사관이 원하기만 한다면 언제든지 자신의 속내를 털어놓을 수 있는 사람들이란 사실은 잘 알고 있었다. 그렇지만 빌리는 이 일이 자신이 신경을 쓰거나 수상하게 여겨야 하는 사태라고는 생각하지 못했다.

하지만 우리의 멋쟁이 선원은 상대의 시샘을 자극하기 쉬운 지적 우월함과는 거리가 먼 사내다운 솔직함과 거부할 수 없는 선량한 본성을 때때로 발휘하여 선내에서 전반적으로 인기가 많았고, 많은 동료가 이런 호감을 보여 주었기 때문에, 빌리는 방금까지 언급된 사실들처럼 말로 직접 표현되지 않는 사항들, 그러니까 본인으로서는 그 전체 의미는 물론 그런 것들의 존재 자체도 분간할 수 없는 사항들에 대해서는 신경을 쓰지 않았다.

그 후갑판병과 관련해서는, 빌리는 앞서 이미 설명했던 이유로 당연히 마주치는 경우가 거의 없었다. 하지만 어쩌다 둘이 마주치면 그 후갑판병 쪽으로부터 먼저 반갑게 알아보는 기척이 즉각 보였고, 가끔은 인사말이 곁들여지기도 했다. 모호하기만 했던 그 젊은 수병의 원래 의도가 실제로 어떤 것이었는지, 혹은 심부름으로 대신 전하려 한 의도가 무엇이었든지와 상관없이, 이제는 포기해 버렸다는 것이 빌리와 마주칠 때의 그의 태도에서 확연히 드러났다.

그의 사악함이 너무 조숙했던 나머지(저급한 악당들은 다 조숙하다.) 착각을 불러일으키게 했고, 그래서 단순한 바보로 알고 함정에 빠뜨리려 했던 상대가 실제로 너무나 단순한 사람이었기 때문에 그 의도가 무참하게 좌절된 것으로 보였다.

약삭빠른 사람들이라면 빌리가 황급히 파해 버린 앞돛

대 고정줄 더미에서의 첫 번째 만남에서 그 후갑판병을 거세게 추궁해서 그의 의도를 알아보려 하지 않았다는 사실이 거의 있을 수 없는 일이라고 여길 수도 있다. 머리 회전이 잘 되는 사람들은 또한 빌리가 선상 반란을 획책하자는 그 밀사의 제안이 근거가 있는지, 있다면 어떤 근거인지를 알아보기 위해 선내에 자신과 같이 강제 징집당한 다른 사람들을 접촉해 보려 하는 것이 마땅하다고도 생각할 것이다. 당연히 약삭빠른 사람들은 그렇게 생각할 것이다. 그렇지만 빌리 버드와 같은 인물의 성격을 제대로 이해하기 위해서는 아마도 약삭빠름 그 이상이, 아니, 그것과는 전혀 다른 어떤 것이 필요할 것이다.

클래거트에 관해서라면, 그의 속에 잠재해 있는 편집광 증세는, 실제로 그게 편집광이라면, 앞서 자세하게 설명한 그런 경우들에서 가끔 부지불식간에 불쑥 튀어나오기는 했지만, 대체적으로는 합리적이며 자제하는 처신으로 잘 은폐되어 있었다. 하지만 이런 광증은 땅속에서 타고 있는 불처럼 그의 속으로 점점 깊숙이 타들어 가고 있었다. 결국에는 뭔가 큰일을 낼 것이 분명했다.

18

앞돛대 고정줄 구역에서 있었던 영문을 알 수 없는 만남 이후, 그러니까 빌리 측이 서둘러 끝내 버린 대화 이후 이 이야기와 직접 관련이 있는 일은 전혀 일어나지 않았다. 그러다가 지금부터 이야기하려는 사건들이 발생한 것이다.

어디선가 이미 설명한 대로, 당시 지브롤터 해협 너머 지중해에서 작전을 수행 중이던 영국 함대에서는 호위함(당연히 전열함보다는 훨씬 빠르다.)의 수가 부족했기 때문에 일흔네 문의 포를 갖춘 벨리포텐트함은 가끔 척후 역할을 대신 수행하기도 했고, 어떤 때는 그보다 더 중요한 임무를 수행하기 위해 본대로부터 멀리 떨어져서 항해하는 경우도 있었다. 벨리포텐트함이 이런 임무를 맡게 된 것은 이 전함이 같은 등급의 다른 함선들보다 더 뛰어난 항해 능력을 갖추고 있어서이기는 했지만 그 때문만은 아니었고, 아마도 그것만큼 중요하게, 이 전함의 함장이, 항해술 자체도 뛰어나지만 예기치 못한 어려운 상황에서 즉각적으로 필요한 조치를 취할 수 있는 지식과 능력을 갖춘 인물로 판단되었기 때문일 것이다. 어느 날 오후 벨리포텐트함은 두 번째 경우로, 즉 함대로부터 멀리 떨어져 임무를 수행하기 위해 항해하고 있었다. 오후 당직이 거의 끝나 갈 무렵 함대로부터 가장 먼 거리에 떨어져 항해하고 있던 벨리포텐트함의 시야에 예기치 않게 적함 한 척이 포착됐다. 적함은 호위함으로 판명됐다. 망원경을 통해 상대의 인원과 화력이 더 우세하다는 것을 간파한 적함은 선체가 가벼운 것을 활용하여 돛을 잔뜩 펼치고는 도주하기 시작했다. 적함은 도저히 가망이 없어 보일 정도로까지 추격당하기도 했지만, 첫 번째 반당직 기간의 중반 정도에 이르러서는 육안으로도 확연하게 도주하는 데 성공했다.

추격을 포기하고 얼마 지나지 않아 흥분이 완전히 가라앉기도 전에 선임 부사관이 동굴 속처럼 어둑한 자신의 영역에서 올라와 모자를 손에 쥔 채 공손한 자세로 주돛대 옆에 서서 비어 선장의 눈에 띄기를 기다리고 있었다. 선장은 후갑판의 바람 불어오는 쪽에서 홀로 서성이고 있었는데, 추격이 실패로 돌아간 것 때문에 약간 짜증이 나 있음이 분명했다. 클래거트가 서 있는 자리는 계급이 낮은 자가 당직 장교나 함장 본인과 특별하게 면담을 하기 위해 대기하는 지점이었다. 하지만 그 시절에는 함장과 직접 면담을 하겠다고 나서는 부사관이나 수병은 흔치 않았다. 관례에 따르자면, 아주 예외적인 사안이 있을 때라야 그런 면담이 가능했다.

이윽고 생각에 깊이 잠긴 채 걷고 있던 함장은 고물 쪽으로 돌아서는 순간 클래거트의 존재를 의식했다. 공손하게 대기하고 있던 자의 손에 들린 모자가 함장의 눈에 들어왔다. 여기서 먼저 지적해 두어야 할 점은 비어 함장이 이 부사관을 개인적으로 알게 된 것이 이번 항해를 위해 출항하던 시점부터였다는 사실이다. 당시 벨리포텐트함의 선임 부사관은 부상으로 더 이상 임무를 수행할 수 없는 상태여서 뭍으로 이송된 후였고, 비어 있던 그 자리를 수리받기 위해 정박 중이던 다른 함선에서 클래거트가 전보되어 채우게 된 것이었다.

공손한 자세로 서서 자신의 주목을 기다리던 자가 누구인지를 알아차리자 함장의 얼굴에는 묘한 표정이 떠올랐다. 그 표정은 누군가 알고 있기는 하지만 속속들이 알기에는 같이 지낸 기간이 길지 않은 그런 사람을 불시에 맞닥뜨리고, 막상 만나고 보니 그 사람에게서 막연하지만 불쾌한 어떤 것을 처음으로 느끼게 되는 경우 부지불식간에 얼굴을 스쳐 지나게 되는 그런 표정과 별반 다르지 않았다. 하지만 함장은 걸음을 멈추고, 처음 건넨 말의 억양에 약간 짜증스러운 기색이 없지는 않았으나, 몸에 익은 상급 장교로서의 위엄을 갖추면서 물었다. "아니? 무슨 일인가, 선임 부사관?"

나쁜 소식을 전해야 하는 피치 못할 사정을 아쉬워하는 하급자의 자세로, 그러면서도 양심에 따라 솔직하게, 그렇지만 절대로 과장하지는 않겠다는 듯한 태도로 클래거트는 심중을 털어놓으라는 함장의 초대, 아니 명령에 답해 입을 열었다. 배운 바가 없는 사람은 쓸 수 없는 말로 표현된 그의 말은, 정확히 그대로는 아니지만, 대략 다음과 같았다. 적함을 추격하면서 있을지 모를 교전을 준비하는 동안 자신은 결론을 내렸다. 최근 발생한 중대한 사태에서 죄를 범한 무리뿐만 아니라 모병이 아닌 다른 방식으로 폐하의 휘하에 들어온 자들까지 승선하고 있는 함선에서 적어도 한 명은, 그것도 후자에 속하는 수병 하나가 위험 인물임이 분명하다는 확고한 결론에 도달했다.

여기까지 들은 비어 함장이 약간 짜증스럽다는 듯 클래거트의 말을 가로막았다. "이봐, 그냥 있는 대로 말해. 강제 징집병이라고 하라고."

클래거트는 알겠다는 뜻의 몸짓을 하고는 말을 이었다. 아주 최근 자신은 포열 갑판에서 문제의 그 수병에 의해 촉발된 어떤 움직임이 비밀리에 진행되고 있는 것으로 의심하기 시작했다. 하지만 그런 움직임이 아직 명확하게 드러나지 않았기 때문에 상부에 보고할 수는 없었다. 그런데 바로 그날 오후 말씀드린 그 수병을 관찰한 결과, 뭔가 비밀스럽게 진행되고 있을 것이라는 의심이 거의 확신에 가까운 것으로 변했다. 자신은 주요 관련자에게 심각한 결과를 초래할 뿐만 아니라, 최근에 발생한 심각한 반란을 고려해 볼 때 해군 지휘관이라면 당연히 느낄 수밖에 없는 불안감을 가중시킬 것이 뻔한 성격의 보고를 함으로써 짊어져야 하는 막중한 책임감을 통감하고 있다는 것이었다. 그러면서 그는 비통한 어조로 그 반란의 이름은 굳이 언급하지 않겠노라 덧붙였다.

뜬금없이 처음 그 이야기를 들었을 때 비어 함장은 마음의 동요를 완전히 숨길 수 없었다. 하지만 클래거트의 보고가 이어지면서 함장은 보고하는 사람의 태도에서 뭔가를 느끼게 되었고 침착한 표정을 되찾았다. 그렇지만 보고를 중단시키지는 않았다. 클래거트는 계속 보고를 이어 나갔고, 다음과 같은 말로 마무리했다. "절대로, 함장님, 벨리포텐트함에서도 같은 사태가 벌어지면 안 되겠지요, 최근에 전함……."

"그따위 걱정은 안 해도 돼!" 여기서 클래거트의 상관은 얼굴에 노기를 띠면서 즉각 그의 말을 막았다. 상대가 막 입에 올리려던 함선이 노어항 대반란의 와중에 유달리 비극적인 주모자 한 사람이 함장의 목숨을 한동안 위협했던 함선임을 본능적으로 알아차렸기 때문이었다. 당시 영국 해군의 정황에서 클래거트가 의도적으로 그런 암시를 한 것에 대해 함장은 격분했다. 장교인 자신들조차 언제나 최근 함대에서 발생한 사건들에 대해 언급하는 것을 극도로 조심하고 있는데, 부사관이 자신의 함장이 있는 자리에서 불필요하게 그 사건들을 들먹이는 것은 더할 나위 없이 불손하며 주제넘은 짓으로 여겨졌기 때문이었다. 그뿐 아니라 자긍심이 강한 함장에게는 그런 상황에서 그런 언급을 한다는 것 자체가 자신을 놀라게 만들려는 시도로 여겨지기조차 했다. 또한 지금까지 자신이 눈여겨본 바에 의하면 임무 수행에 상당한 감각을 발휘하던 하급자가 이 경우에 특별히 그런 감각이 결여된 모습을 보인다는 점에 대해 처음에는 약간 놀라기조차 했다.

하지만 함장의 마음속을 휙휙 스쳐 가던 그런 생각과 별반 다르지 않은 다른 의문들은 곧 어떤 직관적인 추측으로 대체

됐다. 이 추측은 아직 확실한 형태를 갖추진 못했지만 그래도 그 나쁜 소식을 받아들이는 그의 태도에 실질적인 영향을 미쳤다. 비어 함장은 확실히 부하가 올리는 보고의 전반적인 취지 때문에 마음이 지나치게 동요하지 않도록 자신을 잘 통제했다. 포열 갑판에서 일어나는 복잡한 일상 역시 다른 모든 삶의 영역에서와 마찬가지로 그 나름의 내밀한 질곡과 의문스러운 측면을 갖고 있으며, 또 그런 측면들은 일반 대중에게는 그 존재가 부인되고 있다는 점에 이르기까지 포열 갑판의 상황에 대해 함장은 오랫동안 속속들이 잘 알고 있었기 때문이다.

더욱이 최근 사건들을 고려할 때 반란이 재발생할 구체적인 징후가 포착된다면 그 즉시 즉각적으로 조치하는 것이 마땅하지만, 그런 점은 차치하고서라도, 제보자의 보고에 신빙성을 부여하는 데 지나치게 솔직하게 반응함으로써 자신의 부하이자 수병들에 대한 감찰이 주요 임무인 부사관이 반란의 조짐이 있다는 생각을 계속 갖고 있도록 두는 것은 현명하지 못하다는 것이 함장의 판단이었다. 함장의 이런 판단이 확고해진 것은 아마도 과거 언젠가 클래거트가 열정적인 애국심을 공공연하게 과시했을 때 그것이 지나치게 과민하고 억지스럽게 여겨져 거북하게 느낀 적이 있었기 때문이었을 것이다. 게다가 이 부사관이 자신의 주장을 조목조목 늘어놓으면서 보여 주는 차분하면서도 허세가 잔뜩 들어간 말투에서 이상하게도 함장은 자신이 대위였던 시절 뭍에서 열렸던 군법회의에 참여했을 때 사형을 다투는 심리 과정 중 증인으로 나와 위증했던 군악대원을 떠올렸다.

최근의 폭동과 연루된 배의 이름이 언급되는 것을 사전에 중단시킨 데 이어 비어 함장은 클래거트를 보며 말했다. "자네 말은 지금 우리 배에 위험한 자가 한 명은 있다는 거지. 이름을 대게."

"윌리엄 버드라고, 앞돛대 망루병입니다, 함장님."

"윌리엄 버드라고!" 비어 함장은 놀라움을 그대로 드러내며 되뇌었다. "얼마 전에 래트클리프 대위가 상선에서 데려온 수병 말이군. 수병들 사이에서 인기가 아주 많아 보이는 젊은 녀석이던데. 멋쟁이 선원 빌리라고들 부르잖나?"

"그 녀석 맞습니다, 함장님. 하지만 젊고 잘생겨 보여도 꿍꿍이속이 있는 녀석입니다. 동료들에게 환심을 사도록 교묘하게 처신하는 것도 다 이유가 있는 겁니다. 적어도 위기에 처하면 동료들이 자신에게 유리한 말을 해 주리라 생각하기 때문이지요. 무슨 일이 있어도 다들 그렇게 해 줄 겁니다. 래트클리프 대위님이 함장님께 말씀드리지 않으셨던가요? 버드 녀석을 부속정에 태워 상선에서 징집해 올 때 상선 고물 밑 지점에서 이물에 앉아 있던 녀석이 벌떡 일어나서 펄쩍 뛰어오르면서 멋들어지게 모자를 흔들어 댔던 것 말입니다. 자기가 강제 징집당한 데 대한 마음속 앙심을 그런 식의 유쾌한 행동으로까지 위장할 줄 아는 녀석인 겁니다. 녀석의 새하얀 뺨만 보셨겠죠. 하지만 그 홍조 띤 데이지꽃 아래에는 사람 잡는 덫이 놓여 있는지도 모릅니다."

사실 승조원들 사이에서 유독 눈에 띄는 그 멋쟁이 선원은 당연히 처음부터 함장의 주목을 받아 왔다. 전반적으로 부하 장교들에게 자신의 속내를 그렇게 솔직하게 드러내는 편이 아니었음에도, 함장은 래트클리프 대위에게 운 좋게도 그렇게 훌륭한 인류의 표본을 골라 왔다고, 타락 이전의 젊은 아담의 조각상을 만들 때 누드 모델을 해도 되겠다고 칭찬했던 터였다. 빌리가 인간의 권리호에게 작별 인사를 했던 사건과 관련해서는 래트클리프 대위가 실제로 보고한 적이 있었지만, 존중의 의미를 담아 그저 재미있는 일화로서 전했을 뿐이었다. 비어 함장은 그 일화를 풍자의 의도가 담긴 재치 있는 행동으로 잘못 이해하기는 했지만, 그 때문에 오히려 빌리를 더 좋게 평가했다. 해군의 일원으로서 함장은 강제 징집을 그렇게 유쾌하고 재치 있게 받아들이는 빌리의 기개를 높이 샀기 때문이다. 그 앞돛대 망루병의 품행 역시, 함장이 지켜본 바에 한해서는, 좋았던 첫인상이 틀리지 않았음을 확인해 주었다. 한편 새로 징집된 이 수병은 '선원'으로서의 자질도 대단히 훌륭해 보였으므로 함장은 자신이 좀 더 자주 관찰할 수 있도록 그를 뒷돛대 망루장으로 승진시킬 것을 인사 장교에게 추천해야겠다고 작정하던 터였다. 현재 그 위치에서 함선의 우현을 담당하고 있는 망루장은 그리 젊지 않은 편이었고, 어느 정도는 바로 그 이유로 함장은 그가 그 임무에 적합하지 않다고 여기고 있었기 때문이었다. 여기서 잠시 부차적인 설명을 하자면, 뒷돛대 망루병은 주돛대나 앞돛대의 아래쪽 돛처럼 넓어서 무거운 돛을 다룰 필요가 없었기 때문에, 자질만 있다면 젊은 사람에게 맡기는 것이 최상의 자리이기도 하고, 또 대개는 그런 젊은이를 책임자로 임명해서 손은 재빠르나 풋내기에 불과한 수병들을 휘하에 두는 것이 관례인 자리였다. 결론적으로 말하자면, 비어 함장은 애초에 빌리 버드를 당시 해군의 용어로 말하자면 "국왕의 횡재", 즉 영국 폐하의 해군을 위해 거의 공짜나 다름없는 지극히 적은 액수의 비용으로 해 두는 투자로 간주하고 있었다.

이와 같은 내용을 머릿속에 생생하게 떠올리고, 또 "데이지 꽃 밑의 사람 잡는 덫"이란 말로 클래거트가 암시하려 한 의미를 헤아려 보면서 함장은 잠시 말을 멈추었다. 하지만 그 의미를 헤아릴수록 해당 정보를 전달한 사람의 의도가 점점 더 불순하게 여겨졌다. 함장은 갑자기 나직한 목소리로 질문을 던지며 클래거트를 몰아세웠다. "선임 부사관, 귀관은 그런 흐릿한 이야기로 본관을 찾아왔던 건가? 버드와 관련해서라면, 귀관이 막연하게 주장하는 그 혐의를 입증할 만한 그의 언급이나 행동을 구체적으로 말해 보게. 잠깐." 함장은 클래거트에게 바싹 다가섰다. "신중하게 말해야 하네. 지금, 그리고 이 같은 경우에, 위증을 했다가는 활대 끝에 매달리게 되는 수가 있으니까."

"아유, 함장님!" 예기치 않게 준엄한 함장의 말에 클래거트는 서럽고 억울하다는 듯 잘생긴 두상의 머리를 가볍게 흔들며 탄식했다. 그러다 선의로 자신을 내세우는 사람처럼 몸을 곧게 세운 채 머리를 꼿꼿하게 들고 빌리가 실제로 했다는 말과 행동의 정황을 예로 들면서 설명했다. 클래거트가 열거한 예들이 사실이라고 할 때, 그 예들을 다 합해 보면 빌리에게 치명적인 혐의가 있는 것으로 추정할 수 있었다. 클래거트는 이런 명백한 사실들 일부에 대해서는 확실한 증거들을 쉽게 확보할 수 있노라고 덧붙였다.

비어 함장의 잿빛 눈은 클래거트의 말이 끝나기를 기다리는 듯한 초조함과 그 말의 내용을 의심하는 듯한 눈빛으로 클래거트의 차분한 보라색 눈을 들여다보면서 그 깊은 바닥을 헤아려 보려 했다. 그러고는 다시 한번 클래거트의 말을 끝까지 들어 준 다음, 그대로 선 채 잠시 깊은 생각에 잠겼다. 함장의 준엄한 눈길을 잠시 벗어난 클래거트는 묘한 표정으로 함장의 안색을 지켜봤다. 자신의 전략이 어떤 효과를 불러일으키는지 궁금해하는 표정이었고, 막내 요셉을 질투하던 형제들의 대표가 상심한 아버지 야곱을 속이려고 염소 피가 묻은 외투를 보여 주며 지었을 것 같은 표정이었다.

비어 함장은 예사롭지 않은 도덕적 자질을 갖춘 사람이라 어떤 사람이건 정직한 관계로 만난다면 곧 그 사람의 진정한 본성이 그대로 드러나는 편이었다. 하지만 지금 클래거트라는 사람 자체와 이 사람의 진정한 속내에 관한 한 비어 함장은 직관적인 확신은커녕 낯선 의혹으로 가득 찬 의구심만이 강하게 느껴질 뿐이었다. 비어 함장이 내비치는 당혹감은 클래거트가 명확히 설명한 바의 혐의를 지고 있는 사람이 누구인가가 아니라 그런 혐의를 제보한 사람을 어떻게 다루는 것이 최선인지를 고민하는 데서 기인한 것이었다. 사실 처음에는 클래거트가 자신의 주장을 입증해 줄 증인으로 손쉽게 구할 수 있다는 사람들을 소환하는 것이 당연한 조치로 여겨졌다.

하지만 그런 식으로 처리하면 곧 소문이 바깥으로 새어 나갈 것이고, 그렇게 되면 사태를 확대하는 결과가 되어 전함 전체에 부정적인 영향을 미칠 것이었다. 클래거트가 위증을 한 것이라면, 문제는 거기서 일단락될 것이었다. 따라서 비어 함장은 고발된 사안을 본격적으로 다루기에 앞서 일단은 고발자부터 실질적으로 시험해 볼 셈이었다. 그런 일은 조용히 드러나지 않게 처리될 수 있을 것이었다.

함장이 결행하기로 한 조치를 위해서는 드넓은 후갑판보다는 사람의 이목이 덜 집중되는 곳으로 자리를 이전할 필요가 있었다. 물론 당시 함장과 함께 후갑판 위에 있던 몇 안 되는 장교들은 함장이 바람 불어오는 쪽에서 홀로 왔다 갔다 서성거리기 시작했을 때 이미 해군의 관례에 따라 바람이 불어 가는 쪽으로 물러나 있었고, 함장이 클래거트와 대화하는 내내 그 거리를 좁히려는 행동 따위는 전혀 하지 않았다. 함장의 목소리는 결코 높다고 할 수 없었으며, 클래거트의 낭랑한 목소리 역시 낮은 편이었다. 게다가 밧줄을 스치는 바람 소리와 뱃전을 스치는 물결 소리 때문에 다른 사람들은 그들의 대화를 엿들을 수가 없었다. 그렇지만 대화가 평소보다 길게 이어지고 있다는 사실 자체로 높은 곳에 올라 있는 망루병들과 갑판 중간부터 그 앞쪽에 있는 수병들은 이미 두 사람을 주목하고 있는 터였다.

취해야 할 조치가 결정되자 비어 함장은 즉시 행동에 옮겼다. 클래거트를 향해 홱 돌아서며 함장은 물었다. "선임 부사관, 지금 버드가 망루에서 근무 중인가?"

"아닙니다, 함장님."

그러자 함장은 가장 가까이 있던 사관후보생을 불렀다. "윌크스 군! 앨버트에게 가서 이리로 좀 오라고 그러게." 앨버트는 함장의 당번병으로 일종의 시종 같은 역할을 맡고 있었기에 비어 함장은 그가 신중하고 충실하게 상관의 명을 받들 것으로 확신하고 있었다. 앨버트가 모습을 드러냈다.

"버드라고 앞돛대 망루병 알지?"

"알고 있습니다, 함장님."

"가서 찾아와. 지금 근무를 서지 않고 있다니까. 다른 사람들에게 들리지 않도록 살짝 고물 쪽에서 찾고 있다고 전해. 버드가 다른 사람에게 그 사실을 알리지 않도록 신경 쓰고. 계속 말을 걸어서 다른 사람하고는 말을 섞지 못하도록 하라고. 그리고 고물 쪽으로 완전히 이동하기 전에는 함장실에서 찾는 것이라고 알려 주면 안 돼. 무슨 말인지 알겠지. 가 봐. 선임 부사관, 자네는 아래 갑판으로 내려가 있게. 앨버트가 버드를 데리고 왔을 때쯤 됐다 싶으면 조용히 대기하다 뒤따라 들어오면 되네."

19

함장실로 불려 온 망루병은 좁은 방에서 자신이 클래거트와 함께 함장과, 이를테면 독대하게 된 것에 적잖이 놀랐다. 그렇지만 겁이 난다든가 의심이 든다든가 하지는 않았다. 근본적으로 정직하고 따뜻한 마음씨를 가졌지만 아직은 미성숙한 사람에게는 같은 족속인 사람이 암암리에 자신에게 위해를 가해 올 수도 있다는 경각심이 잘 들지 않을뿐더러 설사 그런 경각심이 생긴다고 하더라도 아주 늦게 발동되는 법이다. 풋내기 선원인 빌리의 마음에 떠오른 생각은 이랬다. 그래, 함장님은 날 좋게 봐주신다고 늘 생각해 왔어. 날 키잡이로 임명해 주시려는 걸까. 정말 그랬으면 좋겠네. 그래서 지금 선임 부사관님께 나에 관해 뭘 물어보시려는 것일 수도 있어.

"위병, 거기 문 닫아." 함장이 명령을 내렸다. "바깥에 서 있어. 그리고 아무도 들여선 안 돼. 자, 선임 부사관, 이 수병에 대해 내게 보고한 내용을 본인에게 직접 다시 다 말해 보게." 그러고서 함장은 대면 중 두 사람이 보일 표정을 면밀히 관찰할 작정으로 그대로 서 있었다.

사람들이 지켜보는 넓은 강당에서 정신 병원의 의사가 발작을 일으킬 조짐을 보이기 시작한 환자에게 다가가듯 클래거트는 차분한 태도로 침착하게 발걸음을 내디디며 빌리의 코앞까지 천천히 접근했다. 그러고는 최면이라도 걸듯 빌리의 눈을 빤히 들여다보며 고발 내용을 간략하게 되풀이했다.

처음에 빌리는 무슨 말인지 알아듣지 못했다. 무슨 말인지 이해하게 되면서 장밋빛 홍조를 띤 그의 두 뺨은 충격에 질린 듯 나병 환자의 뺨처럼 하얗게 변했다. 빌리는 재갈을 물린 채 창에 꿰인 사람처럼 서 있었다. 한편 빌리의 커다래진 푸른 눈동자를 여전히 주시하는 고발자의 눈은 기이한 변화를 보였다. 평소의 짙은 보랏빛이 짙은 자주색으로 탁해진 것이다. 인간의 지성으로 타오르며 밝게 빛을 발하던 그의 눈이 인간의 표정을 잃어버리면서 지금껏 기록된 적 없는 심해 생명체의 기괴한 눈처럼 냉랭한 빛을 내뿜고 있었다. 최면을 거는 듯한 처음의 눈길이 사람을 얼어붙게 만드는 뱀의 눈길이었다면, 마지막 눈길은 전기가오리의 꿈틀거림으로 사람을 마비시켜 버리는 듯한 눈길이었다.

"말을 해 봐, 수병!" 비어 함장은 클래거트의 태도보다는 빌리가 꼼짝도 못 하고 얼어붙어 있는 모습에 더 놀라서 호통을 쳤다. "말을 해. 뭐라고 변명을 해 보란 말이야!" 함장의 다그침에도 빌리는 말을 못 하고 이상한 몸짓만 하면서 끅끅거리는 소리만 냈다. 경험 부족의 미성숙한 사람에게 그토록 엄중한 혐의를 그처럼 갑자기 뒤집어씌우는 것에 경악한 것이다. 거기다 아마도 혐의를 주장하고 있는 자의 눈길에서 느끼는 공포감까지 더해진 결과, 잠재해 있던 결함이 튀어나오고 또 지금까지 점점 심해져서 경련까지 동반하도록 혀가 마비되어 버렸을 것이다. 입을 열어 자신을 변호해 보라는 함장의 명령에 따르고 싶은 마음은 간절하지만 그대로 되지 않는 데서 오는 괴로움으로 달아오른 머리와 온몸을 바짝 긴장하여 앞쪽으로 기울이고 있는 빌리의 표정은 순결한 여사제가 몸을 더럽혔다는 혐의를 받고 산 채로 땅속에 파묻히는 순간 처음으로 숨이 막히는 것을 느끼고 버둥거릴 때의 표정과 비슷했다.

그때까지만 해도 빌리가 말을 더듬는 장애가 있다는 것을 전혀 몰랐던 비어 함장은 이 순간 즉각적으로 그 사실을 알아차렸다. 지금 빌리의 모습이 과거 학창 시절 학생들을 시험할 목적으로 교사가 낸 질문에 제일 먼저 정답을 말하기 위해 서둘러 일어섰던 똑똑한 동급생 하나가 보인 증세와 똑같다는 사실이 생생하게 기억났기 때문이었다. 함장은 그 젊은 선원에게 가까이 다가가 어깨 위에 다정하게 손을 얹고 말해 주었다. "서두를 필요 없어, 수병. 천천히 말해도 돼. 천천히 해." 함장의 목소리는 아버지가 아들에게 들려주듯 자상했고, 분명 빌리도 그렇게 느꼈다. 하지만 그 때문에 빌리는 함장의 의도와는 정반대로 더 빨리 말을 내뱉으려고 더 격렬하게 노력했다. 이런 힘겨운 노력은 곧 마비 증상을 잠시 더 고착시키고 빌리

의 얼굴에 십자가에 못 박히는 사람의 표정을 떠올리게 하는
결과로 이어졌다. 다음 순간, 야간 사격하는 대포가 내뿜는
화염처럼 재빠르게 빌리의 오른팔이 뻗어 나갔고, 클래거트가
갑판 위로 쓰러졌다. 의도적이었는지 아니면 체격이 좋은 그
젊은이의 큰 키 때문이었는지 알 수 없으나 뻗어 나간 주먹이
클래거트의 몸에서는 잘생긴 편에 속하고, 또 그 선임 부사관
이 지적인 인상을 풍기는 데 한몫하던 이마를 정통으로 강타
했다. 클래거트의 몸은 똑바로 세워 둔 묵직한 널빤지가 옆으
로 밀려 쓰러지듯 길게 쭉 뻗어 버렸다. 클래거트는 한두 번
숨을 헐떡이는가 싶더니 이내 아무런 미동도 보이지 않았다.

"이런 저주받은 녀석 같으니." 비어 함장의 입에서 속삭임에
가까운 낮은 목소리가 새어 나왔다. "무슨 짓을 한 거야! 어쨌
든, 이리 와, 도와줘."

두 사람은 쓰러진 사람의 상체를 일으켜 앉은 자세로 만들
었다. 호리호리한 클래거트의 몸은 축 늘어져 있었지만 유연
한 편이어서 별 어려움은 없었다. 죽은 뱀을 다루는 것처럼 느
껴졌다. 두 사람은 클래거트의 몸을 다시 뉘었다. 비어 함장은
일어서서 한 손으로 얼굴을 가리고 가만히 서 있었다. 발밑에
놓인 사람만큼이나 움직임이 없었다. 지금까지 일어난 사건의
의미를 곱씹으며 지금 당장 그리고 앞으로 어떻게 하는 것이
최선인지를 골똘히 궁리하고 있었던 것일까? 천천히 그는 얼
굴을 가리고 있던 손을 내렸다. 그러자 드러난 그의 표정은 월
식으로 가려졌던 달이 다시 모습을 드러낼 때 전혀 다른 느
낌을 주는 것처럼 완전히 변해 있었다. 함장실에서 지금껏 빌

리에게 보여 준 아버지 같은 인상이 엄중한 군기를 부과하는 군 지휘관의 인상으로 대체된 것이었다. 함장은 고물 쪽 접견실을 가리키면서 근엄한 목소리로 빌리에게 그쪽으로 들어가 부를 때까지 나오지 말라고 명령했다. 빌리는 아무 말 없이 기계적으로 명령에 따랐다. 그러자 함장은 후갑판 쪽 출입문으로 가서 문을 열고 바깥에 있는 위병에게 지시했다. "누구에게 말해서 앨버트 좀 불러 와." 당번병이 나타나자 함장은 바닥에 엎어져 있는 사람을 보지 못하도록 자신의 몸으로 가리고 지시를 내렸다. "앨버트, 군의관에게 내가 좀 보자고 한다고 전해. 그리고 내가 따로 부르기 전에는 이리로 돌아올 필요 없어."

군의관은 풍부한 경험과 진중한 감각의 소유자로 그 어떤 일에도 놀라지 않는 균형 잡힌 인품을 지닌 인물이었다. 그가 함장실로 들어서자 함장은 앞으로 나서며 그를 맞이했다. 그러면서 의도치 않게 클래거트의 모습을 그의 시야에서 가리게 되었다. 그러고는 군의관의 의례적인 인사의 말을 중간에 끊으며 말했다. "됐네. 저기 저 녀석 어떤지나 좀 봐 주게." 함장은 바닥에 엎어져 있는 클래거트를 가리켰다.

군의관은 눈길을 돌렸고, 자제력이 강한 사람이었음에도 갑자기 드러난 사실에 적잖이 놀랐다. 클래거트의 안색이야 늘 창백했던 터지만 지금은 코와 귀에서 검은 피가 흘러나오고 있었다. 군의관의 전문적인 소견으로 살아 있는 사람이라고 볼 수 없음이 너무나 분명했다.

"그런 건가, 역시?" 군의관을 초조하게 바라보며 비어 함장이 물었다. "나도 그럴 것 같았네. 하지만 분명히 확인해 주게."
그 말에 군의관은 의례적인 확인 과정을 거쳤고, 결과는 처음
눈으로 볼 때 짐작한 바와 다르지 않았다. 그는 고개를 돌려
걱정의 빛이 역력한 눈길로 자신의 상관을 올려다보았다. 어
떻게 된 일이냐고 설명을 요구하는 기색이 가득했다. 하지만
비어 함장은 한 손을 이마에 붙인 채 가만히 서 있기만 했다.
그러다 갑자기 함장은 군의관의 팔을 와락 잡고는 다른 손으
로 클래거트의 시신을 가리키며 외쳤다. "이건 거짓말쟁이 아
나니아에 대한 하느님의 심판이야. 보라고!"

벨리포텐트함의 함장에게서 이전에는 볼 수 없었던 겸앙된
태도를 목격한 것이 걱정스럽기도 하고 또 이게 무슨 사태인
지 전혀 짐작도 할 수 없었지만 신중한 성격의 군의관은 말을
아꼈다. 하지만 이런 비극적인 사건이 일어나게 된 경위에 대
해 함장에게 답을 묻는 듯한 표정은 여전했다.

그러나 비어 함장 역시 꼼짝도 하지 않고 그대로 선 채 생
각에 잠겨 있었다. 그러고는 다시 한번 갑자기 격렬하게 고함
을 질렀다. "하느님의 천사에게 타격을 당해 죽은 거야! 그렇
지만 그 천사는 교수형에 처해야 해!"

이처럼 흥분해서 외쳐 대는 말은 그간의 경위를 전혀 모르
는 사람에게는 아무 의미 없는 고함에 불과했으므로 군의관
은 무척 당황할 수밖에 없었다. 하지만 이제 마음의 평정을 찾
은 함장은 이전보다 흥분이 가신 목소리로 그간의 정황을 간
략하게 설명하고는 덧붙였다. "그건 그렇고, 이리 오시게. 서둘
러야 하네." 그러고는 빌리가 대기하고 있는 방 맞은편을 가리

키며 말했다. "저 친구(클래거트의 시신을 가리킨다.)를 저쪽 방에다 옮기는 걸 좀 도와주게." 함장의 요청에는 은밀하게 처리하겠다는 의도가 분명히 드러났고, 그래서 상당히 이상하다고 여겨져서 군의관은 또다시 당혹스러웠지만, 하급자로서 함장의 명령에 따르는 수밖에 없었다.

"이제 가게." 어느 정도 평소의 태도를 회복한 함장이 말했다. "이제 물러가도 좋네. 곧 약식 군사 재판을 소집하겠네. 장교들에게 이 사건을 알리게. 그리고 모단트 대위(해병 중대장을 가리킨다.)에게도. 그리고 아무에게도 발설하지 말라고 꼭 당부해 두고."

20

불안과 근심으로 가득 찬 군의관은 함장실을 물러났다. 비어 함장께서 갑자기 정신이 좀 이상해지신 건가, 아님, 너무나도 이상하고 이례적인 사건 때문에 일시적으로 흥분하신 건가? 약식 군사 재판만 해도, 군의관의 생각에는, 아무리 좋게 봐준다고 해도 현명하지 못한 조처였다. 일단은 빌리 버드를 구금시킨 다음, 이처럼 이례적인 사건의 경우를 다루는 관례에 따라 더 이상의 조치는 보류하다 본대와 합류하면 그때 제독에게 이첩하는 것이 적절한 것으로 여겨졌다. 그는 비어 함장이 평소의 모습과는 너무나 다르게 격앙된 태도를 보이며 흥분해서 고함을 질러 댄 것을 떠올렸다. 함장님 머리가 어떻게 되신 걸까?

하지만 설사 그렇다고 해도 그런 것은 입증할 수 있는 문제가 아니었다. 그렇다면 군의관으로서는 어떻게 해야 할까? 미쳤다고 의심하지는 않지만, 그렇다고 지적 능력에 아무 문제가 없다고 할 수만은 없는 상관을 모셔야 하는 부하 장교의 입장만큼 난감한 것은 없을 것이다. 상관의 명령에 뭐라 따지는 것은 불손한 짓이다. 불복하는 것은 반란이 될 것이다.

비어 함장의 명령대로 군의관은 위관들과 해병 중대장에게 그간의 경위를 전달했지만, 함장의 상태에 대해서는 전혀 언급하지 않았다. 군의관이 그랬던 것처럼 그들도 경악하며 걱정했다. 역시 군의관과 마찬가지로, 그들 모두 그런 문제는 제독께서 처리하도록 맡기는 것이 옳다고 생각했다.

21

무지개에서 보라색이 끝나고 오렌지색이 시작되는 지점을 선을 그어 구분할 수 있는 자가 어디 있을까? 분명 우리 눈에는 색이 서로 달라 보인다. 그렇지만 한 색깔이 다른 색깔과 섞이면서 그 다른 색깔로 이행하는 지점은 정확히 어디이겠는가? 제정신과 정신 이상 역시 마찬가지이다. 아주 두드러진 경우에는 아무 문제가 없다. 하지만 그저 추정만 되는 경우, 즉 두드러지게 드러나지는 않지만 다양한 정도에 걸쳐 의심이 가는 경우 그 구분을 정확히 내리려는 사람은 거의 없을 것이다. 물론 전문가라면 상당액의 대가를 받고 그렇게 해 줄 것이다. 사람들은 돈을 준다면 무슨 일이건 떠맡거나 착수하는 법이니까.

군의관이 직업적 관점에서 그리고 혼자서만 짐작했듯 비어 함장이 갑자기 머리가 이상해진 것이 사실인가 하는 점은 이 이야기가 전개됨에 따라 독자 여러분이 나름대로 판단할 수밖에 없을 것이다.

지금까지 서술한 사건이 더할 나위 없이 좋지 않은 상황에서 벌어진 것은 자명하다. 대규모 반란이 진압된 직후였고, 따라서 해군 지휘부로서는 모든 영국 해군 지휘관에게 여간해서는 결합하기 힘든 두 가지 다른 자질, 즉 신중함과 적극성을 동시에 발휘하도록 요구해야 하는 중대한 시기였던 것이다.

벨리포텐트함에서 발생한 그 사건 자체의 정황과 그 사건 이전에 진행되어 온 정황이 뒤죽박죽된 상황에서, 그리고 그 사건을 공식적으로 판단해야 할 군법 측면에서, 클래거트와 버드를 통해 표상되었던 무죄와 유죄는 사실상 뒤바뀌어 버렸다. 법률 관점에서 보자면 이 비극적인 사건의 희생자는 아무 죄도 없는 사람을 죄인으로 만들려고 한 인물이었다. 그리고 그 죄 없는 사람이 저지른 것이 명백한 그 행위는, 해군의 관점에서 봤을 때, 군법으로 다스릴 수 있는 최악의 범죄 행위였다. 문제는 여기서 그치지 않는다. 이 사건과 관련해서 근본적으로 누가 옳고 그른가 하는 문제는, 그 점이 명백해지면 명백해질수록 그 사건을 책임져야 하는 충성스러운 해군 지휘관은 그만큼 더 곤경에 처할 수밖에 없었다. 애초에 그 지휘관에게는 그런 원초적인 잣대를 근거로 결정을 내릴 수 있는 권한이 없기 때문이었다.

평소 신속한 결정을 내리는 사람이었던 벨리포텐트함의 함장이 이 사건을 다룰 때 신속함 못지않게 신중함도 필요하다고 생각한 것은 그리 놀라운 일은 아니다. 모든 정황을 종합해 볼 때, 자신이 앞으로 취해야 할 방침을 세세한 부분까지 확실하게 결정할 때까지는, 그뿐 아니라 그렇게 해서 최종적으로 결정된 조치가 실행에 옮겨지기 직전까지는 이 사건이 외부에 알려지는 것을 최대한 막아 놓는 것이 적절하다고 함장은 판단했다. 이 부분에서 함장은 실수했을 수도 있고 그렇지 않았을 수도 있다. 분명한 사실은 그 이후 여러 함포실과 선실에서 은밀하게 나눈 대화 중 함장의 이런 조치를 강하게 비판하는 발언들이 여러 장교의 입에서 흘러나왔다는 것이다. 물론 함장의 친구들은 이 장교들이 별처럼 빛나는 비어 함장을 직업적으로 시기해서 그런 발언을 한 것으로 치부했으며, 특히 함장의 사촌인 잭 덴톤이 그런 주장을 격렬하게 제기한 바 있다. 장교들이 그런 시기 어린 발언을 한 데는 어느 정도 짐작할 만한 근거가 있었다. 사건의 진상을 철저히 비밀에 부치고 그 사건에 관한 정보를 사건 발생 현장, 즉 후갑판 함장실 내부로만 한정시켰다는 사실은 러시아 야만의 황제 표트르 대제가 건설한 수도의 왕궁에서 반복적으로 발생했던 비극적인 사건들을 처리하는 과정에서 채택한 방침과 어느 정도 비슷한 데가 있었기 때문이었다.

실제로 이 사건은 벨리포텐트함의 함장이 살인을 저지른 앞돛대 망루병을 철저하게 감금해 두는 것 이외의 다른 조치를 보류했다가 본함대와 합류한 다음, 함대의 지휘관인 제독에게 그 처리를 상신하는 것이 마땅한 사안이었다.

하지만 진정한 군 지휘관이라면 진정한 수도승 같은 구석

이 있는 법이다. 진정한 수도승이 자기 부정보다 더한 것으로
도 수도 정진의 서약을 지키려고 하는 것만큼이나 군 지휘관
은 군인으로서의 의무에 충실하겠다는 서약을 지키려고 한다.

비어 함장의 머릿속에서는 신속하게 조치하지 않으면 앞돛
대 망루병의 범죄 행위가 포열 갑판에 알려지는 즉시 수병들
사이에 잠복해 있을지도 모를 노어항 대반란의 불씨를 되살
려 놓을 수도 있을 것이라는 생각이 다른 모든 고려 사항들
을 압도해 버렸다. 하지만 비어 함장은 양심에 따라 엄격한 규
율로 부하를 다스리는 사람이었지만 그렇다고 해서 권위를 지
키기 위해 권위를 행사하는 사람은 아니었다. 그는 도덕적 책
임에 따르는 위험을 혼자 차지할 기회를 환영하는 부류의 사
람이 결코 아니었다. 상관에게 상신하거나 하급자까지 포함하
여 동료 장교들과 함께 부담하는 것이 마땅한 경우는 말할 것
도 없었다. 이렇게 생각했기 때문에, 함장은 이 사안을 자기
휘하의 장교들로 구성될 약식 군사 재판에 회부하고, 최종 책
임을 져야 할 사람으로서 자신이 그 재판 과정 전체를 감독하
면서, 필요하다면 공식적이건 비공식적이건 적절하게 개입할
권리를 행사하는 것이 상례에 어긋나지 않으리라 여기고 흡
족해했다. 이 생각대로 약식 군사 재판이 즉시 소집됐다. 함장
이 선발한 인원은 선임 대위와 해병 중대장, 그리고 항해장이
었다.

일개 수병이 연루된 사건을 다루는 재판정에 선임 대위와
항해장 이외에 해병 중대장을 합류시킨 점에서는 함장이 일
반적인 관례에서 약간 벗어났다고 할 수 있다. 함장이 그렇게

결정한 데는 이 해병대 중대장이 군인으로서 신중한 인물이면서 사려 깊고 또 이전에는 경험해 보지 못한 어려운 사건을 다룰 수 있는 역량이 전혀 없지 않은 것으로 판단했기 때문이었다. 하지만 이 인물에 대해서도 함장에게는 일말의 의구심이 없지 않았다. 먹는 걸 즐기고, 잠도 잘 자며, 약간 뚱뚱한 편인 이 사람은 본성이 매우 선량하면서도 전투에서는 언제나 대장부로서의 용맹을 떨칠 것이 분명한 사람이지만, 비극적인 사건과 관련된 도덕적 난제를 다루는 데 있어서는 그다지 믿을 만하지 못할 수도 있었기 때문이었다. 선임 대위와 항해장에 관해서는, 비어 함장은 이들이 선량하며 용감하게 전투에 임하는 사람들이지만 그들의 지적 능력이 대부분 능숙한 항해술과 직업상 요구되는 전투 수행력에 한정되어 있다는 사실을 너무나도 잘 알고 있었다.

재판은 그 불행한 사건이 벌어졌던 현장인 함장실에서 개최됐다. 함장 전용인 이 선실은 후갑 아래쪽 구역 전체를 차지하고 있었다. 함장실 안 고물 쪽으로 접견실이 양쪽으로 하나씩 딸려 있었다. 현재로서는 각각 임시 구치소와 시체 안치소로 활용되고 있는 작은 선실들이다. 그 둘 사이에 마련된 더 작은 크기의 격실을 빼고 나면 나머지는 함선 폭만큼의 길이를 가진 장방형의 상당히 큰 공간을 이루고 있었다. 천장에는 적당한 크기의 채광창이 있었고, 장방형 공간의 양쪽 끝에는 유사시 뒤로 젖혀 작은 대포를 설치하는 총안이 될 수 있도록 틀로 짜서 달아 놓은 현창이 하나씩 있었다.

모든 것이 일사천리로 준비되자 빌리 버드의 인정 신문이 시작됐다. 비어 함장은 불가피하게 유일한 증인으로 출두할 수밖에 없었기 때문에 일시적이나마 부하들 앞에서 증언하게 되었다. 그렇지만 자신은 바람이 불어오는 쪽에 섰고 그 때문에 판사들은 바람이 불어 가는 쪽에 앉을 수밖에 없었는데, 사소한 것이지만 나름대로 상급자의 위신을 지키는 한 가지 방편이었다. 함장은 사건의 시작에서부터 파국적인 결말에 이르기까지의 과정을 간략하게 진술했다. 클래거트의 고발 내용에서 빠뜨린 부분도 없었고 피고가 그 내용을 들었을 때 어떤 식으로 반응했는지도 진술했다. 이 증언을 듣고 세 명의 장교들은 모두 무척 놀라며 빌리 버드를 바라보았다. 클래거트가 주장했다는 반란 음모에 가담했다거나 실제로 일어났던 그 범죄 행위를 저지른 범인이 빌리라는 사실을 믿기 힘들었기 때문이다. 수석 판사의 권한으로 선임 대위가 먼저 피고를 향해 물었다. "비어 함장께서 증언하셨다. 함장의 말씀이 사실인가, 사실이 아닌가?"

이 질문에 대한 답은 예상했던 것보다는 말더듬증이 훨씬 덜한 편이었다. "비어 함장님께서 하신 말씀 모두 사실입니다. 비어 함장님께서 말씀하신 대로이지요. 하지만 선임 부사관께서 말씀하신 건 사실이 아닙니다. 전 지금까지 국왕 폐하의 녹을 먹어 왔고, 국왕 폐하께 충성을 다하는 신민입니다."

"나는 귀관의 말을 믿네." 증인이 감정을 드러내지 않으려고 노력하는 듯한 목소리로 말했다. 그 목소리가 아니었다면 그가 자신의 감정을 억누르고 있다는 것을 전혀 눈치챌 수 없었을 것이다.

"믿어 주신다니 감사합니다. 하느님의 가호가 있을 겁니다, 함장님!" 빌리는 조금 더듬는 말로 감사를 표하고는 울음을 터뜨렸다. 하지만 곧 다른 질문이 제기됐고, 빌리는 다시 자신의 마음을 추슬러야 했다. 이 질문에 대한 답변에서도 빌리는 감정이 격해져서 말을 더듬을 수밖에 없었다. "아닙니다. 우리 사이에 악감정 같은 건 없었습니다. 전 선임 부사관님께 나쁜 마음을 품어 본 적도 없습니다. 돌아가시게 돼서 정말 죄송스럽게 됐습니다. 전 죽일 생각이 전혀 없었습니다. 제 혀가 제 마음대로 움직였다면 그분을 때리지도 않았을 겁니다. 하지만 그분은 제 면전에서, 그리고 저의 함장님이 계신 곳에서 악의적인 거짓을 말씀하셨습니다. 전 뭐라 말을 해야 했는데, 그게 팔을 뻗는 것으로 나오게 된 겁니다. 하느님께 맹세합니다!"

빌리가 감정에 북받쳐서 너무나 솔직하게 진술하는 것을 지켜본 판사들은 그제야 바로 전에 증인이 한 말을 이해할 수 있었다. 빌리가 반란의 음모에 가담한 바가 없다고 열심히 부인하고 난 직후 증인이었던 함장의 입에서 나온 "나는 귀관의 말을 믿네."라는 말에 재판관들은 당혹감을 느낄 수밖에 없었는데, 빌리의 이 말을 듣고서는 함장의 말에 들어 있던 의미에 공감하게 된 것이었다.

다음 질문은 지금 승선하고 있는 병력 중에서 누구든 앞으로 발생하게 될 문제(반란을 의미했지만 구체적인 단어를 사용하는 것은 피했다.)를 만들고 있는 자를 알고 있거나 그럴 것 같다고 의심되는 자가 있는지에 관한 것이었다.

대답은 빨리 나오지 않았다. 당연히 재판관들은 이전의 대답을 지체시키고 방해했던 말더듬증이 이번에도 작용했기 때문이라고 생각했다. 하지만 이번에는 그렇지 않았다. 질문을 듣자마자 빌리는 앞돛대 고정줄로 가려진 구역에서 후갑판병과 만났던 일을 떠올렸다. 하지만 동료 선원을 고자질하는 것이나 마찬가지인 역할을 하는 것에 대해 천성적인 거부감을 느꼈다. 이 거부감은 그 만남이 있고 난 직후 그 일에 대해 보고하지 못하도록 빌리를 가로막았던 자발적인 명예 의식과 같은 것이었다. 사실 전함에 승선한 충성스러운 선원으로서 그런 문제를 상부에 보고하는 것은 그의 의무였다. 그러지 않았다는 것이 알려지고 추궁받게 되었다면 엄중한 징계를 받았을 것이었다. 이런 생각과 현재로서는 아무런 음모도 진행되고 있지 않을 것이라는 맹목적인 느낌이 빌리의 머릿속을 가득 채웠다. 질문에 대한 답은 부정적으로 나왔다.

"한 가지만 더 질문하지." 해병 중대장이 짐짓 진지한 척하며 처음으로 입을 열었다. "귀관은 선임 부사관이 귀관에 대해 보고한 내용이 거짓이라고 주장하고 있어. 그럼 왜 선임 부사관이 그런 거짓말을 했을까. 그렇게 악의적으로 말이야. 귀관은 그와 악감정이 전혀 없었다고 하지 않았나?"

고의는 아니었지만, 자신의 지적 능력으로서는 도저히 가늠할 수 없는 정신적인 영역과 관련된 질문을 받자 빌리는 몹시 당혹스러워했고, 누가 보더라도 숨기고 있는 죄의식이 자기도 몰래 드러나는 바람에 쩔쩔매는 것으로 받아들일 수밖에 없을 정도였다. 그렇지만 빌리는 어떻게든 대답해 보려고 애썼다. 그러다 일순 헛된 노력을 포기하고 비어 함장 쪽으로 고개를 돌려 마치 비어 함장이 자신을 도와줄 친구이기라도 한 것처럼 호소하는 듯한 눈빛으로 쳐다봤다. 잠시 자리에 앉아 있던 비어 함장은 일어서서 질문을 던진 판사를 향해 입을 열었다. "귀관이 피고에게 한 질문은 충분히 제기할 만한 질문이네. 그렇지만 그런 질문에 어떻게 피고가 적절하게 답할 수 있겠는가? 다른 누구라도 마찬가지일세, 저기 죽어서 누워 있는 사람이 아니고서는 말일세." 함장은 시체가 안치된 접견실을 가리켰다. "하지만 저 방에 엎어져 있는 사람은 우리가 불러도 일어나지 못하겠지. 사실 나만 그렇게 생각하는지 모르겠지만, 귀관이 제기한 요점은 거의 의미가 없네. 선임 부사관이 그런 고발을 한 동기가 어떤 것이냐라든가 살인을 야기한 타격 자체가 근거가 있는 정당한 것이었냐 하는 것과는 상관없이, 군사 법정은 본 사건을 다룸에 있어서 어떤 일이 있어도 그 타격의 결과에만 주의를 한정시켜야 하네. 그 결과는 타격을 가한 사람이 저지른 행위의 결과 이외의 다른 어떤 것의 결과로도 간주될 수 없는 것이니까 말일세."

빌리로서는 함장의 이 말 자체는 물론 이 말이 궁극적으로 무슨 의미를 품고 있는지 제대로 이해하는 것이 불가능했다. 그런데도 빌리는 더 자세한 설명을 기대하는 듯 애절한 눈길로 함장을 바라보았다. 빌리의 표정은 그 무언의 간절함에 있어서 유순한 품종의 개가 주인을 돌아다보며 개의 지적 능력으로 파악하기에는 모호했던 조금 전의 손짓이 무슨 의미였는지를 좀 더 명확하게 확인하기 위해 주인의 얼굴을 올려다보는 표정과 다르지 않았다. 함장의 이 발언은 세 장교들에게 커다란 반향을 일으켰다. 특히 해병 중대장의 충격은 컸다. 그 발언의 이면에는 그들로서는 전혀 예상하지 못했던 어떤 의미가 도사리고 있으며, 그 의미는 함장 자신이 이미 내려놓은 예단과 관련이 있는 것으로 여겨졌기 때문이었다. 이 때문에 재판관들이 이미 겪고 있던 정신적인 혼란은 더 심해졌다.

해병 중대장이 다시 한번 입을 열었다. 은근히 의혹을 담은 어조로 동료 장교들과 비어 함장 모두에게 하는 말이었다. "아무도 출석하지 않았군요. 제 말은, 우리 함선의 그 많은 인원 중에 이 사건에서 해결되지 않고 남아 있는 의문점에 새로운 시사점을 던져 줄 수 있는 사람이, 그런 사람이 있는지도 모르겠지만, 이곳엔 없군요."

"자네 아주 신중한 발언을 했군." 비어 함장이 말을 받았다. "귀관이 무슨 의도로 그런 말을 했는지 알 것 같네. 맞아, 도무지 알 수 없는 문제가 남아 있긴 하지. 하지만 성경 구절로 표현하자면, 그 문제는 '불법의 비밀' 같은 것이야. 심리와 관련된 신학을 연구하는 사람들의 관심사이지. 그런데 군사 재판에서 그게 왜 문제가 되지? 우리가 무슨 수를 써서라도 계속 그 문제를 해결하려고 해 봤자 혀가 묶여 버린 저기 저 사람의 영원한 침묵으로 무위에 그치고 말 것이란 사실은 차치하고서라도 말이야." 다시 한번 함장은 시체가 안치된 접견실을 가리켰다. "피고의 행위, 우리는 오로지 그것만 따져야 하네."

이 말에, 그리고 특히 함장이 마지막에 반복해서 덧붙인 말에 어떻게 대꾸해야 할지 몰랐던 해병 중대장은 시무룩해져서 아무 말도 못 했다. 재판 초입에서 수석 판사의 역할을 아주 자연스럽게 수행했던 선임 대위가 말보다 더 효과적인 비어 함장의 눈길이 전하는 지령에 따라 다시 수석의 역할을 하기 시작했다. 피고를 돌아보며 선임 대위가 입을 열었다. "버드." 목소리가 떨렸다. "버드, 귀관을 위해 어떤 말이건 더 할 말이 있으면 지금 하지."

이에 그 젊은 수병은 또다시 비어 함장 쪽으로 눈길을 주었다. 그러다 그렇게 했다는 것 자체로부터 어떤 깨달음, 즉 지금은 아무 말도 하지 않는 것이 최선이라는 본능적인 느낌을 확인해 주는 암시라도 받은 듯 선임 대위를 보며 말했다. "더 할 말이 없습니다."

재판 내내 빌리 옆에는 해병 하나가 서 있었다. 빌리가 선임 부사관을 따라 함장실로 들어설 당시 함장실 바깥에서 위병으로 근무하고 있던 병사였다. 해병은 이제 피고와 피고를 감시하던 자신에게 원래 배정됐던 고물 쪽 접견실로 피고를 데려가라는 명령을 받았다. 두 사람이 시야에서 벗어나자 세 명의 장교들은 빌리가 면전에 있다는 사실만으로도 느낄 수밖에 없었던 정신적인 부담을 조금은 덜면서 일제히 한 번씩 자리에서 몸을 뒤척였다. 그들은 결정을 내려야 하고, 그것도 가급적 빠르게 내려야 한다는 것을 알고는 있지만, 쉽사리 결정을 내릴 수 없어서 곤혹스러워하는 시선을 서로 주고받았다. 그동안 비어 함장은 아무 생각 없이 이들에게 등을 돌린 채 서 있었다. 평소 늘 그러던 것처럼 느닷없이 깊은 상념에 잠겨 우두커니 서 있는 것이었다. 함장은 창틀 현창을 통해 어둑해진 바다 위 텅 빈 하늘을 바람 불어오는 쪽으로 올려다보고 있었다. 재판정에서는 이따금 진지하고 나직한 목소리로 서로 의견을 주고받는 세 장교의 짧은 대화를 제외하면 고요한 정적이 계속 이어졌다. 이를 의식한 비어 함장은 서서히 깨어나 움직이기 시작했다. 몸을 돌려 돌아선 함장은 함장실을 가로질러 왔다 갔다 걷기 시작했다. 그러다 바람이 불어오는 쪽으로 되돌아올 때 공교롭게도 배가 뒤쪽으로 기울면서 함장은 오르막 경사를 걸어 올라오게 되었다. 자신은 의식하지 못했지만, 함장의 그 모습은 바람과 바다같이 강력한 원초적인 충동을 무릅쓰고서라도 어려움을 극복해 내겠다는 불굴의 의지를 상징하는 것 같았다. 이윽고 함장은 세 명의 판사 앞에 멈춰 섰다. 그들의 얼굴을 들여다보며 함장은 생각에 잠겼다. 자기의 생각을 적절하게 표현하기 위해 생각을 정리하고 있는 것은 아니었다. 그보다는 선량하지만 지적으로는 성숙하지 못한 사람들, 그래서 자신에게는 자명한 원칙이지만 자신이 자세히 설명해 주어야 이해할 수 있는 사람들에게 어떻게 자기 생각을 전달하는 것이 최선일지 고민하는 것이었다. 일부 지식인들이 대중 집회에서 연설하는 것을 주저하는 것도 이와 비슷하게 입을 열어 말하는 것 자체가 불편하게 여겨지기 때문이다.

　함장이 말을 시작하자 그 말의 의미에서나 그 의미를 전달하는 방식에서 함장이 그동안 누구의 도움도 없이 혼자 해 온 학습을 통해 현직에 있으면서 습득한 실제적인 경험을 조정하고 가공해 온 결과가 드러났다. 함장의 어휘 선택과 더불어

바로 이런 점이 현장 경험을 통해 실질적인 지식을 많이 쌓은 부류의 함장들이 자기들끼리 이야기를 나눌 때 별처럼 빛나는 비어가 국왕 폐하의 해군이 확보할 수 있는 최상의 지휘관이라는 점에 대해서는 솔직히 인정하면서도, 그가 어떤 면에서는 확실히 현학적인 데가 있다고 흉을 보는 근거가 되기도 했을 것이다.

함장의 말은 이랬다. "지금까지 본관은 오로지 증인의 역할만 해 왔네. 귀관들이 이 위급한 시기에 결정을 내리지 못하고 불안해하면서 망설이고 있는 것을 보니 내가 당분간 귀관들의 보조 판사 역을 맡아서 지금까지와는 다른 목소리를 내지 않을 수가 없겠네. 귀관들이 망설이는 것은 군인으로서의 의무와 양심의 가책이 서로 충돌하는 데서 비롯된다고 나는 확신하네. 양심의 가책은 연민의 정 때문이겠지. 연민으로 말하자면 본관도 어찌 귀관들과 다르겠나? 그러나 나는 중차대한 책무에만 집중하면서 결정을 내리는 데 장애가 되는 양심의 가책을 극복하려고 노력하고 있어. 귀관들, 난 이 사건은 아주 예외적인 경우라고 변명하면서 나 자신을 기만하려고 하지 않아. 이론적으로 따지자면 이 사건은 궤변론자들에게 판결을 맡기는 게 나을지도 모르지. 하지만 여기 있는 우리는 궤변론자들도 아니고 도덕주의자들도 아니므로 이 사건을 실제적인 사건으로 간주해야 하고, 그것도 군법에 의거해서 판단할 수밖에 없다네.

하지만 귀관들은 여전히 양심의 가책에 시달리고 있지. 그 양심의 가책이라는 것이 어둠 속에서 이리저리 움직이고 있나? 불러내 보게. 다가와서 모습을 드러내라고 해 보라고. 자, 따져 보지. 바로 이런 요지이겠지? 만일 우리가 정상을 전혀 참작하지 않고 선임 부사관의 죽음을 피고의 행위에 의한 것으로 간주하기로 한다면, 그렇다면 그 행위는 사형으로 처벌해야 하는 중범죄에 해당하네. 그렇지만 자연적인 정의의 관점에서 봤을 때 오로지 피고의 행위만 고려하는 것이 옳을까? 피고는 하느님 앞에 죄가 없는데, 그리고 우리도 피고가 그렇다고 생각하는데, 우리가 어떻게 감히 같은 피조물인 피고에게 수치스러운 죽음을 즉결로 선고할 수 있단 말인가? 내 설명이 맞지? 머리를 끄덕이는 걸 보니 귀관들도 내키지는 않지만 동의하는군. 그래, 나 역시 그렇게 생각하고 있어. 진심으로. 그게 자연의 이치에 맞는 거지. 그렇지만 지금 우리 군복에 달린 단추들, 이것들이 우리가 자연에 충성해야 한다는 서약을 상징하나? 아니지. 국왕 폐하에 대한 충성이지. 바다, 태고의 순수함을 간직한 원초적인 자연이지. 선원으로서의 우리 삶을 좌지우지하는 자연이야. 그렇다고 국왕 폐하께서 임명한 장교로서의 우리의 의무 역시 바다에 상응하는 자연적인 영역에 있을까? 절대 그렇지 않지. 왜냐하면 장교로 임관하면서 우리는 가장 핵심적인 측면에서 자율적인 자연인으로 사는 것을 포기한 것이니까. 전쟁을 선포하면서 전투를 수행할 우리의 의견을 물어본 적이 있었나? 우린 명령에 따라 전투를 수행해. 우리가 그 전쟁이 옳은 전쟁이라고 판단한다면 그건 순전히 우연의 일치일 뿐이지. 다른 사안들도 마찬가지야. 지금도 그래. 왜냐, 지금 현재 우리가 판단하고 있는 사건에 대해 유죄 판결이 내려질 것이라고 가정해 보자고. 그 유죄 판결을 내리는 것이 우리 자신이라기보다는 우리를 통해 작동하는 군법이지 않을까? 군법 자체에 대해서, 그리고 그 군법이 엄정한 것에 대해서 우리는 아무 책임이 없어. 우리가 책임지겠다고 서약한 건 이거지. 어떤 경우 그 법이 아무리 가혹하게 적용된다 해도 우리는 어떻게든 그 법을 고수하고 또 그 법을 집행하겠다는 것 말이야.

하지만 귀관들의 마음은 흔들리고 있지. 이 사안에 뭔가 예외적인 것이 있기 때문이겠지. 내 마음도 흔들리긴 마찬가지야. 그렇지만 따뜻한 마음이 차가워야 하는 머리를 배반하게 돼선 안 되지. 뭍에서 형사 재판이 열리고 있다고 해 보세. 올곧은 판사라면 피고의 친척이라고 가녀린 여성이 울면서 탄원하는 것에 영향을 받아 판사의 직분을 저버리겠나? 자, 마음, 간혹 남자 안에 들어 있는 여성적인 것이라 할 수 있는 마음이 이 예에서는 그 가여운 여성이라네. 그리고 우린 지금 힘들더라도 이 여성을 배제해야만 하는 것이지."

함장은 잠시 말을 멈추고 찬찬히 판사들의 표정을 들여다봤다. 그러고는 말을 이었다.

"귀관들의 표정은 귀관들의 내면에서 작용하는 것이 마음만이 아니라 양심, 개인적인 양심도 있다고 항변하는 것 같군. 그러나 우리의 신분을 고려해 볼 때, 공식적인 업무에서 우리가 참조해야 할 유일한 근거가 되는 군법에 명시된 제국의 양심이 우리의 개인적인 양심보다 우선해야 마땅하지. 그렇지 않겠나?"

여기서 세 명의 장교는 앉은 채로 몸을 꼼지락거렸다. 함장의 말에 설득되어 그렇다기보다는 그 말이 전개하고 있는 논리 자체가 자신들의 마음속에서 저절로 발생한 갈등을 더 부추기고 있어서 심란해졌기 때문이었다.

그 사실을 인지한 함장은 잠시 말을 멈추었다. 그러고는 갑자기 어조를 달리해서 말을 이어 나갔다.

"마음을 좀 진정시키기 위해 사실들로 돌아가 보지. 전시에 항해 중인 전함의 승조원이 상관을 구타했고, 그 상관은 죽었다. 그 결과와 상관없이 구타 그 자체가 전투 수칙상 중범죄에 해당한다. 더구나……."

"맞습니다, 함장님." 해병 중대장이 흥분한 목소리로 끼어들었다. "어떤 점에서는 맞습니다. 하지만 버드는 반란을 기도한 것도 살인을 기도한 것도 아니지 않습니까."

"당연히 아니지, 이 사람아. 군사 법정보다는 덜 전제적이고 더 온정적인 법정에서라면 그런 호소는 정상 참작에 크게 기여하겠지. 최후의 심판에서는 무죄도 받아 낼 수 있을 거야. 그렇지만 여기서는 어떻게 그럴 수 있지? 우린 해상반란법에 의거해서 재판을 하고 있는 것이잖아. 이 법은 외모에서 아이가 아버지를 닮는 것보다 더 그 정신에 있어서 이 법을 있게 한 것, 즉 전쟁을 닮았다네. 폐하의 군대에는, 그리고 우리 배에도 마찬가지로, 자신의 의지에 반하지만 국왕 폐하를 위해 싸워야 하는 영국 신민들도 있어. 우린 잘 모르지만, 자신의 양심도 거스르고 있겠지. 같은 인간으로서 우리는 그 사람들의 입장을 이해해 줄 수는 있을 거야. 하지만 해군 장교로서의 우리에게 그게 무슨 상관이겠는가? 적군은 더 그렇겠지. 적군은 우리 군이라면 강제 징병된 병사들이건 자원 입대한 병사들이건 가리지 않고 도륙하려 들겠지. 적군의 해군 징집병들도 마찬가지일 거야. 국왕을 시해한 프랑스 집정부를 우리와 마찬가지로 혐오하는 이들도 있을 거란 말이지. 우리 쪽도 마찬가지이고. 전쟁은 앞면만, 즉 외관만 본다네. 그리고 전쟁의 자식인 해상반란법은 아비를 닮았어. 버드에게 의도가 있었느냐 없었느냐는 그 법의 취지와는 하등 상관이 없네.

귀관들이 양심의 가책으로 힘들어하는 것, 본관은 충분히 이해하네. 하지만 난 다시 한번 강조하겠네. 귀관들이 그런 고민을 하면서 간단하게 끝나야 할 이 재판의 진행을 질질 끌고 있는 동안에도 적 함선이 출현할 수 있고 전투가 벌어질 수도 있어. 우린 결정해야 해. 둘 중 하나야. 유죄 아니면 방면."

"유죄로 판결하되 형량을 낮출 수는 없겠습니까?" 항해장이 처음으로 입을 열었다. 목소리가 떨려 나왔다.

"귀관들, 우리가 전후 사정을 고려해서 그런 식으로 판결하는 것이 지극히 합법적이라 하더라도, 그렇게 관대한 처분의 뒷사태를 한번 생각해 봐. 이 사람들(승조원들을 의미한다.)도 모두 타고난 지각력이란 게 있어. 대부분 해군의 관례와 전통에 대해서도 잘 알고 있고. 그럼, 그 사람들이 이 사안을 어떻게 받아들이겠어? 귀관들이 그 사람들에게 설명해 줄 수 있다손 치더라도, 물론 재판관으로서 우리 입장에서는 금지된 것이지만, 그렇다 하더라도 그 사람들은 오랫동안 일방적인 규율로 통제받으며 생활해 왔기 때문에 그런 조치를 세세한 사정까지 감안하면서 이해할 수 있는 지적 수용력을 갖추고 있지 못해. 이해 못 해. 그 사람들에게는 앞돛대 망루병의 행위는, 공고문을 어떻게 써 놓든, 노골적인 반란에 의한 명백한 살인이야. 어떤 처벌이 내려져야 하는지 그 사람들은 알고 있어. 그런데 그런 처벌이 집행되지 않아. 왜? 곰곰이 생각해 보겠지. 선원들이 어떤 사람인지 귀관들은 잘 알고 있잖아. 최근의 노어항 사건을 떠올리지 않을까? 그러겠지. 그 사건이 영국 전역에 가한 충격적인 공포는 충분히 그만한 근거가 있는 것이고, 그들도 그 사실을 잘 알고 있어. 귀관들이 관대한 처벌을 내린다면 그 사람들은 그걸 소심함의 결과로 받아들일 거야. 우리가 겁먹고 몸을 사리는 것으로, 그들을 무서워하는 것으로 생각하겠지. 이 사건을 계기로 또 다른 반란이 발생할까 봐 무서워서 이 사건의 정황에 마땅히 요구되는 엄정한 법 집행을 우리가 회피한 것으로 해석할 것이란 말이지. 그들이 그렇게 생각하게 된다면 그건 우리에겐 얼마나 수치스러운 일이 될 것이며, 또 그들의 기강을 잡는 데는 얼마나 치명적인 영향을 미치겠는가. 그러니까 귀관들, 본관이 의무와 법을 받들고자 어느 방향으로 흔들림 없이 나아가고 있는지 아시겠지. 하지만 내 동료들인 자네들에게 호소하네. 내게 무슨 문제가 있다고는 생각지 마시게. 나 역시 귀관들과 마찬가지로 이 불운한 아이를 안타깝게 여기고 있다네. 하지만 나는 이 아이가 우리의 진심을 알게 된다면, 군사적인 고려하에 자신에게 중형을 내릴 수밖에 없었던 우리의 처지를 안타깝게 여겨 줄 만큼 관대한 천성을 가진 사람이라고 생각하네."

이 말과 함께 함장은 갑판을 가로질러 원래 서 있던 창틀 현창 옆으로 걸어갔다. 결정을 내리라고 세 장교를 위해 자리를 피해 준 것이었다. 고민에 빠진 판사들이 침묵 속에 함장의 맞은편에 앉아 있었다. 소박하며 실제적인 사람들로서 함장에게 충성을 다하는 부하들인 그들은 사실 함장이 자신들에게 제시한 주장에 대해 몇 가지 동의하지 못하는 부분도 있었지만 진지한 분이라고 믿고 있었고, 또 계급에서뿐만 아니라 지적 능력에서 자신들보다 우월한 사람과 논쟁을 벌일 능력도 없었으며, 또 그러고 싶은 마음도 전혀 없었다. 하지만 함장의 말이 그들에게 아무런 영향을 미치지 않은 것은 아니었으나, 그렇다고 해군 장교로서의 그들의 본능에 호소한 마지막 구절만큼 가슴에 와닿았던 건 아닌 듯했다. 이 점을 미리 간파하고 있었기에 함장은 함대 전체의 분위기를 아직 확실하게 확인할 길이 없는 현재 전함의 수병이 항해 중에 폭력을 써서 상급자를 살해하고도 즉결 처분해야 하는 중범죄가 아닌 다른 범죄로 판결받게 되었을 때 다른 수병들의 기강을 유지하는 것이 현실적으로 어려워지리라는 점을 언급해 둔 것이었다.

이들이 처한 상황은 1842년 미국 해군 소속 쌍돛대 전함 소머스호에서 벌어진 상황과 어느 정도 비슷했을 것이다. 당시 소머스함 함장도 불안감에 휩싸인 채 영국의 해상반란법을 참조하여 만든 전시법에 의거, 전함의 통제권을 접수하겠다는 음모를 획책한 혐의로 수습 장교 한 명과 수병 두 명을 처형하기로 결정했다. 처형은 전시가 아닌 시기에 그것도 항해를 시작한 지 며칠 지나지 않은 시점에 그대로 시행됐다. 이 결정은 이후 육상에서 열린 해군 법정에서 정당한 것으로 인정됐다. 아무 논평도 첨가되지 않은, 있는 그대로의 역사적 사실이다. 소머스함의 사정이 벨리포텐트함의 사정과 똑같지 않았음은 사실이다. 그러나 급박하다고 판단했다는 점은, 그것이 정당한 판단이었든 그렇지 않았든, 거의 비슷했다.

한 무명 작가는 이런 구절을 남겼다. "전투가 벌어진 뒤 사십 년이 지나서 비전투원이 그 전투가 어떻게 전개되어야 했는지를 논하기는 쉽다. 자욱한 포연 속에서 쏟아지는 총탄을 무릅쓰며 그 전투를 실제로 지휘하는 것은 전혀 다른 문제이다. 현실적 측면과 도덕적 측면 모두를 고려해야 하고, 게다가 즉각적으로 대응하는 것이 꼭 필요한 다른 위기 상황과 관련해서도 이것은 마찬가지이다. 안개가 짙을수록 쾌속 증기선은 그만큼 더 위험해지며, 그렇기에 누군가를 치어 죽일 수 있는 위험을 무릅쓰고서라도 속도를 높여야만 하는 것이다. 선실 안에서 아늑하게 앉아 카드 게임이나 하고 있는 사람들은 잠도 못 자고 함교를 지키는 사람들이 느끼는 부담을 거의 의식하지 못하는 법이다."

간략하게 정리하자면, 빌리 버드는 공식적으로 유죄로 판결받아 다음 날 아침 일찍 활대 끝에 매달아 교수형에 처해지게 되었다. 판결 당시가 밤이었기 때문이었다. 밤이 아니었다면 그와 유사한 사례에서와 마찬가지로 즉결 처분됐을 것이었다. 전시 상황에서 육상에서나 해상에서, 때로는 장군이 고개만 까딱거려도 그만이지만, 약식 군사 재판을 통해 사형이 선고될 경우, 그 직후 항소 없이 형이 집행되는 것이 상례이다.

22

    비어 함장은 자신의 제안으로 피고에게 판결 내용을 고지하는 일을 떠맡았다. 피고를 감금하고 있는 격실로 간 함장은 해병에게 잠시 물러나 있을 것을 명했다.

    선고 내용을 전달하는 것 외에 두 사람 사이에 어떤 일이 있었는지는 알 길이 없다. 하지만 접견실에서 짧은 기간 단둘만 있었던 이 사람들의 성격, 인간 본성의 아주 귀한 자질들, 그것도 아무리 식견이 높은 사람이라도 감히 짐작조차 할 수 없을 정도로 고귀한 자질들을 공유하고 있는 두 사람의 성격을 바탕으로 몇 가지 상황을 추정해 볼 수는 있을 것이다.

    비어 함장이 이때 사형 선고를 받은 이에게 아무것도 숨기지 않고, 그 판결이 이르게 된 과정에서 자신이 한 역할에서부터 왜 자신이 그렇게 했는지를 솔직히 말해 줬더라면 그것은 함장 자신의 근본적인 마음과 일치하는 결정이었을 것이다. 빌리 쪽에서 보자면, 그런 고백을 하는 사람의 마음과 크게 다르지 않은 마음으로 그 고백을 받아들였을 것으로 짐작하는 것 역시 무리가 아니다. 당사자에게 솔직하게 모든 것을 말해 주고 있다는 사실을 함장이 자신을 용감한 사람으로 생각하고 있는 것으로 받아들이고 감사하면서 일말의 희열을 느꼈을 수도 있다. 선고 자체에 대해서도, 죽음을 두려워하지 않을 사람이라는 믿음에서 자신에게 언도됐다는 사실을 빌리가 눈치채지 못했을 리가 없었다. 여기서 그치지 않았을 수도 있다. 비어 함장이 평소의 침착하고 냉담한 듯한 외관 밑에 숨겨져 있던 뜨거운 감정을 되살려 밖으로 드러냈을 수도 있다. 함장은 빌리에게는 아버지뻘의 나이였다. 군인의 의무에 철저하게 헌신해 온 이 사람이 일상에 맞게 형식화된 인간성의 내면에 남아 있는 원초적인 정서를 드러내는 부드러운 모습으로 되돌아가 종국에는 빌리를 자신의 가슴으로 안아 주었을 수도 있다. 그랬더라면 아브라함이 야훼의 준엄한 명령에 복종하여 어린 이삭을 결연히 제물로 바치기 직전 아들을 꼭 안아 주는 것과 비슷했을 것이다. 하지만 여기서 추측해 보는 것과 유사한 정황에서 위대한 자연에서 최상의 고귀한 영역에 속하는 존재 둘이 서로 끌어안는 신성한 성체 의식에 관해 확실하게 알려진 것은 아무것도 없다. 그런 일은 이 번잡한 속세에까지 새어 나오는 법이 거의 없기 때문이다. 그런 때는 사적인 비밀이 있는 것이고, 살아남은 자는 그 비밀을 지켜야 한다는 원칙을 절대로 무너뜨릴 수 없는 법이다. 성체 의식에 참여한 성스러운 인격체 각자에게 사후 의무로서 부여되는 신성한 망각으로 마침내 모든 내용이 다 덮여 버리는 것이 섭리이다.

격실을 떠나던 비어 함장을 처음 마주친 사람은 선임 대위였다. 그가 쳐다본 함장의 얼굴은 강한 자의 고뇌를 그대로 드러내고 있었고, 그것은 나이가 오십이나 된 그 장교에게도 무척 놀라운 일이었다. 처형당하게 된 사람의 괴로움이 그 처형을 내리도록 결정하는 데 주된 역할을 한 사람의 괴로움보다 덜했다는 사실은 앞으로 필히 다루게 될 장면에서 처형당하는 사람이 마지막으로 외쳤던 말로 확실하게 드러날 것이다.

23

짧은 시간에 연이어 급박하게 발생한 일련의 사건들을 제대로 기술하려면 실제로 걸렸던 시간보다 시간이 더 걸릴 것이다. 특히 그 사건들을 더 잘 이해할 수 있도록 여기저기 설명이나 논평을 덧붙이는 것이 불가결할 경우에는 더욱 그렇다. 살아서는 나올 수 없는 자와 죽을 수밖에 없는 운명으로 그곳을 떠난 자가 함장실을 들어섰던 때, 바로 그 시점과 방금 있었던 두 사람의 독대까지는 채 한 시간 반이 걸리지 않았다. 그렇지만 이 시간은 적지 않은 수의 승조원들이 어째서 선임 부사관과 그 수병이 함장실에 그렇게 붙잡혀 있었는지와 관련해서 여러 가지 억측을 하기에는 충분한 시간이었다. 두 사람이 함장실로 들어가는 걸 봤는데 나오는 건 보지 못했다는 소문이 포열 갑판은 물론 상갑판에 이르기까지 퍼져 나갔고, 거대한 전함의 승조원들은 어떤 면에서는 마을 사람들 같아서 밖으로 드러나는 일뿐만 아니라 아무런 움직임이 없는 것 역시 면밀하게 주시하기 때문이었다. 그러므로 날씨가 전혀 사납지 않은 날이었고, 또 그런 상황에서는 좀체 집합 명령이 떨어진 적이 없는 두 번째 반당직 시간에 전원 집합이 걸리자 승조원들은 뭔가 비상한 포고가 있을 것이며, 그것도 두 사람이 늘 출몰하던 곳에서 한동안 눈에 띄지 않는다는 사실과 관련이 있는 포고일 것임을 어느 정도 짐작할 수 있었다.

당시 바다는 평온한 편이었다. 보름달에 가까운 달이 이제 막 떠올라 시설물과 오가는 사람들이 길게 드리운 선연한 그림자를 제외하고는 하얀 상갑판 전체가 은빛으로 빛나고 있었다. 후갑판 양쪽으로는 무장한 해병 경비대가 도열해 있었다. 비어 함장은 승선한 장교 전원에 둘러싸인 자신의 자리에 서서 부하들에게 입을 열었다. 그의 말과 태도는 함선 전체에서 최고의 위치에 있는 자에게 과하지도 덜하지도 않게 딱 들어맞는 것이었다. 그는 간단명료하게 함장실에서 일어난 일을 설명했다. 선임 부사관이 살해되었으며, 살해자는 이미 약식 재판을 통해 사형을 선고받았고, 처형은 다음 날 새벽 당직 시간에 시행된다는 것이었다. 반란이란 단어는 들어 있지 않았다. 이 사건을 기화로 규율 유지와 관련된 훈시를 하겠다는 기색도 없었다. 아마도 해군 전체의 현재 정황으로 보아 규율을 어기는 대가가 어떤 것인지 자명하게 드러나도록 해야 한다고 생각한 것 같았다.

도열해 있던 수병들은 함장의 말을 묵묵히 듣고만 서 있었다. 지옥의 존재를 믿는 신도들이 칼뱅주의 내용을 담은 목사의 설교를 앉아서 듣는 것 같은 태도였다.

하지만 함장의 말이 다 끝나자 혼란스럽다는 듯한 웅성거림이 터져 나왔다. 웅성거림은 커지기 시작했다. 즉각 신호를 받은 갑판장과 그의 부하들이 부는 날카로운 호각 소리에 웅성거림은 이내 잦아들었다. 뱃머리를 돌리라는 명령이 하달됐다.

장례식에 맞게 준비하도록 클래거트의 시신은 가까웠던 부사관들에게 전해졌다. 이쯤에서 나머지 이야기가 부차적인 사항들에 대한 언급으로 복잡해지지 않도록 선임 부사관이 계급에 맞는 모든 예우를 갖춘 장례 절차를 통해 적절한 때에 수장됐다는 사실을 언급해 두는 것이 좋겠다.

이 절차 역시 이 비극적인 사건으로 취해진 다른 여러 공식적인 조치들과 마찬가지로 철저하게 관례에 따라 진행되었다. 클래거트이건 빌리 버드이건 어느 쪽에 관련된 사안이든 조금만 관례에서 벗어난 구석이 있었더라면 관례를 그 누구보다 철저하게 신봉하는 사람들인 선원들, 특히 전함의 구성원들인 승조원들 사이에서는 부정적인 억측이 난무했을 것이었다. 이 같은 점을 고려해 비어 함장과 사형수 사이에 있었던 독대 면담을 마지막으로 두 사람의 대화는 완전히 중단됐다. 사형수는 이제 마지막 순간을 맞이할 준비 단계로 넘겨졌다. 위병들의 감시하에 함장실로부터 그를 이감시키는 과정 역시 평소처럼 진행됐다. 적어도 눈에 띄는 특별한 조치 같은 것은 없었다. 장교들이 수병들 사이에 뭔가 좋지 않은 조짐이 있지는 않나 의심하고 있다는 생각을 수병들이 가능한 한 하지 못하도록 사전에 차단하는 것이 군함에서의 암묵적인 규칙이었다. 그래서 어떤 문제가 실제로 발발하지 않을까 하는 걱정이 커질수록 장교들은 은밀한 경계 태세를 강화하면서도 그런 걱정을 밖으로 드러내는 것을 더더욱 삼간다. 이번 경우, 수감자를 감시하는 위병들은 군목 외의 그 누구도 수감자와 접촉하지 못하도록 하라는 명령을 받았다. 물론 노골적이지는 않지만 그런 접촉을 철저하게 차단하기 위한 다른 조치도 시행됐다.

24

그 시절 일흔네 문 포함에서 단단한 나무로 된 상갑판은 포가 배치되어 있기는 하지만 대부분이 외부에 그대로 노출되어 있었다. 이 상갑판을 지붕으로 하는 갑판의 이름이 상층 포열 갑판이다. 이곳에 해먹을 걸고 잠을 자려 하는 수병은 거의 없었다. 해먹을 걸어 두는 곳은 하층 포열 갑판과 승조원 숙소 갑판이었다. 숙소 갑판은 공동 침실일 뿐만 아니라 선원들의 관물 자루를 보관하는 곳이기도 했고 양쪽 옆으로는 커다란 물품 보관함과 이동식 선반장이 배치돼 선원들의 잡다한 물품들을 보관할 수 있었다.

벨리포텐트함의 상층 포열 갑판 내부 좌우에는 함포와 그에 딸린 포대가 일정한 간격으로 줄줄이 배치되어 있었고, 포대와 포대 사이에는 일정한 크기의 사각 공간들이 있었다. 그

중 우현 쪽 움푹 들어간 공간 하나에, 보라, 족쇄를 찬 빌리 버드가 위병의 감시하에 엎드린 채 누워 있었다. 함포의 포신들은 모두 당시 주로 사용되던 대구경이었다. 이동식 목조 포가 위에 올려진 포신에는 발포 시 반동을 제어하기 위한 육중한 장치와 발포 전후 포가를 앞뒤로 이동시키기 위한 강력한 도르래들이 주렁주렁 달려 있었다. 포신과 포가, 그리고 이들 위 천장에 달린 고리들에 걸어 놓은 기다란 포탄 장전용 꽂을대들과 그보다는 짧은 발사 점화용 막대 등 이 모든 것들은 모두 해군의 관례에 따라 검은색으로 칠해져 있었다. 대마를 꼬아 만든 굵고 무거운 반동 감쇠용 밧줄들 역시 타르로 칠해져 장의사의 제복과 같은 검은색이었다. 주위가 온통 장례식을 연상시키는 색조를 띠는 것에 반해 바닥에 엎드린 채 누워 있는 빌리는 군데군데 얼룩이 지기는 했지만 하얀색 상의와 바지를 입고 있었기에 4월 초 높은 산에 있는 어느 동굴의 시커먼 입구 앞에 남아 있는 잔설처럼 침침한 포대 공간 속에서 희뿌옇게 얼른거리고 있었다. 사실 그는 수의를 입고 있는 셈이었다. 지금 입고 있는 옷이 결국은 수의를 대신하기 때문이다. 그의 위쪽으로는 상부 갑판인 천장의 거대한 들보 두 개에 등불이 매달려 있어서 엎드려 누운 그의 몸을 희미하게 비추고 있었다. 전시 군납업자들(어느 나라에서건 이들의 수익은 정직한 것이든 그렇지 않은 것이든 사람의 죽음을 바탕으로 한 수확의 일부를 미리 떼어 낸 것이다.)이 납품한 기름으로 타오르던 두 개의 등불은 칙칙한 누런색의 깜박이는 불빛을 뿌려 대면서 마개로 포구를 막은 대포들이 튀어나와 있는 현창들을 통해 희미하게 겨우 기어들어 오려는 조각난 달빛마저 오염시키고 있었다. 드문드문 달린 다른 등불들도 작은 고해 성사실이나 부속 기도실처럼 포열이 두 줄로 늘어서면서 형성된 침침한 통로에서 뻗어 나간 작은 사각형의 어두컴컴한 공간들의 존재를 짐작할 수 있는 정도의 빛만 던져 주고 있었다.

바로 그런 갑판 위에 그 멋쟁이 선원이 지금 누워 있는 것이다. 그의 장밋빛 얼굴에서 창백한 기색은 전혀 보이지 않았다. 그의 장밋빛 안색은 여러 날 바람과 해로부터 격리된 이후에나 사라질 것이었다. 그러나 광대뼈의 각진 부분은 뽀송뽀송한 살갗 밑에서 이미 그 윤곽을 드러내기 시작했다. 뜨겁게 요동치는 심장을 억누르고 있노라면, 비록 짧은 것이라 하더라도 어떤 경험은 사람의 몸 조직을 먹어 치워 버리는 것이다. 은밀한 불꽃이 배 밑창의 솜 꾸러미를 다 태워 버리는 것과 마찬가지이다.

하지만 마치 운명의 쥠쇠에 단단히 물린 것처럼 두 개의 함포 사이에 누워 있는 빌리는 이제 고통스럽지 않았다. 사람의 마음속에 깃들어 그 마음을 조종하는 악마를 처음으로 경험한 선량한 젊은 청년이 느꼈던 괴로움의 강렬함은 이제 사라진 것이었다. 비어 함장과의 독대를 통해 얻은 모종의 치유 효과 덕분이었다. 빌리는 미동도 없이 황홀경에 빠진 듯 누워 있었다. 그의 얼굴에는 이전에도 언급했다시피 주위 사람들을 매혹하는 아직은 어린 청년의 표정이 어려 있었다. 한밤중 고요한 방 안의 따뜻한 벽난로가 뿜어내는 발간빛이 요람에 누워 자는 어린 아기의 얼굴에 이따금 피어나는 신비스러운 보조개를 서서히 달구었다 스러지기를 반복하면서 얼른거릴 때 그 아기의 얼굴에서 보이는 표정과 비슷했다. 족쇄를 차고 있는 빌리가 황홀경에 빠진 상태에서 뜬금없이 떠올리는 과거의 추억이나 꿈에서 나오는 평온하고 행복한 빛이 그의 얼굴에 번졌다가 스러지기를 반복하고 있었기 때문이었다.

면담을 하기 위해 찾아온 군목이 목격한 빌리의 모습은 이런 것이었다. 자신이 와 있는 것을 알아차리는 기색이 전혀 없자 군목은 잠시 빌리를 찬찬히 들여다보다 옆으로 슬그머니 비켜섰지만 이내 자리를 뜨고 말았다. 전쟁의 신 마르스로부터 급료를 받고는 있지만 그래도 그리스도의 목자인 자신조차 지금 빌리가 보이는 마음의 평화 그 이상의 평화를 가져다줄 만한 위안을 베풀 수는 없을 것이라는 생각이 들었기 때문이었을 수도 있다. 하지만 새벽 이른 시각에 그는 다시 돌아왔다. 이미 맑은 정신으로 깨어나 주변을 인지하게 된 사형수는 군목이 다가오는 것을 보고 예의 바르게 그리고 너무나도 쾌활하게 맞이했다. 하지만 이어진 면담에서 그 성직자는 빌리 버드에게 죽어야만 하고 그것도 날이 밝는 대로 그렇게 되리라는 사실에 대해 신학적인 설명을 열심히 했지만 그렇게 성공적이지는 않았다. 빌리가 자기 입으로 자신의 죽음이 임박했음을 스스럼없이 언급한 것은 사실이었다. 하지만 자신의 죽음을 입에 올리는 빌리의 태도는 관이며 문상객이 등장하는 장례식 놀이를 여느 놀이나 마찬가지로 여기는 어린아이가 일반적인 죽음을 언급할 때와 유사했다.

빌리가 어린아이처럼 죽음이 실제로 어떤 것인지를 이해하지 못하고 있는 것은 아니었다. 그렇지는 않았다. 다만 빌리에게는 죽음에 대한 비이성적인 공포, 즉 태고의 모습을 간직한 자연과 모든 면에 있어서 가까운 상태에 있는 이른바 야만적인 공동체보다는 고도로 문명화된 공동체에 더 만연한 종류의 공포가 전혀 없었다. 그리고 이전에 어디선가 언급했듯이, 근본적인 면에서 빌리는 야만인과 같았다. 빌리의 야만성은 현재 입고 있는 옷을 제외하면 로마의 게르마니쿠스 장군을 위한 개선식에서 살아 있는 전리품으로서 행진에 포함됐던 동족인 영국인 포로들의 야만성과 비슷했다. 이 영국인 야만인들은 영국 섬에 기독교가 전파되기 시작한 초기에 비록 허울뿐이기는 했으나 기독교로 개종한 자 중에서 비교적 젊은 청년들을 특별히 선발해서 로마로 데려온(오늘날 대양의 작은 섬들에서 개종자들을 런던으로 데려오는 것처럼) 야만인들로서 당시 교황은 발그레한 안색과 곱슬곱슬한 금발 등 이탈리아인의 외모와는 너무도 다른 이들의 신기하고도 아름다운 외모에 감탄하며 "앵글스(현대어로는 잉글리시)라고? 앵글스? 그렇게 부른다고? 천사같이 생겼다고 그렇게 부르는 건가?"라고 외쳤다고 한다. 교황의 이러한 감탄이 먼 후대에 있었던 일이라면 사람들은 교황이 안젤리코 수사가 그린 그림에 등장하는 지고의 천사를 떠올리며 한 말이라고 생각했을 것이었다. 이 그림 속에서 천사들은 신성한 헤스페리데스의 과수원에서 사과를 따고 있는데 이들은 모두 아름다운 영국인 처녀들처럼 희미한 장밋빛 얼굴들을 하고 있다.

군목이 그 젊은 야만인에게 오래된 묘비에 새겨진 해골이니 모래 시계니 교차된 두 개의 뼈와 같은 문양들이 의미하는 바와 비슷한 죽음에 대한 관념을 주입하려던 시도가 수포로 돌아간 것과 마찬가지로, 구원이니 구세주니 하는 관념들을 깨우치게 하려는 노력도 어느 모로 보나 실패한 것이 분명했다. 빌리는 귀담아듣기는 했다. 그렇지만 경외심이라든가 숭배심에서라기보다는 아마도 자신과 같은 계층의 선원들 대부분이 추상적인 내용의 이야기나 일상적인 세상의 평범한 말투와 거리가 먼 이야기들을 받아들일 때와 마찬가지로 자연스럽게 몸에 밴 공손함에서 군목의 설교를 경청했다. 성직자들의 말을 들을 때 선원들이 보여 주는 이런 방식은 제임스 쿡 선장 시절이나 그 직후쯤 되는 오래전 열대 도서 지역에서 이른바 고결한 야만인이라 일컬어졌던 타히티 사람들이 갖가지 초월적인 기적으로 가득 찬 기독교 교리 입문서를 받아들일 때와 그리 다르지 않은 태도였다. 자연스러운 예의에 따라 받아 들기는 하지만 온전히 자신의 것으로 취하지는 않는 것이다. 내뻗어 펼친 손바닥 위에 선물이 올려졌지만 손가락을 접어 움켜쥐지 않는 것이나 마찬가지이다.

하지만 벨리포텐트함의 군목은 선량한 마음에서 우러나오는 분별력을 지닌 신중한 사람이었다. 자신의 직분을 다하겠다고 끝까지 고집하지는 않았다. 비어 함장의 지시로 대위 하나가 빌리와 관련해 거의 모든 사실을 이미 알려 준 바 있었고, 또 최후의 심판에서는 신앙심보다는 순진무구함이 더 귀한 값어치가 있다고 믿는 사람이었기에 군목은 하릴없이 물러날 수밖에 없었던 것이었다. 그러나 이미 격해진 감정 탓에 그는 영국 사람에게서는 보기 드문, 더군다나 그런 상황에서 성직자가 했다기에는 이상한 행위를 하고 말았다. 몸을 숙여 하얀 뺨에 입을 맞춘 것이다. 같은 인간이지만 군법상 중죄인인 사람, 죽음이 임박한 상황에서도 교리를 온전히 받아들이도록 설득하는 것이 불가능하다고 생각되는 사람, 그럼에도 미래에 대한 공포 따위는 없는 그런 사람의 뺨이었다.

그 젊은 수병이 근본적으로 무죄임을 확실히 알게 되고 나서도 이 훌륭한 사람이 군의 기강을 확립하기 위해 희생되는 순교자가 되어 버린 그의 운명을 바꾸기 위해 손가락 하나 까딱하지 않았다는 사실에 놀라지 마시라. 그렇게 하는 것은 사막에서 기우제를 지내는 것만큼 무의미할 뿐만 아니라 자신에게 분명히 부과된 직분, 갑판장은 물론 다른 장교들에게도 똑같이 군법에 의거해 부과된 직무의 한계를 위반하는 무모한 짓이었다. 간단히 말하자면, 군목은 전쟁의 신 마르스를 따르는 무리를 위해 일하는 평화의 왕자 예수의 대리인인 것이다. 그렇기에 군목은 크리스마스 제단에 올려진 화승총만큼 생경한 존재이다. 왜, 그렇다면, 그는 그곳에 있는가? 바로 함포들이 증거가 되는 목적을 달성하는 것을 간접적으로 도와주기 위해서이다. 난폭한 힘 이외의 모든 것을 폐기해 버리는 전쟁에 온유한 자들의 종교라는 기독교의 재가를 내려 주는 것이다.

25

그날 밤 상갑판은 환한 달빛으로 하얗게 빛났다. 하지만 그 아래 석탄 광산의 갱도처럼 층층으로 겹쳐진 동굴 같은 갑판들은 어둠 속에 휩싸여 있었다. 그렇게 달 밝은 밤도 지나갔다. 그러나 물러나는 밤은 전차에 오른 예언가 엘리야가 하늘로 사라지며 제자인 엘리사에게 신비의 망토를 던져 주었던 것처럼 밝아오는 날에게 희미한 여명의 옷을 물려주었다. 은은하고 수줍은 듯한 빛이 동녘에서 나타났다. 그곳에는 투명하리만치 옅은 수증기가 양털처럼 하얗게 고랑을 이루며 길게 뻗어 있었다. 동녘의 빛은 서서히 밝음을 더해 갔다. 갑자기 고물 쪽에서 여덟 번의 종소리가 울렸고, 그 뒤를 이어 이물 쪽에서 요란한 금속성의 굉음이 한 번 울렸다. 새벽 4시가 된 것이었다. 곧바로 형 집행 참관을 위한 전원 집합을 알리는

228

날카로운 호각 소리들이 들려오기 시작했다. 육중한 포탄을 저장하는 선반으로 둘러싸인 커다란 승강구를 통해 갑판 아래쪽 근무자들이 꾸역꾸역 밀려 나와 이미 위쪽에 있던 근무자들과 섞이면서 주돛대와 앞돛대 사이의 공간에 퍼져 나갔다. 양쪽으로 층층이 쌓인 커다란 부속정과 검은색 활대들은 어린 탄약수 아이들과 그보다 더 어린 심부름꾼 아이들의 관람대가 되었다. 장루에는 망루병으로 구성된 또 한 무리가 있었다. 일흔네 문 포함의 장루는 결코 작다고 할 수 없는 크기로 일종의 바다가 내려다보이는 발코니 역할을 하고 있었고, 망루병들은 이 발코니의 난간에 기대어 아래쪽에 모인 사람들을 굽어보고 있었다. 어른 아이 할 것 없이 큰 소리로 떠드는 사람은 아무도 없었다. 입을 열 때는 속삭였고, 입을 여는 사람도 거의 없었다. 비어 함장은 이전의 경우와 마찬가지로 장교들에 에워싸여 고물 갑판이 끝나는 지점 가까이 이물 쪽을 향해 서 있었다. 함장의 바로 아래 후갑판 위에는 사형 선고가 공표되었던 때와 마찬가지로 해병들이 완전 무장을 한 채 도열해 있었다.

그 시절 항해 중 수병의 교수형은 대개 앞돛대 제일 아래쪽 활대에서 집행됐다. 하지만 이번 교수형은 특별한 이유로 주돛대의 아래 활대가 선택됐다. 곧 이 활대의 한쪽 끝 아래에 죄수가 모습을 드러냈다. 군목을 대동하고 있었다. 지켜보던 사람들이 당시에도 수군거렸고 이후에도 입에 올렸던 사실이지만, 이 마지막 장면에서 군목은 사형수에게 의례적으로 들려주는 말을 일절 하지 않았다. 그렇다고 몇 마디 말을 하지 않은 것은 아니었지만 그가 전해 주고 싶었던 진정한 복음은 그가 그 사형수에게 한 말보다 그가 말할 때의 표정과 태도를 통해 표현됐다. 부갑판장 둘이 사형수의 몸에 해야 하는 마지막 준비를 신속하게 마무리했다. 이제 마지막 순간만 남았다. 빌리는 고물 쪽을 바라보고 서 있었다. 마지막의 직전 그의 입에서 나온 최후의 말이자 유일한 말은 발음상 아무런 문제가 없었다. "비어 함장님께 하느님의 가호가 있기를!" 수치스러운 밧줄을 목에 두른 자의 입에서 터져 나오리라고는 결코 예상할 수 없는 말이었다. 전형적인 중죄인 하나가 자신의 상관인 장교들이 도열한 후갑판 쪽을 향해 축복의 말을 남긴 것이었고, 그것도 명금류의 새가 나뭇가지에서 날아오르기 직전에 청아한 지저귐을 남기듯 맑고 깨끗한 목소리로 나왔기에 그 말은 놀라운 효과를 불러일으켰다. 최근 통렬하도록 심오한 경험을 통해 영적으로 정화된 그 젊은 수병의 빼어난 육체적 아름다움 역시 그 효과를 증폭시키는 데 한몫했다.

군이 표현하자면, 그 전함에 있던 모든 사람이 목소리로 전달되는 전기에 감전되기라도 한 듯 자신도 모르게 빌리의 말을 받아 한목소리로 우렁차게 외쳤다. "비어 함장님께 하느님의 가호가 있기를!" 그렇게 외치는 순간에도 그들의 마음속에는 오로지 빌리밖에 없었으며, 그들의 눈은 오직 빌리만을 바라보았다.

빌리가 마지막으로 했던 말과 그 말을 받아 모두에게서 자연 발생적으로 터져 나온 우렁찬 외침을 듣고도 비어 함장은 감정을 절제하느라 그런 건지, 아니면 감정이 격해져서 순간적으로 몸이 마비된 것인지 무기고의 거치대에 놓인 화승총처럼 꼼짝도 하지 않고 꼿꼿하게 서 있기만 했다.

반복적으로 바람이 불어 가는 쪽으로 기울어지는 선체가 이제 막 서서히 직진성을 회복하던 그 순간 마지막 신호, 미리 준비됐던 암묵적인 신호가 떨어졌다. 바로 그 순간, 우연의 일치인지 동녘에 낮게 깔려 있던 하얀 양털 꾸러미 같던 수증기 구름이 신비한 환상 속에서나 볼 수 있는 하느님의 어린 양의 새하얀 털처럼 부드러운 광채를 띠기 시작했다. 그와 동시에 제자리에 얼어붙은 군중이 고개를 치켜들고 쳐다보는 동안 빌리가 떠오르기 시작했다. 떠오르는 빌리의 몸은 새벽 여명을 받아 선홍색으로 물들었다.

활대의 끝에 다다른 날개 꺾인 자의 몸에서는 놀랍게도 아무런 움직임도 감지되지 않았다. 매달린 몸은 온화한 날씨에 선체가 서서히 좌우로 꺼떡거리는 데 따라 천천히 흔들거릴 뿐이었다. 육중한 함포를 잔뜩 거치한 거대한 전함의 장엄한 광경이었다.

26

그로부터 며칠 후 식사하는 자리에서 사무장이 방금 언급한 특이한 현상과 관련해서 군의관과 이야기를 나누었다. 사무장은 혈색이 좋고 통통한 몸집으로 심오한 철학자라기보다는 치밀한 회계사에 가까운 인물이었다. "의지의 힘이 얼마나 강한지를 여실히 증명하는 장면이었습니다." 키가 크고 호리호리한 몸에 과묵하며, 친절하다기보다는 정중함에 가까운 태도로 냉소적인 말을 신중하게 표현하는 편인 군의관이 대꾸했다. "죄송합니다만, 사무장님. 과학적으로 집행된 교수형에서, 특별한 명령을 받고 저 자신이 직접 형 집행 과정 전체를 지휘했던 버드의 경우에는 더군다나, 교수가 완료된 시점 이후에 교수된 시신에서 어떤 움직임이 관찰된다면 그것은 근육 체계에서 기계적인 경련이 발생하는 것으로 보아야 합니다. 그러므로 그런 움직임이 전혀 없었다는 점 역시 근력 자체와 상관이 없는 것과 마찬가지로 사무장님이 말씀하신 의지력하고도 아무 상관이 없는 것이지요. 죄송한 말씀입니다만."

"그렇지만 군의관님이 말씀하신 근육의 경련 말입니다. 그 정도에 차이는 있겠지만 이런 경우들에서는 언제나 발생하는 것 아닌가요?"

"그건 확실히 그렇습니다, 사무장님."

"그러면, 군의관님, 이번 경우에 경련이 일어나지 않은 것은 어떻게 설명할 수 있는지요?"

"사무장님. 사무장님께서 이번에 발생한 특이한 현상을 바라보는 시각과 저의 시각은 전혀 다릅니다. 사무장님은 의지력이란 용어로 그 현상을 설명하고 계십니다만, 그런 용어는 과학 용어집에 아직 수록되지 않았답니다. 저로서는, 지금 현재 저의 지식으로는 말씀입니다만, 제가 그 현상을 전부 설명할 수 있는 척하는 건 아닙니다. 심지어 마룻줄이 맨 처음 목에 닿는 순간 비정상적인 감정이 지나치게 강렬해져서 마치 시계 태엽을 부주의하게 감다가 마지막까지 너무 세게 감는 바람에 태엽 자체를 터뜨리고 마는 것처럼 버드의 심장이 갑자기 멈추었다고 가정해 본다 하더라도, 그 이후에 발생한 현상에 대해서는 어떻게 설명해야 할까요?"

"군의관님도, 그러니까 경련이 발생하지 않았다는 것이 특이한 현상이라는 건 인정하시는군요."

"특이하죠. 사무장님. 그 원인이라 할 만한 것을 즉각 발견할 수 없는 현상이라는 점에서 그렇습니다."

"하지만, 설명 좀 해 주십시오, 존경하는 군의관님." 사무장은 집요했다. "그 죽음은 목줄에 의한 질식사였나요, 일종의 안락사였나요?"

"안락사라니요, 사무장님. 그건 사무장님이 말씀하신 의지력이란 용어와 비슷한 용어입니다. 과학적인 용어로 확립됐다고 볼 수 없는 단어란 말입니다. 다시 한번 죄송한 말씀입니다만, 그건 상상적이면서도 형이상학적입니다. 한마디로 그리스적이란 거죠. 하지만." 갑자기 군의관의 어조가 바뀌었다. "지금 진찰실에 환자가 와 있는데 조수에게 맡기기 싫거든요. 죄송합니다만, 이만 실례하겠습니다." 자리에서 일어난 군의관은 점잖게 물러갔다.

27

처형 순간 그리고 그 이후 잠시 이어진 고요함은 일정한 간격으로 파도가 뱃전에 부딪는 소리와 키잡이가 잠시 한눈을 판 사이 돛이 펄럭이며 낸 소리로 더욱 도드라졌다. 이 고요함을 점차 깨뜨린 것은 뭐라 말로 표현하기 힘든 소리였다. 열대 지역에서 평원에는 해가 쨍쨍한데 높은 산에서는 폭우가 쏟아지는 경우가 있다. 이런 폭우로 삽시에 불어난 시냇물이 격랑을 이루며 쓸려 내려가는 소리를 들어 본 적이 있는 사람이라면, 그런 시냇물이 깎아지른 듯한 급경사의 숲을 통해 밀려 내려가기 시작할 때 내는 웅얼거리는 소리를 들어 본 사람이라면 지금 들려온 그 소리가 어떤 소리인지 대충 짐작은 할 수 있을 것이다. 멀리서 들려온 듯 느껴진 것은 그 소리가 명확하지 않았기 때문이었다. 실제로 그 소리는 아주 가까운 곳에서

난 소리였다. 맨 꼭대기 갑판에 모여 있던 사람들에게서도 들려왔기 때문이었다. 불분명했기 때문에 육지의 폭도들이 흔히 그러듯 생각이나 감정이 변덕스럽게 갑자기 변했을 때 내는 소리, 즉 지금의 경우에는 빌리가 마지막으로 내뱉었던 축복의 기원을 무심코 따라 한 것에 대한 후회의 심경이 담겨 있는 듯하다는 것 이상으로는 정확히 무슨 의미를 나타내는 소리인지 분간하기 어려웠다. 하지만 이 웅얼거림이 점점 커져 커다란 아우성으로 변할 만한 시간은 주어지지 않았다. 웅얼거림을 잠재우려는 명령이 내려졌기 때문이었다. 예상을 벗어나 급작스럽게 내려진 명령이었기에 그 효과는 더 컸다. "갑판장, 우현 당직자들 해산시켜. 다들 원위치하나 확인하도록."

도둑 갈매기의 울음소리처럼 날카롭게 울린 갑판장과 그 부하들의 은 호각 소리가, 나지막하게 퍼지던 불길한 웅얼거림을 꿰뚫었다. 웅얼거림은 곧 잦아들었다. 이미 규율에 길든 수병들은 그 호각 소리에 자동으로 반응하여 곧 그 수가 반으로 줄어들었다. 아직 남아 있던 수병들도 대부분 활대를 조정하는 작업 등의 일시적인 일거리나 갑판 위에 함께 있던 장교들이 그 명령의 의도를 살리기 위해 적절히 찾아낸 다른 일거리에 배속됐다.

항해 중 소집된 약식 재판에서 사형 선고가 내려지면 그 후속 조치는 즉각적으로, 드러내 놓고 그러는 것은 아니지만, 거의 서두르는 것에 가깝게 시행되는 경향이 있다. 생전에 빌리가 잠자리로 사용하던 해먹은 이미 포탄을 달아 두었고 빌리의 주검을 안장할 관으로 전환될 준비를 모두 마쳤다. 장의 사의 역할을 맡은 돛 제작자의 조수들이 마지막으로 해야 하는 일이었고, 이 작업이 신속하게 완료된 것이다. 모든 준비가 끝나자 수장을 목격하기 위한 두 번째 전원 집합을 알리는 소리가 울렸다. 의도적으로 수병들을 흩어 놓았던 이전의 명령 때문에 재소집의 필요가 생겼기 때문이다.

이 마지막 의례를 자세하게 설명하는 것은 생략하겠다. 하지만 기울어진 널빤지가 떠받들던 짐을 미끄러뜨려 마침내 바다에 떨어뜨리자 다시 한번 불분명한 웅얼거림이 사람들의 목에서 울려 나왔다. 이 웅얼거림은 이번에는 역시 말로는 표현하기 힘든 바닷새들의 울음소리와 한데 뒤섞였다. 포탄을 실어 육중해진 해먹이 삐딱한 각도로 떨어지면서 바닷물 표면에 생겨난 특이한 움직임에 눈길을 주게 된 커다란 바닷새들이 그곳으로 몰려들면서 낸 소리였다. 이 새들은 전함의 선체에 아주 가깝게 다가왔기 때문에 이중 관절로 몸체와 연결된 날개뼈가 삐걱거리는 소리까지 들려올 정도였다. 벨리포텐트 함은 가벼운 미풍을 받아 관을 수장시킨 지점을 뒤로하고 계속 나아갔다. 하지만 커다란 바닷새들은 길게 뻗은 날개의 그림자를 드리우고 그 지점 바로 위를 낮게 선회하며 그들만의 장송곡을 끼룩끼룩 울려 대고 있었다.

옛날 사람들 못지않게 미신적이었던 그 시절 선원들에게, 특히 허공에 매달렸다가 바닷속으로 빠져 버리는 형식으로 나타난 죽음과 관련된 신비한 현상을 방금 목격한 전함의 수병들에게 바닷새들이 보여 준 움직임은, 설사 먹잇감을 찾는 동물적인 탐욕에 의한 것이었다 하더라도, 범상치 않은 의미를 담고 있는 현상으로 여겨졌다. 모여 선 수병들 사이에서 어떤 수상한 동요가 발생했고, 조금씩 퍼져 나가기 시작했다. 하지만 그것도 잠시였다. 곧 갑자기 당직 교대 시간을 알리는 북소리가 울려 퍼졌다. 최소 하루 두 번은 울리는 익숙한 북소리였다. 하지만 지금 울린 북소리에는 일종의 단호함 같은 것이 또렷하게 느껴졌다. 보통 사람의 경우 참된 군기가 오랫동안 유지되면 어떤 명령이 떨어졌을 때 그 명령에 따르는 행동이 거의 충동적으로 수행된다. 이런 충동성은 그 수행의 신속함에 본능에 가까운 효과를 발휘한다.

북소리로 군중은 흩어졌다. 대부분은 두 개의 포열 갑판 속 포대 옆으로 돌아갔다. 그곳에서 평소와 마찬가지로 각기 소속된 포대 옆에 꼿꼿하게 서서 입을 다물고 있었다. 절차에 따라 선임 대위가 경례를 받기 위해 검집을 손에 잡고 후갑판의 정위치에 서서 역시 검집을 꺼내 손에 든 포대장 위관들로부터 연속적으로 공식적인 인원 상황 보고를 받았다. 마지막 보고가 끝나자 선임 대위는 격식에 맞게 경례를 올리며 함장에게 종합된 보고를 올렸다. 이 모든 절차를 거치는 데 시간이 꽤 걸렸다. 그것이 바로 업무 복귀를 알리는 북소리를 평소보다 한 시간이나 일찍 울린 진짜 목적이었다. 비어 함장처럼 철저하게 규율을 지키는 군인이라는 말을 듣는 지휘관이 그처럼 상례를 벗어나는 명령을 내렸다는 사실은 함장이 부하들 사이의 분위기가 일시적이나마 위험하다고 판단했고, 그에 따라 비상한 조치가 필요하다고 생각했음을 말해 준다. 비어 함장 본인은 아마 이렇게 말했을 것이다. "인간들에게는 형식,

정형화된 형식이 가장 중요하다. 오르페우스가 수금 연주로 숲속 야만인들에게 주문을 걸었다는 이야기의 핵심도 바로 이와 같은 것이다." 실제로 비어 함장은 영불 해협 건너편에서 진행 중인 형식의 파괴와 그에 따른 결과에 대해 이 말을 적용한 적이 있었다.

상궤를 벗어난 업무 복귀 명령이었지만 모든 일과는 평상시와 다름없이 진행됐다. 후갑판에서는 군악대가 성가를 연주했고, 이어서 군목이 늘 그래 왔듯 아침 예배를 집전했다. 예배를 마치자 해산 신호가 떨어졌다. 규율과 전쟁의 목적을 달성하는 데 도움이 되도록 마련된 음악과 종교 의식의 은혜를 입은 수병들은 포대 옆이 아닌 원래 배치된 위치로 평소와 같이 질서 정연하게 돌아갔다.

이제 완전히 날이 밝았다. 낮게 깔려 있던 양털 같은 수증기 구름은 이제 사라졌다. 뒤늦게 떠오른 태양의 빛을 받아 찬란하게 빛나다가 마침내 그 태양에게 모조리 잠식되어 버린 것이다. 주변의 하늘은 연마를 끝내고 출고를 기다리는 하얀 대리석의 매끈한 표면처럼 쾌청하기 그지없었다.

28

완전히 꾸며낸 이야기를 서술할 때는 완벽한 형식을 갖추는 것이 어렵지 않지만, 허구보다는 사실을 다루는 이야기의 경우에는 그것이 쉽지만은 않다. 진실을 있는 그대로 서술한 이야기는 언제나 그 끝이 울퉁불퉁하기 마련이며, 그래서 그런 이야기의 결말 역시 꼼꼼하게 손질을 가해 마감된 것보다는 덜 말끔할 것이다.

지금까지 대반란이 발발하던 해와 같은 해에 한 멋쟁이 선원에게 일어난 일을 있는 그대로 서술했다. 이 이야기는 그의 삶이 끝나는 것으로 끝나는 것이 정상이지만, 그 후일담을 조금 덧붙이는 것이 큰 흠이 될 것 같지는 않다. 짤막한 세 개의 장이면 충분할 것이다.

집정부 치하 프랑스에서 원래 왕립 해군에 속했던 함선들의 이름을 전면적으로 다시 명명하는 과정에서 전열함 세인트 루이스함은 무신론자라는 뜻의 아테함으로 바뀌었다. 이 이름은 혁명 정부의 해군에 속했던 다른 함선들이 새로이 갖게 된 이름들처럼 프랑스를 지배하고 있던 권력의 뻔뻔스러운 무신론적 태도를 공공연하게 드러내기는 했지만, 그럴 의도는 없었다고 하더라도 곰곰 생각해 보면, 전함에 부여된 것으로서는 어쩌면 가장 적절한 이름이었을지도 모른다. 다른 전함에 새로 부여된 파멸이니 에레부스(지옥) 또는 그와 비슷한 다른 이름과 비교해 보면 이 점은 분명해진다.

지금까지 기술한 사건이 발생했던 단독 항해를 마치고 본대와 합류하기 위해 돌아오는 도중 벨리포텐트함은 이 아테함과 조우했다. 전투가 벌어졌고 비어 함장은 돌격대를 적선에 상륙시키기 위해 벨리포텐트함을 아테함 옆에 바짝 붙였고, 이 와중에 적함 함장실 현창을 통해 발사된 화승총에 맞았다. 중상을 입은 비어 함장은 갑판 위에 쓰러졌고 곧 부상병들이 치료받고 있던 선실로 이송됐다. 선임 대위가 지휘권을 이양받았다. 그의 지휘하에 벨리포텐트함은 마침내 적함을 나포했고, 천우신조로 만신창이가 된 적함을 교전이 일어난 지점에서 그리 멀지 않은 곳에 있던 영국령 항구였던 지브롤터항으로 끌고 가는 데 성공했다. 입항 후 비어 함장은 다른 부상병들과 함께 뭍으로 이송됐다. 며칠을 버티던 비어 함장은 끝내 숨을 거두었다. 불운하게도 그에게는 나일강 해전과 트라팔가르 해전에 참전할 기회가 주어지지 않았다. 철학적으로 엄격한 성격이었지만 모든 열정 가운데서 가장 은밀한 야망이라는 열정을 품었을 수도 있는 그였지만 결국 최고의 영예는 차지할 수 없었던 것이다.

숨을 거두기 얼마 전에 육체를 위무해 주고 육체보다는 섬세한 정신에도 신비한 영향을 미치는 마법의 약에 취해 누워 있던 비어 함장은 옆에서 간호하던 사람에게는 무슨 뜻인지 알아들을 수 없는 말을 웅얼거렸다. "빌리 버드, 빌리 버드." 간호하던 사람이 벨리포텐트함의 해병 중대장에게 보고한 내용으로 볼 때 이 말에 후회의 감정 같은 것이 전혀 들어 있지 않았던 것은 분명한 사실이었다. 약식 군사 재판정에서 빌리에게 교수형을 선고하는 데 가장 주저한 사람으로서 해병 중대장은 빌리 버드가 누구인지 너무나도 잘 알았지만 아무 말도 하지 않았다.

29

교수형이 집행된 후 몇 주 지나 해군에서 공식적으로 발행하던 한 주간지에 「지중해로부터의 소식」이라는 제목의 기사가 실렸다. 다른 사건들에 관한 뉴스와 함께 빌리의 처형에 관한 기사도 있었다. 그 기사가 사실 그대로를 전달하려는 것이었음은 의심의 여지가 없다. 하지만 그 사실을 전달한 매체가 문제였다. 일부 떠도는 풍문도 참조하여 작성한 기사였기에 사실을 왜곡하거나 허위로 기록한 부분도 포함된 것이다. 기사의 내용은 다음과 같았다.

"지난달 10일 해군 벨리포텐트함상에서 참혹한 사건이 발생했다. 선임 부사관 존 클래거트는 일반병 사이에 모종의 음모가 진행 중이며, 주모자가 윌리엄 버드라는 자라는 사실을 포착, 함장 면전에서 그 주모자를 고발하던 중 양심을 품은 버드가 갑자기 꺼낸 단검에 심장을 찔렸다.

범행 자체와 그 범행에 사용된 흉기로 미루어 보아 그 수병은 영국식 이름으로 해군에 입대했지만 영국인이 아니라 최근 병력 충원과 관련, 비상한 필요성으로 인해 상당수 우리 군에 입대하게 된 외국인으로서 영국식 이름을 차용한 자임이 분명하다.

범죄의 잔혹함과 범인의 악랄함은 희생자의 인품과 대비되어 극명하게 드러난다. 중년의 나이로 신망이 높고 신중한 성격을 지닌 고인의 계급은 부사관이었다. 위관급 장교라면 누구보다 잘 알고 있겠지만 부사관은 국왕 폐하의 해군의 효율성을 크게 좌우하는 직책을 맡고 있다. 생전에 고인의 직책은 부담은 크고 인정받기는 어려운, 그렇지만 책임감을 요하는 것이었고, 고인은 강한 애국심이 있었기에 더욱 열심히 수행할 수 있었다. 불행을 맞이한 고인의 탁월한 성품은 오늘날의 많은 다른 경우에서와 마찬가지로 애국심은 악당의 마지막 피난처라는 고 존슨 박사의 투정 같은 말을, 굳이 반박할 필요조차 없는 말이지만, 너무나도 효과적으로 반박하고 있다.

범인은 죄의 대가를 치렀다. 처형은 즉각적으로 집행됐고, 이는 좋은 결과를 낳았다. 현재 벨리포텐트함은 이상 무이다."

오래전 폐간되어 이제는 아무도 기억하지 못하는 이 간행물에 기록된 위 기사는 존 클래거트와 빌리 버드가 각각 어떤 사람이었는지에 관해 현재까지 남아 있는 유일한 기록이다.

30

어느 해군에서건 모든 것이 한동안은 숭배의 대상이 된다. 복무 중 겪은 놀라운 사건과 관련된 물건이 있다면 그 물건은 곧 기념물로 변하는 것이다. 그 앞돛대 망루병이 매달렸던 활대도 몇 해 동안이나 푸른 옷 수병들의 추적 대상이었다. 수병들은 그 활대가 어떤 선박에서 어떤 공창으로 옮겨졌으며, 다시 어떤 공창에서 어떤 선박으로 옮겨졌는지를 기억했으며, 심지어는 그 활대가 마침내 어느 공창에서 훨씬 작고 가느다란 아래 활대로 재활용되고 나서도 그 존재를 추적했다. 그들에게는 그 활대의 파편조차 예수가 못 박힌 십자가의 조각 정도로 여겨졌다. 그 비극적인 사건의 숨겨진 사실에 대해서도 전혀 모르고, 또 해군의 입장에서는 교수형에 처하는 수밖에 없었으리라고 짐작 정도는 하고 있었지만, 그럼에도 불구하고,

그들은 빌리가 반란을 일으키거나 의도적으로 살인을 저지를 사람은 아니었다고 본능적으로 믿고 있었다. 그들은 그 멋쟁이 선원의 참신하고 젊은 모습, 남을 비웃으려는 의도나 미약하나마 남을 해코지하겠다는 돌연한 심술 같은 것을 드러내며 일그러지는 모습을 한 번도 보인 적이 없는 해맑은 얼굴을 기억하고 있었다. 빌리에 대한 이런 인상은 그가 죽어 버렸으며, 그것도 다소 신비스러운 과정을 거쳐 죽어 버렸다는 사실로 인해 더 강화되었음은 부인할 수 없다. 빌리의 천성과 그 무의식적인 소박함에 대한 전반적인 평가는 마침내 벨리포텐트함 포열 갑판에서 동료 수병을 통해 기록되기에 이르렀다. 빌리와 함께 같은 망루에서 근무했던 자로서 여느 선원들처럼 투박하지만 시를 쓰는 재주가 있었던 이 수병이 타르 묻힌 손으로 시를 한 편 쓴 것이다. 이 시는 한동안 수병들 사이를 떠돌다가 마침내 포츠머스에서 민요의 하나로 출판됐다. 제목은 그 수병이 붙인 것이다.

수갑 찬 빌리

고마워라, 우리 군목님. 적막한 이곳으로 들어오시어
이 자리에 무릎 꿇고 기도하시네,
저같이 미천한 몸, 빌리 버드를 위해. 하지만, 보라.
현창을 통해 흘러드는 달빛!
감시병의 칼에 부딪혀 인사하고는 이 구석을 은빛으로 물들이네.

하지만 빌리의 마지막 날이 밝아오면 이 달빛도 스러지리.

내일이면 난 도르래 신세가 되겠지.

활대 끝에 매달려 진주 목걸이가 될 거야.

브리스틀의 몰리에게 주었던 귀고리 같을 거야.

오, 나일 거야, 판결이 아니라. 허공에 매달리는 건.

그래, 그래. 모든 게 다 끝났어. 나도 올려져 끝나겠지,

아침 일찍, 아래쪽에서 위쪽으로.

지금 배가 고픈데, 이대로 집행하진 않겠지.

나 가기 전 한입거리는 줄 거야, 빵 조각이라도.

그래, 늘 식탁에 같이 앉던 친구가 내게 마지막 잔을 내밀
겠지.

그렇지만 날 매단 밧줄과 도르래를 외면한 채

그 밧줄을 잡아당길 자 누구일까? 하늘만 아시겠지!

마룻줄을 다룰 땐 금연. 그런데 이것 모두 가짜가 아닐까?

눈앞이 흐릿해. 내가 지금 꿈을 꾸고 있는 거야.

날 정박시켜 주던 밧줄에 누가 도끼질을 했나? 그래서 모든
게 표류하게 된 건가?

술 배급을 알리는 북이 울렸는데 지금 빌리만 모르고 있는
것 아냐?

그러나 도널드는 약속했지, 널빤지 옆에 같이 있어 주겠다고.

그래서 난 물속에 가라앉기 전에 친구의 손을 잡아 볼 수 있
을 거야.

하지만 아니야! 다시 생각해 보니, 난 그전에 이미 죽었을
거야.

웨일스 놈 타프가 물에 빠지던 모습이 생각나는군.

그 녀석 뺨이 피어나는 꽃봉오리처럼 분홍빛이었어.

하지만 난, 해먹에다 꽁꽁 싸매겠지. 그러곤 깊이 떨어뜨릴 거야.

한참이나, 한참이나 깊은 곳에서, 난 깊은 잠 속에서 어떻게 꿈꿀까.

이제 조금 졸린걸. 감시병, 거기 있나?

이 손목의 수갑 좀 느슨하게 해 줘.

그리고 날 좀 똑바로 뉘어 줘.

난 잠이 와. 날 둘러싼 해초들이 춤을 추네.

「필경사 바틀비」와 「선원 빌리 버드」: 블랙홀과 빅뱅

필경사 바틀비

1891년 9월 28일 《뉴욕 타임스》는 "『모비 딕(Mobie Dick)』의 작가가 어제 별세"했음을 알렸다. 미국 문학을 통틀어 가장 유명한 소설의 제목(Moby Dick)을 잘못 표기한 이 부고는 허먼 멜빌에 대한 당대의 평가가 얼마나 보잘것없었는지를 잘 보여 주는 일화로 유명하다. 처음부터 그랬던 것은 아니다. 남태평양 항해 경험을 바탕으로 한 첫 두 작품 『타이피』와 『오무』를 출간했을 때 멜빌은 상업적으로도 성공을 거두었고 작가로서도 꽤 인정받았다. 그런데 멜빌은 신기한 풍물과 모험과 연애 이야기를 버무려 대중의 취향에 영합하는 이런 작품을 계속 쓰고 싶지 않았다. 기존의 성공 모델을 그대로 모방하기보다는 자신만의 예술 영역을 개척하려 했다.

멜빌의 새로운 예술적 열망에 영감을 준 것은 『주홍 글자』

로 유명한 너새니얼 호손과의 교류였다. 형이상학적이고 상징적인 경향이 강한 호손의 영향과 멜빌의 독창성이 가장 이상적으로 결합한 작품은 1851년 작 『모비 딕』이다. 당연히 『모비 딕』은 대중으로부터 철저하게 외면당했다. 하지만 멜빌은 이에 굴하지 않았다. 호손의 격려에 고무된 멜빌은 『모비 딕』에서 거둔 성과를 단편 소설이라는 새로운 장르에서 계속 이어간다. 그 결과가 1853년 《월간 퍼트넘》에 2회에 걸쳐 익명으로 발표한 「필경사 바틀비」이다.

「필경사 바틀비」는 단편에 불과하지만 간단하지 않다. 줄거리야 지극히 간단하지만 왜 그런 식으로 줄거리가 흘러가는지를 이해하기가 쉽지 않다. 왜 바틀비는 그런 선택을 하는가, 그리고 왜 화자는 그런 선택을 하는가가 분명하지 않기 때문이다. 이런 어려움은 일차적으로 이 이야기가 일인칭 화자의 시점에서 전달되는 데서 온다. 애초 독자는 화자가 보고하는 것 이상을 이해하기 어렵다. 화자의 한계를 넘어서기 위해서는 화자의 보고 내용을 곧이곧대로 받아들이기보다는 그 너머를 추정하고, 빠뜨린 것을 채워 넣는 작업을 적극적으로 해야 한다. 「필경사 바틀비」의 경우 이 이차적 작업이 특히 더 어렵다. 화자가 주인공이고, 이 주인공은 자신의 경험을 자신의 '입장'에서 해석한 다음 그것을 독자에게 '사실 그대로인 것처럼' 진술하고 있기 때문이다. 따라서 이 작품에 대한 잠정적인 이해에 도달하기 위해서는 텍스트 표면에 없는 것을 찾아내야 할 뿐 아니라 있는 것 속의 왜곡을 바로잡기까지 해야 한다. 이 작품에 대한 대다수의 해설이나 비평은 이 과정을 합리적으로 설명하려는 시도이다.

왜 줄거리가 이렇게 흘러가는가라는 질문이 왜 바틀비는 그런 선택을 하는가라는 질문으로 이어진다면, 다음으로 필연적으로 따라오는 질문은 '바틀비는 과연 어떤 인간인가'이다. 이 최종 질문에 대한 답을 찾는 데는 다양한 길이 있을 수 있다. 가장 단순하게 생각해 볼 수 있는 답은 바틀비를 '우울증 환자'로 규정하는 것이다. 시키는 대로 일을 잘하다가 어느 순간 중단하면서 모든 일상 활동을 거부하고 자신의 내부에만 갇혀, 끝내는 자신의 생명을 포기하는 개인으로 바라본다면 바틀비는 전형적인 우울증 환자가 된다. 그러나 이 답은 불충분할 수밖에 없다. 애초 왜 바틀비는 우울증에 걸리게 되었는가라는 질문을 낳기 때문이다.

이 질문에 대한 답을 포함하면서 전체적으로 상당한 설득력을 갖춘 설명은 대개 바틀비를 '소외된 인간'으로 규정하는 것이다. 이 '소외론'이 주로 주목하는 내용은 벽에 갇혀 벽만 바라보는 인간, 남이 써놓은 글을 그대로 복사하는 단순 작업을 반복하는 인간, 자신을 이해하지 못하는 고용주가 일방적으로 시키는 일만 해야 하는 임금 노동자, 저항으로 아무 차이를 만들어 내지 못하는 인간, 의사소통의 주요 수단인 편지를 불태우는 일을 오래 했던 인간, 결정적으로, 인간의 존재론적 고립감에 대한 화자의 마지막 탄식 "아 바틀비여! 아 인간이여!" 등이다. 이들을 차례로 엮어서 설명하면서 어떻게 바틀비가 인간다운 대접을 받지 못하고, 무시와 오해와 무지와 억압에 희생될 수밖에 없었는가에 대한 답을 제시하는 것이다.

일견 상당히 일리가 있어 보이는 해석이다. 일관성도 있고, 텍스트 전체의 내용을 골고루 활용한다는 점에서 객관성도 어느 정도 확보한 것으로 보인다. 하지만 이렇게 바틀비를 인본주의 관점에서 희생자로 규정하는 것은 정확히 화자가 이 줄거리 전체를 통해 일관되게 범하는 해석의 오류를 그대로 답습하는 것일 수도 있다. 화자가 자신의 '입장'을 옹호하기 위해 쳐놓는 그물에 갇히고 마는 것이다.

바틀비에 대한 소외론적 해석의 출발점이자 근간이 되는 가정은 바틀비의 삶이 자본주의 체제에 필연적인, 소외된 노동에 기초하고 있다는 것이다. 이 소설의 부제는 '월 스트리트 이야기'이다. 월 스트리트는 미국 자본주의의 대표적인 상징이다. 월 스트리트라는 공간에서 벌어지는 이야기를 자본주의 체제에서 발생하는 사건으로 전환해서 생각하는 데는 전혀 무리가 없어 보인다. 하지만 이 전환이 무리 없이 이루어지기 위해서는 두 가지 사실이 성립해야 한다. 첫째는, 1850년대 초 월 스트리트가 미국 자본주의의 심장이었다는 역사적 사실이 성립해야 한다. 둘째는, 화자와 바틀비가 전형적인 자본가와 임금 노동자의 관계로 설정될 수 있어야 한다. 미국이 현재 자본주의 국가라는 점은 부인하기 어렵다. 그러나 1850년대 초반 미국은 남북 전쟁 발발 이전이었다. 미국의 산업 자본주의화는 남북 전쟁이 종료된 이후에나 본격적으로 시작됐다. 바틀비가 출몰했던 월 스트리트가 미국 자본 시장의 중심지였던 것은 사실이다. 하지만 이 자본은 상업적 교역을 통한 부의 본원적 축적 단계에 형성된 자본이었다. 말하자면, 1850년대 월 스트리트는 미국 중상주의의 금융 중심지였다. 큰돈이 오가긴 했지만 '자본'이 오가던 곳이었다고 보기는 힘들다. 멜빌이 앞으로 본격적으로 등장할 산업 자본주의에 대한 이해를 선취했다고 볼 수도 있을 것이고, 중상주의 단계에서의 큰돈이 앞으로 본격화될 산업 자본주의에서의 자본과 유사한 방식으로 작동했을 수도 있다. 물론 그렇지 않았을 수도 있다. 문제는 1850년대 초반 월 스트리트를 자본주의의 금융 중심지로 동일시하기가 쉽지 않다는 것이다.

화자는 부자들이 큰돈을 관리하는 것을 도와주는 것을 업으로 하는 변호사이다. 자신의 말처럼 좋은 것이 좋은, 편한 삶이 최상의 삶이라는 것이 이 사람의 신조이다. 자본주의가 가장 싫어하는 사람이 있다면, 혹은 자본주의의 가장 큰 적은 변화를 거부하거나 싫어하는 사람이다. 자본주의의 핵심은 자본 증식이다. 증식은 변화를 통해서만 이루어진다. 욕망을 키우건, 생산을 늘리건, 소비를 키우건, 자본의 증가는 변화 없이는 있을 수 없다. 변화의 가능성이 사라지면 자본주의는 작동할 수 없다. 자신의 편안한 삶과 편안한 사업에 지극히 만족하고, 또 그렇게 현실에 만족하는 것을 훌륭한 인품의 표식이라고 믿는 화자를 자본주의 체제에서 전형적인 고용주라 보기는 힘들다. 터키와 니퍼스는 반쪽짜리 노동자이다. 하루 중 반만 효율적이기 때문이다. 자신이 지불하는 임금의 효율을 극대화하려면, 그래서 자신이 운영하는 사무실 전체의 생산성을 높여 자신의 이익을 극대화하려면 두 사람을 해고하는 것이 마땅하다. 바틀비와 관련해서도 마찬가지이다. 임금 노동자가 고용주의 정당한 요구를 따르지 않는다. 그러나 화자는 고용주로서의 권리를 적극적으로 행사하는 대신 그 노동자의 처지에 연민을 느낀다. 현실 안주가 자본주의의 제일의 적이라면 거래 또는 계약에 감정을 개입시키는 것은 두 번째 악 정도는 될 것이다. 화자인 변호사는 부자가 되는 것을 싫어하지는 않겠으나 자본주의를 대변한다고 보기 어렵다.

바틀비는 필경사이다. 원본을 복사본으로 옮기는 작업을 하는 노동자이다. 바틀비는 이집트의 피라미드를 연상시키는 무덤 툼스에서 태아의 모습으로 생을 마감한다. 그리고 이를 발견한 화자는 「욥기」 3장 14절을 읊조린다. 바틀비를 "왕과 모사들과 함께" 잠들었다고 비유하는 것은, 화자의 직접적인 의도와는 상관없이, 이 구절 자체가 이 세상에 태어나기 이전의 단계를 설정하는 「욥기」 원본의 의미와 관련해서 볼 때 바틀비가 종착지 혹은 목적지로 갔다고 보기보다는 기원으로 회귀했다고 표현하는 것으로 보는 것이 옳다.

바틀비는 기원과 관련이 있는 존재이다. 필사의 기원은 서구 기독교의 관점에서 볼 때 '말씀'을 기록하는 작업이다. 신성한 노동이며 신의 의지를 인간에게 전달하는 일이다. 그러나 지금 바틀비나 터키와 니퍼가 하는 필사의 원본은 화폐 단위의 이동과 관련된 계약의 내용을 기록한 것이다. 교환 가치의 순수한 표현으로서의 화폐는 애초에 권위와는 아무 상관이 없다. 이전의 권위와 그와 관련된 후광을 잃어버린 작업이 화자의 사무실에서 행해지는 노동의 본질이다. 소외된 노동이라 볼 수 있다. 그렇다고 해서 사무실 직원 모두를 소외된 노동자라고 볼 수 있을까. 터키와 니퍼의 경우 기이한 습관 혹은 결함은 인격적 왜곡이 발현하는 것으로 보고, 이 왜곡을 발생시킨 원인을 소외된 노동으로 규정하는 것이 그리 무리는 아닐 것 같다. 결함이 없는 상태의 두 사람을 상정하고, 노동 조건의 개선이라든가 충분한 보상 등 그 결함을 완화 또는 제거하는 조치를 제대로 취한다면 얼마든지 해결될 가능성이 있을 것이기 때문이다. 그 때문에 이 두 사람의 결함은 화자의 일상을 뒤흔드는 사건으로 작동하지 않는다. 오히려 화자에게는 두 사람의 결함을 나름대로 극복했다는 자부심과 우월감의 원천이 되기도 한다.

바틀비는 터키와 니퍼의 경우와 완전히 다르다. 바틀비는 화자의 일상을 완전히 마비시킨다. 화자는 자부심이 강한 사람이다. 장애나 문제를 원만하게 그리고 효율적으로 해결하는 능력이 탁월한 사람이라는 것이 화자의 자기 평가이다. 문제 해결은 문제의 정확한 진단에서 출발한다. 그는 가정을 잘하는 사람이다. '이러이러한 연유에서 이러이러한 결과가 나온다.' 또는 '이러이러한 조건이 성립하면 이러이러한 결과가 나올 것이다.'라는 합리적 추론의 능력이 뛰어나다고 믿는다. 이런 자부심을 뒷받침해 주는 문제 해결의 경험도 풍부하다. 명예직이나 마찬가지인 형평법원장으로 추대되는 것을 보아도 이 점은 부인하기 힘들다. 그런데 이 모든 합리적 추론과 이성적 사고가 통하지 않는 사건이 벌어진다. 바틀비의 출현이다.

바틀비의 "전 그러지 않는 편이 좋겠습니다.(I would prefer not to.)"는 터키의 "외람스러우나(With submission, Sir)"와는 근본적으로 다르다. 터키의 경우는 전례나 상례를 상정하는 표현이다. '무엇이건 그것에 비해 부족한'이란 의미를 담고 있기 때문이다. 바틀비의 말은 그런 것을 상정하지 않는다. 절대적인 발언이다. 나에게 제안된 행위가 그 무엇이건, 그 어떤 가정에서 추론된 것이건, 어떤 전례에 기초한, 어떤 상례에 맞는 것이건 상관없이 거부하겠다는 보편적인 부정을 담고 있는 말이다. 그렇기에 화자의 문제 해결 능력이 바틀비에게는 통하지 않는다. 화자는 자신의 진술이 끝날 때까지 자신이 이성의 대변자이고 최선을 다해 바틀비를 고통에서 구원하려고 노력했지만 바틀비가 이해할 수 없는 이유로 자신의 도움을 거부했다고 주장한다. 그러나 독자는 화자의 이런 식의 개입이 바틀비에게는 아무런 효력을 발생시키지 못한다는 것을 이미 깨닫고 있다. 그럼에도 화자는 동일한 노력을 반복한다. 이 이야기의 희극성 또는 비극성은 바로 독자의 지식이 등장인물의 지식보다 더 우월한 경우에 발생하는 극적 아이러니의 효과라고 볼 수 있다. 이 극적 아이러니는 극적 독백의 장치로 그 효과가 극대화된다. '내가 얼마나 진지하고 합리적이며 인간적인 사람인지를 보여 주겠어.'라며 이야기를 계속 이어가지만, 이야기의 내용이 늘어날수록 화자가 얼마나 어리석은 사람인지가 더 분명히 드러나게 되는 것이 극적 독백의 효과이기 때문이다. 바틀비에 관한 한 화자의 개입은 언제나 실패한다. 바틀비는 언제나 상궤를, 가정을, 전례를, 일상을 벗어나 있기 때문이다.

바틀비의 이런 절대적 부정을 '자유의지'의 표현으로 해석할 수 있는 여지도 있다. 소외를 극복하는 가장 전형적인 방식이 소외를 초래하는 억압적 조건으로부터 자유로워지는 것이기 때문이다. 바틀비는 억압으로부터의 해방을 지향하는가. 그렇다면 바틀비의 거부는 화자가 해석하고 싶은 대로 '수동적인 저항'으로 볼 수 있다. 저항은 자유로운 상태를 지향하는 것이고, 자유로운 상태는 억압이 없는 상태를 의미할 것이며, 그렇다면 바틀비는 왜곡이 없는 '원래의' 혹은 '본원적인' 인간으로 모습을 회복하려 한다고 볼 수 있다.

　바틀비에게 원래 돌아갈 그 무엇이 있는가. 바틀비에게는 아무 내용이 없다. 기원도 없으며, 경과도 없고, 흔적도 없다. 바틀비는 '유령'이며, '죽음'이며, 텅 빈 구멍이다. 바틀비는 어디에나 있으면서 어디에도 없으며, 기원이면서, 목적지이며, 효과이지 존재가 아니다. 바틀비는 선언한다. "전 특정하지 않습니다.(I am not particular.)" 물론 '까다롭지 않다. 따라서 특별히 원하는 것이 따로 없다.'로도 새길 수 있는 말이지만 이 말이 등장하는 문맥에서는 '그 어떤 직종이건, 상황이건, 공간이건 저를 그것과 결부시킬 수 없다.'는 선언으로 해석된다. '이동하는 것도 맞지 않고, 정주하는 것도 맞지 않는다.'는 것은 그 존재의 내용이 '구체적'이지 않다. 다시 말해 '아무 특정한 것이 아니다.'라는 말이다. 바틀비를 상궤와 연결시켜 그 부정성을 '해결' 또는 '상쇄'해 보려는 화자의 시도가 번번이 실패하는 이유가 바로 여기에 있다. 화자는 '아무것일 수도 없는 존재에게 그 어떤 것이든 되라.'고 억지를 쓰는 것이다. 어떤 것이건 될 가능성이 있었다면 바틀비는 화자가 집으로 초대할 때, 다시 말해 '너와 내가 같은 존재로 공존할 수 있다.'는 가능성을 제시했을 때 그 제안을 받아들였을 것이다. 바틀비는 화자와 같은 '특정한' 존재가 될 수 없다. 바틀비는 그 어떤 작동 방식(modus operandi)에도 '포착'될 수 없다.

바틀비를 '개인'으로 규정하기를 포기할 때 일반적인 소외론의 인본주의적 한계를 벗어날 수 있다. 화자는 마치 비밀 정보를 알려 주는 것처럼 말미에 바틀비가 배달 불능 우편국에서 근무한 적이 있었다는 소문을 덧붙여 놓는다. 그 위치 때문에, 그 사실이, 그게 사실이라면, 갖는 풍부한 인본주의적함의 때문에 바틀비와 관련된 지금까지의 모든 사건이 인간의 존재론적 고독, 또는 진정한 소통의 불가능성, 소외 등으로 해석될 수 있는 여지가 생긴다. 이런 해석에서 바틀비는 한 명의 '인간'이 되고 상처 입은 희생자가 된다. '구체적인' 존재가 되어 버리는 것이다. 화자는 그를 구원하려 했으나 그 상처가 너무 깊어서 실패한 자가 된다. 화자는 다른 고통받는 인간에게 우편환을 보내고, 사면장을 보내고, 갖은 구명조끼를 다 던져 보았으나 그 모두가 배송 불능의 편지가 되어 버린 것이다. 인간적인, 너무나 인간적인 화자의 절규 "아 바틀비여! 아 인간이여!"는 따라서 바틀비의 존재 또는 죽음을 자신의 인간성을 강화하려는 평계의 최종 결정판이 된다.

선원 빌리 버드

　1924년 출판된 『빌리 버드(Billy Budd)』는 멜빌을 재평가하는 계기를 제공했다. 『모비 딕』과 「필경사 바틀비」의 작가로서 오늘날의 멜빌을 있게 한 일등 공신인 셈이다. 그러나 이 판본은 멜빌의 유고를 편집하는 과정에서 생긴 많은 오류를 그대로 담고 있다는 평을 받았다. 이후 여러 학자와 전문가들의 작업을 거쳐 다양한 판본으로 출판됐고, 현재는 1962년 시카고 대학교 출판부의 판본 『선원 빌리 버드(Billy Budd, Sailor)』를 가장 권위 있는 판본으로 인정하고 있다. 어느 판본을 활용하건 이 소설에 대한 설명은 대체로 두 가지 문제에 초점을 맞춘다. 첫째는 클래거트와 빌리 버드는 왜 갈등을 일으키는가이고, 둘째는 비어 함장의 판단은 과연 옳았는가이다. 사건 발생의 동기나 원인을 규명하는 첫 번째 부류의 설명에서는 선과 악, 이성애와 동성애, 문명과 원시 등의 대립 관계가 핵심 개념으로 설정되며, 비어 함장의 판단과 관련해서는 정의의 문제, 사건과 기록, 현실과 종교, 과학과 종교, 현실과 법 등의 대립 관계가 논의의 중심이 된다.

　「선원 빌리 버드」에 대한 해설의 특징은 위에 열거한 그 어떤 해석이든 그 설득력에 별 차이가 없다는 데 있다. 어떤 판본이건 설득력의 일관성에 있어서건 인과 관계의 설정에 있어서건 별 차이 없이 거의 완벽하다. 빌리 버드라는 등장인물만 하더라도 순진함, 아름다움, 용기, 힘, 정의감, 남성다움, 여성적 아름다움, 원시의 무구함, 신적인 성스러움 등 거의 모든 긍정적인 자질을 거의 모두 갖춘 인물로 설정되어 있다. 빌리 버드의 이런 성격적, 육체적 특징에 대한 화자의 언급은 신화, 종교, 철학, 역사 등 온갖 영역에서 가져온 비유와 인유와 상징을 망라한다. 악과 질투의 화신 클래거트나 지혜와 용기의 화신 비어 함장의 경우에도 이는 마찬가지이다. 빌리 버드를 예수의 재림으로 상정하든 성차를 초월한 섹스 심볼로 설정하든 그 해석을 뒷받침할 만한 증거는 차고 넘친다. 펼쳐진 돛의 밑변을 지탱하는 활대에 매달려 교수형에 처해진 빌리의 운명이 정당한 것이었는가, 단순한 자연인의 죽음이었는가, 초현실적인 이적의 현현인가와 관련된 해석의 문제에서도 사정은 마찬가지이다. 빌리의 죽음은 정당하기도 하고, 부당하기도 하며, 단순한 생명 현상의 종료이지만 새로운 종교를 탄생시키는 이적이 시작되는 순간이기도 하다. 그 어느 것도 다른 어느 것보다 더 우월한 해석이라고 보기 힘들다. 「선원 빌리 버드」는 거의 모든 가능한 해석을 입증할 수 있는 세부 사항으로 넘쳐난다.

멜빌은 「선원 빌리 버드」를 정보 과잉으로 만들기로 작정한 것으로 보인다. 줄거리 구성에서나 화자의 시점을 설정하는 특이한 방식에서나 이 정보 과잉의 결과를 의도적으로 기획했다는 사실이 분명히 드러난다. 「필경사 바틀비」의 줄거리가 그 대립 구조에 있어 단순하고, 그 반복에 있어 희극적인 효과를 발생시키는 것처럼 「선원 빌리 버드」 역시 어처구니가 없어 헛웃음을 짓게 하는 상황적 아이러니의 구조를 갖는다. 핵심 사건, 즉 빌리 버드가 상관인 클래거트를 살해하는 사건은

19장에서 발생한다. 그 앞까지는 모두 이 사건까지에 이르는 빌드업이다. 화자는 등장인물들의 신체적, 정신적 특징을 설명하는 데 온갖 노력을 다한다. 빌리 버드의 선과 아름다움, 클래거트의 '자연발생적' 악함, 비어 함장의 초월적인 인품을 지시하는 디테일 과잉에 당시 영국과 유럽, 미국 등의 국내 사정과 국제적 관계에서부터 영국 해군 내의 반란 문제에 이르기까지 어마어마한 설명이 더해진다. 따라서 독자는 역사적, 철학적, 정치적, 종교적 등 온갖 가능한 문맥에서 곧 발생할 핵심 사건을 판단할 준비를 갖춘다. 얼마나 어마어마한 사건이 벌어질 것인가. 기대가 극에 달한 순간, 어처구니없는 사건이 벌어진다. 결과는 심각하다. 하지만 그 사건의 발생은 너무나 단순하다. 무심코 내지른, 아무 의도가 없는, 그래서 우연적인 주먹에 악의 화신이 쓰러진 것이다. 치밀한 빌드업과 우연히 발생한 치명적 사건의 대조는 희극적일 수밖에 없다. '태산명동에 서일필(泰山鳴動 鼠一匹)', 즉 태산이 떠나갈 듯 요동을 치더니 고작 쥐 한 마리가 뛰쳐나온 격이기 때문이다.

구성의 이런 역설적인 효과에 헛웃음을 짓게 된다 하더라도 그 타당성이나 합리성을 의심하기는 힘들다. 멜빌이 이런 디테일을 쌓아 가는 화자를 아주 특이하게 설정해 두었기 때문이다. 대개 19세기 소설에서 삼인칭 화자가 나오면 그 화자의 시점은 전지적이다. 등장인물의 안팎은 물론 사건의 시작과 경과에 이르기까지 모든 것을 독자에게 알려 준다. 그러나 이 작품의 화자는 다르다. 이 화자는 모든 것을 자신이 직접 경험했다고 주장(부제 자체가 경험담이라고 되어 있다.)한다. 주검

이 된 클래거트와 함장과 빌리 버드 단 세 사람만 있는 함장실 내부 사정이나 등장인물들의 동작을 묘사하거나, 등장인물이 혼자만 있을 때의 심정이나 동작을 묘사하는 데서도 이화자는 전통적인 삼인칭 전지적 시점을 견지한다. 그런데 정작 결정적인 순간이나 사건을 묘사할 때, 예를 들면 왜 클래거트가 빌리 버드를 증오하는지에 관해서라든가 함장이 빌리 버드에게 재판의 결과를 전달하면서 방 안에 단둘이만 있을 때어떤 이야기와 어떤 행위가 있었는지에 관해서 자신은 전혀알지 못한다고, 오로지 추정과 상상만 가능하다고 고백한다. 정작 결정적인 장면에서 화자는 자신은 알지 못하노라고 사실그대로의 정보 전달을 중단해 버리는 것이다.

결정적인 해석을 가능하게 해 줄 수 있는 그대로의 사실이부재하는 곳을 채우는 것은 화자의 해석이다. 그런데 이 화자는 독자와 같은 삼인칭이면서 어떤 면에서는 독자와 마찬가지로 제한된 시점만을 가진다. 직접 경험했다는 화자나 화자의 이야기를 통해 사건에 접근하는 독자나 그 해석의 권위에차이가 있을 수 없다. 그 어떤 해석도, 그 누구의 해석도 다른해석보다 우위에 있을 수 없는 것이다. 마지막 두 장은 이 사건에 대한 두 가지 정반대라 할 수 있는 해석의 예로 구성된다. 해군의 공식 입장과 동료 해군 수병들의 판본이다. 전자에서는 클래거트가, 후자에서는 빌리 버드가 성자로 추대된다. 화자가 전달한 정보는 그 양의 풍성함에도 불구하고, 혹은 너무 풍성하기 때문에, 이 사건에 대한 '진실된' 판단이 불가능해진다. 비어 함장의 판단과 관련해서도 이와 마찬가지이다.

함대의 지도자 제독에게 판단을 맡길 수도 있었고, 무작위에 의한 단순 사고로 판단할 수도 있었으며, 전시법에 의거 즉결 처분할 수도 있었다. 그 어떤 선택을 했건 정당했을 것이고, 정확히 그만큼 부당했을 것이다.

세계는 사건이 발생하는 무대이다. 사람은 사건을 '처리'함으로써 세계에 존재한다. 삶의 방식이란 결국 사람의 작동 방식이며, 사건을 처리하는 방식이다. 바틀비의 존재와 맞닥뜨린 변호사나 우발적 살인 사건을 처리해야 하는 비어 함장은 어떻게 해서든 그 사건을 처리해야 한다. 변호사의 작동 방식과 함장의 작동 방식은 일견 아주 다르게 보일 수도 있다. 변호사는 이기심과 자부심과 자존심을 우선으로 하는 지극히 평범한 개인이 비범한 바틀비의 존재를 처리하는 방식을 보여 준다면, 함장은 이 세상 진지한 모든 것을 고려하는 신중함과 용기, 책임감, 사랑, 연민, 인류애 등을 우선시하는 영웅적인 방식으로 빌리 버드 사건을 처리한다. 하지만 그 결과의 면에서 범인과 영웅의 차이는 없다. 바틀비의 존재와 행태가 변호사의 처리 방식을 무화시킨다면, 빌리 버드의 주먹은 함장의 지혜와 용기를 무화시킨다. 두 경우 모두에서 '유효한', 또는 '의미 있는', '진실된' 결과가 나오지 않기 때문이다. 결과가 의도를 무의미하게 만든다는 점에서 두 경우는 동일하다. 멜빌의 문학에서 「필경사 바틀비」와 「선원 빌리 버드」의 근본적 차이는 범인과 영웅의 경우라기보다는 소설 형식상의 차이에 있다. 바틀비는 정보 부재, 즉 궁핍함으로 그 앞에 등장하는 모든 시스템을 무효화한다. 그런 점에서 일종의 블랙홀이다. 「선원 빌리 버드」는 정보 과잉으로 어떤 판단도 정답으로 성립하는 것을 허락하지 않는다. 모든 것을 담고 있어, 그 이후 모든 것이 가능해지는 빅뱅의 순간이다.

2024년

이삼출

작가 연보

1819년 미국 뉴욕에서 8월 1일 상인이자 수입업자였던 앨런 멜빌과 미국 독립전쟁 영웅 피터 갠스부트의 딸 마리아 멜빌의 4남 4녀 중 셋째로 태어났다.

1829년 콜롬비아 대학교에 진학했다.

1830년 아버지의 직물 수입 사업 실패로 가족 모두 뉴욕주 올버니로 이사. 올버니 아카데미에 입학했다.

1831년 10월 재정난으로 올버니 아카데미를 자퇴했다.

1832년 1월 28일 아버지 병사. 뉴욕 주립은행 근무를 시작했다.

1834년 큰누나 갠스부트의 모자와 모피 가게로 이직했다.

1835년 올버니 고전학교에서 수학했다.

1836년 올버니 아카데미에서 수학했다.

1837년 사이크 공립학교에서 교사로 근무하기 시작했다.

1838년   《올버니 현미경》3월호에 현지 토론 클럽을 비판하는
         글을 게재했다. 랜싱버그 아카데미에서 측량과 토목 공
         학을 수학했다.

1939년   뉴욕주 이리 운하 건설 회사에 입사하려 했으나 실패.
         영국 리버풀행 상선 세인트 로렌스호에 선실 보조원으
         로 승선했다. 1849년에 발행한 『레드번(Redburn: His
         First Voyage)』은 이 항해 경험을 바탕으로 썼다.

1841년   포경선 애커시넷호에 삼 년 계약 선원으로 승선. 『모비
         딕(Moby Dick; Or, The Whale)』(1851)을 포함, 초기 세
         작품의 바탕이 되는 항해 경험을 습득했다.

1842년   7월 남태평양 마키저스 제도에서 애커시넷호에서 탈주.
         타이피족과 삼 주간 생활한 후 하와이행 배에 승선했다.

1843년   미해군에 입대. 구축함 미합중국호에 승선했다.

1844년   해군에서 제대했다.

1846년   마키저스 제도에서의 경험을 바탕으로 『마키저스 제
         도의 계곡 원주민과 보낸 4개월 이야기(Narratives of a
         Four Month's Residence Among the Natives of a Valley
         of the Marquesas Islands)』를 런던에서 출간. 같은 내용
         으로 『타이피(Typee: A Peep at Polynesian Life)』를 뉴
         욕에서 출간했다.

1847년   『오무(Omoo: A Narrative of Adventures in the South
         Seas)』를 런던에서 발간. 8월 메사추세츠주 대법원장
         딸 엘리자베스 쇼와 결혼하여 뉴욕에 정착했다.

1849년   큰아들 말콤이 태어났다. 『마디(Mardi: and A Voyage

Thither by Herman Melville)』와 『레드번』을 출간했다.

1850년 메사추세츠주 피츠필드 소재 너새니얼 호손의 집 근처
에 농장을 구매, 호손과 교류하기 시작했다. 『하얀 재킷
(White-Jacket, Or, The World in a Man-of-War)』을 출
간했다.

1851년 10월 『고래(The Whale)』를 런던에서 출간했다. 11월
『모비 딕(Moby Dick; Or, The Whale)』으로 뉴욕에서
출간했다. 둘째 아들 스탠윅스가 태어났다.

1852년 『피에르(Pierre, Or, The Ambiguities)』를 출간했다.

1853년 「필경사 바틀비(Bartleby, The Scrivener: A Story of
Wall-Street)」를 《월간 퍼트넘》에 연재했다. 딸 엘리자
베스가 태어났다.

1855년 둘째 딸 프란시스가 태어났다. 『이스라엘 포터(Israel
Porter: His Fifty Years of Exile)』를 출간했다.

1856년 『베란다 이야기(The Piazza Tales)』를 출간했다. 유럽을
여행했다.

1857년 『사기꾼(The Confidence-man: His Masquerade)』을 출
간했다. 직업으로서의 창작 활동을 포기했다.

1866년 시집 『전쟁 시와 전쟁의 양상(Battle Piece and Aspects
of the War)』을 출간했다. 뉴욕 세관에 취업했다.

1867년 큰아들 말콤이 권총 자살을 했다.

1876년 시집 『클라렐(Clarel: A Poem and Pilgrimage in the
Holy Land)』을 출간했다.

1886년 둘째 아들 스탠윅스가 결핵으로 사망했다.

1891년   시집 『티몰레온(Timoleon and Other Adventures in
         Minor Verse)』을 출간했다. 9월 28일 뉴욕에서 심장마
         비로 사망했다.
1924년   유작 소설 『빌리 버드(Billy Budd)』가 출간되었다.

세계문학전집 **450**

필경사 바틀비·선원 빌리 버드

1판 1쇄 찍음 2024년 8월 30일
1판 1쇄 펴냄 2024년 9월 6일

지은이 허먼 멜빌
옮긴이 이삼출
발행인 박근섭, 박상준
펴낸곳 (주)민음사

출판등록 1966. 5. 19. (제 16-490호)
서울특별시 강남구 도산대로1길 62(신사동) 강남출판문화센터 5층 (우편번호 06027)
대표전화 02-515-2000 팩시밀리 02-515-2007
www.minumsa.com

ISBN 978-89-374-6450-8 04800
ISBN 978-89-374-6000-5 (세트)

세계문학전집 목록

세계문학전집은 계속 간행됩니다.